FOUR SEASONS IN JAPAN

尾道四季

NICK
BRADLEY

尼克．布萊德利 著

歸也光 譯

For

E. H. Bradley

and Pansy

雨ニモマケズ

宮沢賢治（昭和6年）

雨ニモマケズ
風ニモマケズ
雪ニモ夏ノ暑サニモマケヌ丈夫ナカラダヲモチ
慾ハナク　決シテ瞋ラズ　イツモシズカニワラッテイル
一日ニ玄米四合ト　味噌ト少シノ野菜ヲタベ
アラユルコトヲ　ジブンヲカンジョウニ入レズニ
ヨクミキキシワカリ　ソシテワスレズ
野原ノ松ノ林ノ蔭ノ　小サナ萱ブキノ小屋ニイテ
東ニ病気ノコドモアレバ　行ッテ看病シテヤリ
西ニツカレタ母アレバ　行ッテソノ稲ノ束ヲ負イ
南ニ死ニソウナ人アレバ　行ッテコワガラナクテモイイトイイ
北ニケンカヤソショウガアレバ　ツマラナイカラヤメロトイイ
ヒデリノトキハナミダヲナガシ
サムサノナツハオロオロアルキ
ミンナニデクノボートヨバレ
ホメラレモセズ　クニモサレズ
ソウイウモノニ　ワタシハナリタイ

不畏風雨

宮澤賢治（一九三一年）

英文版譯者：尼克．布萊德利（Nick Bradley）

不畏雨　不畏風
不屈於冬雪　夏暑亦然
強身健體　無欲無求
不怒不恨　常保沉著微笑
每日四杯糙米　佐味噌湯與些許蔬菜
公正無私地觀察萬物
深入看、聽、理解　永不遺忘學到的教訓
棲居松樹林蔭下的茅草陋室
東方若有生病的孩童　則前去照顧直到其康復
西方若有疲倦的母親　則前去協助其收割稻米
南方若有將死之人　則前去告訴其無須恐懼
北方若有爭執齟齬　則前去勸其言歸於好
乾旱時落淚　寒夏時茫然遊蕩
無人知曉　不受讚揚或關注
吾自許　成為像這樣的人

芙珞：春

「所以，妳最近是怎麼了，小芙？」京子（Kyoko）啜飲一口啤酒，放回桌上放有毛豆殼的碗旁。

「對啊，怎麼了？」誠（Makoto）在裝雞骨的盤子上彈掉菸灰，接著又抽了一大口。「妳最近好像心情不太好。」

芙珞緊緊握住裝著烏龍茶的玻璃杯，尷尬地笑了笑。「心情不好？不會啊！」

京子、誠和芙珞置身一家以進口啤酒而聞名的新宿居酒屋，圍坐於一張矮桌。他們下班後從公司一起直接過來。芙珞原本婉拒他們的邀約，說自己累壞了，而且不想和賞花人群擠在一起——時值花季高峰。不過京子一把抓住她的手臂，堅定地將她帶往辦公室大門，彷彿正在將搗亂者帶離現場的警衛。

「無論妳想不想，」她忽略芙珞微弱的抗議，「妳都要跟我們一起走。」

這會兒置身此地，芙珞不得不承認，離開公司、住家，也沒待在附近的咖啡店對著筆電工作——她過去幾個月以來只待過的三個地方，感覺確實不錯。京子和誠原本提議去上野公園，坐在戶外的櫻花下，然而當芙珞開始譴責，相較於秋葉，櫻花是如何受到過度讚譽，京子立刻打斷她，堅持改去他們最愛的居酒屋。這間日式小酒吧的布置相當簡樸，附榻榻米地板與粗製矮木桌。儘管今晚店內顧客較稀疏，空氣中仍瀰漫著誠的煙味。

「妳最近就是比較心神不寧。」京子眉峰漸攏。「妳再也不跟我們出來了，也不回我訊息，就連書法老師也一直問妳為什麼不去上課。我還得騙知惠（Chie）老師，跟她說妳病了。」

芙珞未置一詞。她放下玻璃杯，看著誠朝隔壁桌的方向吐出一團煙。在那用餐的兩個女孩怒瞪他，但他不以為意。

京子身穿跟平常一樣完美無瑕的辦公室套裝：粉色圓領毛衣搭奶油色長褲，長髮紮起整齊的馬尾，妝容完美低調，一如既往。京子看起來是如此輕鬆，甚至不費吹灰之力就美得令人難以置信，這部分總是令芙珞有些嫉妒。相對來說，芙珞穿去上班的衣服寒酸又陳舊，日本員工要是如此穿著，肯定會惹上麻煩。若要穿得俐落有朝氣，她大概最多只湊得出寬鬆長褲和有領襯衫。誠看起來則和東京的所有上班族大同小異，唯一特出之處，是京子上個月在銀座幫他挑的褐紅色別致領帶。他這時已略為鬆開領帶。

「我太直接的話妳可別見怪啊。」京子稍稍放軟語氣。芙珞不禁回以微笑——京子總是有話直說！這是芙珞欣賞她的地方之一。「我只是擔心⋯⋯我不知道耶。擔心妳不想要我們這些朋友了。」

「不！」芙珞立即驚慌起來。「當然不是！」

京子是她在東京最親近的幾個朋友之一。芙珞不會說她是「死黨」——「死黨」暗藏一定程度的親密，而在這座城市之中，她和任何人都沒有這樣的關係。有紀（Yuki）是唯一的例外。芙珞和京子剛開始在工作時間外一起廝混、去千葉上書法課時，芙珞甚至期待——你知道的——和她能擦出點火花。不過幸好，芙珞還來不及做出任何讓自己出醜的事，她就發現京子有交往的對象了，而且非常喜歡對方。幸運的是，那傢伙是誠，一個容易親近的同事，芙珞原本就認識他了，也挺喜歡他，芙珞非常樂意和他們小倆口一起玩樂，從不會覺得自己是電燈泡。

一直到幾週前，週三晚餐都是他們三個的固定儀式，尤其在芙珞縮減進辦公室的天數之後更是如此。芙珞的職位頗令人稱羡，一週只要上班到週三就結束，她可以利用週四、週五和週六進行她的文學翻譯工作。然而，芙珞已經好久好久沒跟他們一起出來。三個人最近一次一起吃吃喝喝是什麼時候的事了？一個月前？還是兩個月？

「就連誠也注意到妳不太一樣。」京子說得很快，而且從日語切換為英語，試圖藉此將他排除在對話之外。「他通常可是對女人毫無頭緒的耶。」

誠拉長耳朵聽京子那口幾無破綻的英語，大概聽懂她在說什麼。京子竊笑，他為了參與對話還得這麼努力。

「真的。」他用英語說，語氣卑微，還略帶一絲尷尬。可憐的誠。他坐在京子旁邊，兩個人都面對著芙珞。他正要再次將菸灰彈落雞骨盤，但京子輕拍他的手腕。他略略低頭，手轉朝她推過來的菸灰缸而去。

「好嘛，小芙。」京子親切地說，又切換回日語，「妳可以告訴我們。」

芙珞咬著嘴唇。她低頭看手機——沒有新訊息。

一般而言，芙珞都坦率又真誠，但總是把私生活留給自己，就算是面對眼前兩個人也不例外。尤其，她不覺得自己有辦法跟他們談有紀的事。要是知道芙珞在跟女人交往，京子和誠會不會大吃一驚？多半不會——他們過去的言行舉止都沒有那種跡象——但芙珞覺得這是她自己的事，因此不曾對他們提及；現在都認識那麼久了，她甚至不知道該如何開啟這個話題。這就好像她在自己四周築起一面高聳的牆，一道無法穿透的屏障，而將其盡數拆毀、放任何人進來的這種可能性令她害怕至極。隔離在內感覺更安全——更令人安心。所以，不，她絕對不會跟他們討論有紀的事。不談她們是如何相遇，也不談有紀搬來跟她同居，尤其不談有紀打算在一個月後搬去紐約、一邊在書店工作一邊念語言學校。近期以來，就屬和有紀之間的關係最令她心煩。

因此，不，芙珞不會提起那些煩惱。她反倒做了任何人都會做的事：她藉機談起生活中遭遇的其他焦慮來源。那些一樣令人心煩，但比較容易在公開場合啟齒。

「只是……」她開口。

「是？」誠點頭。

「繼續說。」京子掩不住她的熱切。

「嗯，我最近產生一些懷疑。」

「哪種懷疑？」京子立即追問。

芙珞的肩膀一沉，她低頭看著桌面，無法跟他們兩人對視。

「聽起來會很情緒化，」她停頓，「但是……我只是不確定我這一生都在做什麼。」

京子和誠雙雙靜坐不語，等著她說下去。誠摁熄香菸。芙珞繼續說。

「我的意思是——我現在不確定我還有沒有從——你們知道的——我在做的事之中得到任何樂趣。」

「噢，小芙。」深深關切的表情浮上表面，在京子那張完美的臉蛋壓出皺痕。「辦公室的工作妨礙妳翻譯了嗎？是的話，我們可以再縮短妳的工時。我們可以——」

「不是。」芙珞搖頭。「不是那樣。」

「還是說妳想念波特蘭？」誠問。「想家了？」

「嗯……」芙珞結結巴巴。「對，我確實想我媽，有時候也想念波特蘭，但讓我煩惱的不是這個。」

「妳說嘛！」京子和誠同時往前靠。芙珞很難不覺得自己正在被拷問，但她無法責怪他們。他們是她的朋友，而朋友就是這樣，不是嗎？朋友互相關心。她冷落他們那麼久，真是太不為他人著想了。

芙珞捲起毛衣的袖子，赤裸的手臂靠著桌緣。「只是……我不再確定我有沒有從閱讀得到快樂。」她打住，一說出口就自覺愚蠢。京子和誠一臉困惑，但她接著說下去。「我的意思是，我一直認為文學和翻譯是我人生中最重要的東西。我那麼努力翻譯那本書、促使它出版——」

「那本書很棒，」京子打斷她，「妳做得太好了。妳是一個了不起的譯者……」誠輕推她，接著點燃另一根菸。「抱歉。」京子略略退後。「請繼續。」

「沒關係啦。」芙珞說。芙珞從來就不知道要怎麼回應京子的讚美。就那方面而言，或許任何人的讚美都一樣。話語聽起來是多麼空洞啊！不過話說回來，她萬萬不能說出那種話。「我對自己的作品很滿意，但我現在覺得——唉——有點空虛。我不想表現得不知感恩，但……天啊，我現在覺得自己真是個愛怨天尤人的牢騷鬼。噢我好慘哪！」芙珞搖頭，再喝一口茶。她居然把三人的聚會變成她自己的自憐大會！早該閉上嘴，而非讓他們像這樣承擔她的重負。

「妳才不像牢騷鬼呢，小芙。」京子低聲說。「一點也不像。無論大小，問題就是問題。」

「我覺得我懂妳的感覺耶。」誠沉思著點頭。

京子對著他瞇起眼。「什麼意思？」

誠假裝惱怒，嘖嘖咂舌。「芙珞達成了她的夢想。」

「你又知道她的夢想了？」京子翻白眼。

「欸，並不是針對**她**的夢想啦，但我對一般而言的夢想稍有了解。」他深深抽一口菸，再次對隔壁桌的兩個女孩吐出一大團煙，她們這次在鼻前搧風，皺起臉。但誠置身自己的小世界，依然故我。「有時候，達成夢想是一件危險的事。」

「少自以為是了！」京子嘲弄地搖頭。「坐在那裡，一邊抽菸一邊試圖發表深奧的哲學宣言，還以為自己是什麼好萊塢電影明星。別打岔！小芙正在解釋她的感覺，然後你冒了出來，嘰嘰喳喳談論夢想，好像你完全知道她在說什麼一樣。安靜，聽就對了。」

誠搖頭。「但我覺得我知道她的意——」

「讓她說完！」

「妳先讓**我**說完怎麼樣？」

他們的假裝吵嘴讓芙珞不禁莞爾。她知道他們是為了她而故意搞笑——就好像漫才一樣——藉此逗她開心、提振她的精神。她往前靠，舉起一隻手。「別吵架啦。我只是想表達……我想誠大致說得沒錯。達成最大的夢想**之後**要做什麼？下一步呢？」

誠又點燃一根菸，靠向椅背，自鳴得意地交抱雙臂。「我就覺得妳是這個意思。」他又飛快朝京子一瞥，而她正搖頭晃腦，模仿著誠說話的模樣。他沒理她，視線回到芙珞身上，接著說：「就好像這些進入快打旋風二對戰的人。」

「**怎麼會？**」京子追問道，這次聽起來真心惱怒。「這件事**怎麼會**像快打旋風？」

「讓我說完！」誠有點失去沉著。

「對你來說，什麼都跟快打旋風二有關。」京子埋怨道。「你把每件事都跟那遊戲連結。你甚至打得也不好啊。我每次都痛扁你。」

「噓！」

芙珞又笑了，同時誠和京子努力維持嚴肅的表情。

「我想說的是，」誠說，「妳達成一個夢想之後，妳就再設定另一個……大概吧……」他愈說愈小聲，毫無說服力。

京子嘆氣。「你剛剛逼我們聽你說話，結果這一整串……有什麼意義？」

誠歪頭。「可能在我腦中、還沒說出口的時候聽起來比較深刻、有幫助吧。」

「你或許應該多聽少說。」京子怒瞪誠，然後對芙珞咧嘴而笑，她也回以微笑——他們或許確實稍稍鼓舞了她，但話還沒說完。

「我只是不停閱讀這些不會帶給我感動的書。」

京子點頭。

芙珞接著說：「我需要找到適合我翻譯的書，但那本對的書似乎就是不出現。」

誠又摁熄菸，透過鼻孔徐徐噴煙。

「會出現的，小芙。」誠說話時看著京子。「對的書會在對的時機出現。妳只要耐心等待就好。」

那天稍晚，芙珞和京子與誠在新宿車站閘門內分別後搭電車回家。道別時，京子輕輕握了一下她的手臂，誠則是微笑揮手，而後兩人雙雙穿過繁忙的中央大廳，走向他們的月臺。自從遇過有人在沙丁魚罐頭般的車廂內嘔吐，芙珞一般來說總是盡可能避免搭末班車。那種不是她會很想再次體驗的經歷。

坐下後，芙珞再次心不在焉地察看手機，但依然沒訊息。她瀏覽社交平臺，但也沒有通知。只有幾張照片的主題稍稍引起她的興趣——提醒她她現在並不是在度假，還有她好久沒在時髦的餐廳用餐，還有她沒小孩，還有她沒結婚，還有等到有紀下個月離開，除非她也跟著去，否則她很快就會變得非常孤單。她最後一次貼文是在幾個月前，內容是她翻譯的那本書在一本小刊物中刊出的書評。她最近甚至失去推廣自己作品的意願。反正也不是說她最近有多少作品就是了。

她開始在手機上寫一則與翻譯相關的推文——她持續回覆一個舊推文串有一段時間了，內容都是關於她最愛的日文詞彙：

木漏れ日（**komorebi**）——透過樹木縫隙篩落的陽光

但現在大家都知道這個詞了，不是嗎？她在很多標題類似**最難翻譯的十個詞**！的部落格貼文都看過。諷刺的是，列出來的十個詞都立即在文章中獲得翻譯。她刪除木漏れ日的推文，嘗試另外一個：

諸行無常（shogyo mujo）——俗世之物的短暫性

她放任自己諷刺一笑，然後把這則推文也刪了。

電車沿山手線的鐵軌緩緩前進，她看著高聳的灰色玻璃大樓和東京市中心俗豔的廣告牌襯著夜空從車窗一閃而過。她從什麼時候開始把這座城市視為理所當然？奧勒岡（Oregon）老家的人不會相信她每天都看見這些，但芙珞變得太習慣東京的城市景觀，因而只覺得眼前景象平凡而乏味，還有點無聊。真是糟糕的想法啊。東京。無聊。就連賞花祭典也不再令她興奮——她也這麼告訴京子。

她厭倦日本了嗎？她該跟有紀一起遷居紐約嗎？

下個月——就是有紀離開的日子了。芙珞最好早早做決定。

她環顧車廂內，左右張望，找尋能夠幫助她暫時遺忘那些焦慮源的東西。就算是思考工作相關事務也好，不過當然了，芙珞的工作負荷已經相對輕鬆好幾個月了。

自從芙珞成為公司的兼職約聘員工，她基本上完全可以自由安排時間。而京子身為芙珞的直屬經理，她一直對芙珞的工時和職責方面無比寬厚仁慈。奇怪的是，芙珞縮減了辦公室時間之後，她反倒想念起在人群中工作的滋味。所有同事都無比支持她初探文學翻譯的世界——大家似乎都很高興，而且也希望她成功。

芙珞的第一部翻譯作品面世時——一本科幻短篇集，作者是她最愛的作家之一西谷二——他們甚至為她舉辦了一場小型新書發表會。京子和誠規畫了這場活動，當作給她的驚喜。活動地點位於他們去的那家居酒屋的私人區域，現場還有幾本書供她簽名。

就連已故作者的兩個兒子也聯袂出席為她祝賀。真是了不起的一對兄弟啊！哥哥大橋綁著紫色頭巾，身穿正式和服；讀者中剛好也有他的支持者，他愉快地為他們簽名。他曾為知名落語家，後來戰勝了酒精和遊民生活，又重回新宿的落語劇場。他整晚啜飲著一杯熱茶，他的弟弟太郎則端著一杯啤酒。他們請芙珞朗讀短篇集其中一個故事〈複製貓〉的片段——芙珞讀她的英譯版，大橋讀同一段的日文原文。他先讀，而他驚人的說故事技巧、他如何依據不同角色徹底轉換聲音、他那喜劇性的頓挫、那些為演出注入生命力的手勢，在在令芙珞欽佩不已。大橋表演時，她望向他的弟弟，注意到他眼中有淚，同時一臉歡欣驕傲，她自己的緊張幾乎因此而得到緩解。

不過在這一切之上，芙珞感覺到排山倒海而來的焦慮。她為在場的所有人裝出勇敢、快樂的表情，然而事實上，在她的內心深處，她覺得無比厭煩。對她自己厭煩。她好幾週以來都在網路上張貼文章，瘋狂發出邀請，但這會兒人都來了，隨之而來的是一股巨大的壓力：不能讓他們失望、要讓所有事有其意義。

相較於專業表演家大橋，她自己的朗讀顯得蒼白遜色，放聲讀出來時的聲音聽起來古怪而浮誇，再加上所有人都盯著她看，她覺得緊張又尷尬，就連基礎的英文詞彙也讀得坑坑巴巴。她讀到一個她向來覺得好笑得要命的句子，這時甚至還壯起膽子將目光挪開書頁，和其他人對視，然而令人害怕的是，竟沒人微笑——她結巴的朗讀讓幽默變得單調至極。前一天彩排時，她甚至在那個故事的第一頁發現一個排印錯誤。排印錯誤！歷經重重校訂！她已經先用筆修正了，不過修正後的那個段落還是讀得像車禍現場。當然了，所有人都寬容而支持，她一讀完就熱情拍手，但她甩不掉自己栽了跟頭的感覺。她有某些地方非常令人失望——甚至令人尷尬——她覺得所有人都太有禮，不好意思說出來，不過或許大家私底下都在心裡這麼想。

現在坐在電車上，芙珞不停在腦中重播發表會那夜的情景。

似乎已如此遙遠。

她還會再翻譯其他本書嗎？她原以為自己的翻譯作品出版後她會覺得快樂——她確實曾經快樂，這無可否認。她對她為那本書所付出一切感到無比驕傲。然而，書籍出版也為她的人生帶來前所未有的壓力與不安全感。就某些層面而言，現在成為一個已有作品出版的譯者，她覺得更沒安全感了——比起朝這個夢想努力的時候，她反而更沒自信。

誠稍早說的話正中紅心。

有時候，達成夢想是一件危險的事。

若是置身芙珞的處境，任何人都會興高采烈——她很確定。顯而易見，身而為人，她有些相當嚴重的問題。

芙珞伸展、打呵欠，思緒太過濃烈，她不禁略微打顫。它們繞著令人疲憊、沒完沒了的圈子不停打轉。她又拿出手機，打開垃圾書應用程式。儘管她的所有直覺都尖叫著**不要，別看**，她還是看了：她查詢她翻譯的那本書。

找到了——評分三點三顆星。不好、不壞。只不過，若這是某家餐廳的Google評論，你多半就不會去了。她原本希望分數能更高些。不過當她看見她的名字出現在譯者欄位，驕傲的感覺在她心中沸騰。在這裡，白紙黑字。實際上的證據：她是文學譯者。

她好久沒讀讀者評論了。她的手指懸在最新的連結上方，猶豫著，短暫想起她以前是怎麼被灼傷，但她今晚迫切需要一些保證。她需要鼓勵。她點擊。

閱讀時，她不禁沉下臉。

★☆☆☆☆
性別主義的垃圾

我讀了什麼鬼東西？？？所以這個科幻故事「選集」就跟所有短篇故事集一樣。有些還行，有些是徹頭徹尾的垃圾。我讀的時候感覺老天啊，有夠無聊，不過等我讀到第五個故事，我真是再也受不了了。什麼鬼東西啊？？？這位名叫西谷二的作家（聽都沒聽過）寫了這些垃圾故事，好多年都沒人翻譯（多半有好理由），總之，第五個故事實在太超過，我讀到一半就放棄了。他描寫一個星球，上面住的全是女性性愛機器人？？？你他媽能有多厭女啊？？？我看書封上寫作者是日本作家，而我想讀些像是，廢話……發生在日本的事啊！笑死，所以我才買這本書，不是為了讀什麼女性性愛機器人星球的故事——如果我想讀厭女男性幻想作品，歷史給了我們一狗票中產階級白人異性戀美國男性作家寫的書，我隨便挑哪本都可以。想不到有色人種作者也會寫出這種東西。我還得實際上坐下來消化一下。還有，書中所有非日裔女性角色都是金髮藍眼，這完全就是種族主義。無論如何，可能只是翻譯的問題，不過我會說可以跳過這本書。沒讀完。

讀到這則評論時，芙珞的心直直下沉。她預料到會發生這種事，然而她還是放手一搏。

不過傷她最重的部分——真正令她沮喪的部分——是很不幸地，寫這則評論的人說得有點道理（儘管芙珞想挖出評論者的眼睛，因為無論對她或對西谷二而言，這本書都是如此費盡心思創作出來的作品，這人竟將其簡化為一則附帶動態圖的線上評論）。

選集中的第五篇故事〈歡愉星球〉，無疑踩在爭議的邊緣。不過芙珞向編輯爭取將其保留下來。西谷二將這顆星球描繪為反烏托邦，而非理想國，但你必須讀到這則短篇故事的最後，才能發現這層寓意。事實上，這篇故事是在質疑性風俗，以及日本對性相關工作淵遠流長的放任主義。這應該是一個會在日本引發討論的故事，讓人同理性工作者，而日本當代的讀者會立即注意到這個內涵。

但評論的最後一行——**可能只是翻譯的問題**——格外螫人。

或許是芙珞的錯——她翻譯時遺漏了原文的某些深意。

這位讀者沒有和故事產生連結是她的錯。

這些想法令她覺得尤其難過，因為她愛西谷二的作品，只是想與更廣大的讀者群分享。她關閉垃圾書應用程式，又一次發誓絕對不再開啟。她即將被陰鬱淹沒。

她從後背包拿出一本書：《東京網球社》（*Tokyo Tennis Club*）*，一位日本編輯朋友將這本書寄給她，請她考慮是否接案，但這故事無法拉住她的注意力，其中少有她能連結之處。故事描述高中網球社男女學生的戀情。她讀過一百萬個類似的故事，而這本書並沒有新鮮之處，內容公式化，彷彿一個口令一個動作之下寫出來的。她的視線掃過大片大片書頁，什麼也沒讀進去，她還得逼自己翻回好幾頁之前，重溫剛剛一邊讀一邊做白日夢的段落。

她闔上書，抬頭看著車廂內部。這一節特別的車廂充斥一部大製作實景真人全新電影的廣告，改編自一部電腦合成影像系列動漫。所有角色都頂著顏色怪異的刺蝟般髮型，看起來有點蠢。她的目光在車廂內打轉。

坐在對面的男人打著呼側身癱倒。

幹得好啊！芙珞不曾討厭在地鐵睡覺的人；她將她的忿怒留給其他人，以及更惡劣的行為。她欽佩這男人的大膽，竟然醉到直接在座椅公然睡著，彷彿置身自家，躺在自己的被褥中，被子塞得穩穩妥妥。像這樣的行為，她自己想都不會想，但是看見他人活得如此自由自在，稍微給了她一種解放的感覺。這男人年近三十，看起來就像任何一個普通上班族。他多半剛結束工作聚會，在前輩淫威之下喝了太多酒。

芙珞微笑，再次翻開書頁，努力逼自己進入故事，直到對面一陣騷亂將她從書中拉了出來，回到她的身體內。那男人一躍而起，搶在門關上前衝下車。男人在門關上的同時鑽出去，芙珞替他鬆了一口氣。她正要繼續讀她的書，但這時她看見了——擱在男人剛剛坐的位子。

一本簡單黑白色封面的文庫本。

芙珞看了看車廂內——空無一人，這樁犯罪不會有目擊證人。她無法阻止自己。

她拿起書，放進自己的背包。下一站就該她下車了。

書本在手，誰還需要朋友？

在芙珞．當索普（Dunthorpe）這一生中，這並不是她第一次思索這個問題。此時此刻，當她打開位於窄仄東京公寓的家門，熟悉的想法再度漂過她的腦海。就

＊ 譯註：《東京網球社》（Tokyo Tennis Club）應為作者杜撰。

某些方面而言，她的人生就是建立在這句格言之上。她的公寓塞滿書本，其中有英文也有日文，書櫃全部塞爆，就連床邊的地上也有幾落書。

不過話說回來，看看書櫃，現在也缺牙了——書本顯然被拿走後沒放回來的空位。芙珞看著缺口，依然清楚記得原本放在那些位置的書書背是何模樣。現在既然有空位了，芙珞很快就得把地板上的書分類、上架。另一件待辦事項。她還有一個更重大的決定得做——她是不是該把這些書都裝箱（有紀就是這樣對她的書），然後用海運寄去紐約？或一切保持原狀就好？

芙珞在玄關停頓片刻。有紀打包她的書和所有其他個人物品不過是幾天前的事。芙珞沒辦法幫她；當芙珞食言，沒把她們兩個人的書全部同一批寄出，她們倆還吵了一架。

「我就是不懂，芙珞。」有紀重重嘆氣。「如果妳要跟我一起走，為什麼不一起寄就好？這樣比較省錢啊。」

芙珞嗯嗯啊啊，顧左右而言他，拖延逃避。她說她現在需要這些書，工作用得上。她無法與參考用的書籍分離——這些書對她的翻譯工作不可或缺。她也無法捨棄等待閱讀的那幾落書，擔心下個案子可能就在其中。晚點再寄她的有什麼不好？她必須等書寄到紐約又怎樣？那也沒關係，對吧？或許她可以乾脆把書存放在日本的某個倉庫。她們終究還會回來，不是嗎？

「沒關係。」有紀溫和地打斷她。「只不過，這會讓我覺得妳並不想跟我一起走。」

「我當然想！」說這話時，芙珞努力讓她的語氣聽來開朗。但有紀不是傻子。她絕對分辨得出來。

爭執接踵而至，有紀因而宣布她要去朋友那裡暫住。她們都需要一些空間冷卻一下，她也想在離開前跟大學同學聚聚。有紀此刻就在那兒，在她下個月離開之前，想必也不會有什麼變化。

輕輕的一聲喵，再加上莉莉（Lily）的腳掌踏過榻榻米的熟悉聲音，芙珞被召回現實。冷卻期期間，有紀至少把貓留給芙珞。

「我回來了。」芙珞一邊脫下鞋子、走入公寓，一邊以日語對貓說話。她在書桌前坐下，將一條紫色布巾鋪在膝上。

莉莉輕輕跳了上來，開始用爪子踩踏布巾。貓咪揉捏布料，芙珞則是欣賞著她胸口的一塊圓形黑毛。莉莉是隻長毛貓，一身白，只有那個古怪部位除外。莉莉愛這條紫色布巾的觸感，每當芙珞平躺，她總會站在芙珞的肚子上用她的小爪子溫和地揉捏。芙珞撫摸莉莉柔軟的白毛，輕搔她的下巴。貓發出愉悅的呼嚕聲，隨即吸吮起布巾。

「餓了嗎，莉莉？」芙珞依然以日語對貓說話。她和有紀剛領養莉莉起，她就養成了這個習慣。有紀的英語說得挺不錯，但她們覺得東京的街貓不會懂英語，於是芙珞繼續對莉莉說日語。「想吃晚餐了嗎？」

芙珞起身餵貓，貓則是奔向她的碗，途中在廚房的地板打滑。芙珞站在狹窄的小廚房內，一面看莉莉大快朵頤，一面神遊太虛。她淋浴、換上睡衣，然後窩進舒適的和室椅，繼續讀《東京網球社》。這本書漸入佳境，但她還是無法全心投入。她快讀完了，頗確定自己不想接下這本書的翻譯工作。莉莉踏著輕輕的腳步走過來，在她旁邊的榻榻米蜷起身子；芙珞一邊用空閒的手撫摸她，她一邊發出呼嚕聲。

手機震動。來自有紀的訊息。

嘿。明天還要見面嗎？我們可以在中目黑沿河散步賞花？還有好多事要討論呢。愛妳。

芙珞將手機放回矮桌上，提不起勁回覆。

她們非見面不可，但她不知道自己想說什麼。

隔天，芙珞早早起床，為接下來的重要約會換上她最愛的洋裝。她們第一次約會時，她也是穿同樣一套。這讓她回想起她們的初次見面。當時，在有紀工作的書店，她們的話題從彼此最愛的書開始不斷延伸，她們聊了好久，直到書店經理對她們擺出臭臉，芙珞才緊張地跟有紀要她的聯絡方式。當時雙方都不知道對方的意圖。相同的說法也可以套用於今天的會面。

芙珞跟正要前去享受賞花的人群一起搭電車。即將到來的約會令她感覺到巨大的壓力，她看著手機，極度渴望能轉移注意力，但這動作只是讓她更加焦慮。要是有帶本書就好了。她昨晚讀完了《東京網球社》，今天趕著出門見有紀，來不及帶上另一本書。她窸窸窣窣在背包內翻找，就算只是筆記本也可以將就。而她就是在這時候發現的。昨晚那男人留在電車上的書。

她將書翻前翻後，仔細研究封面。

水の音

ヒビキ

水之聲

作者　西比奇（Hibiki）

芙珞腦中的齒輪開始轉動。這個書名——水之聲——肯定是在向松尾芭蕉那首知名俳句致敬。她翻到書名頁。沒錯——完整的俳句就在題詞的位置：

古池や　蛙飛びこむ　水の音

古老的池塘　青蛙淩躍而入池　水之聲響起

她細看封面。封面很美，但沒透露什麼線索——樸素的白，黑色的書名和作者名，下面就只有以黑墨描繪的同心圓漣漪。她沒聽過西比奇這位作家。她將書本翻前翻後，手指劃過手感極佳的紙質封面。她看了看折口——沒有吹捧的廣告詞，也沒有作者照片。哪家出版社？

她查看書背。

千光社（Senkosha）。也沒聽過。「千光」意指「一千道光」，「社」的話就只是「公司」的意思。她喜歡。出版社名稱上方的商標看起來像漢字「己」（onore）——意指「自身」的古字。商標也融合了出版社名稱的羅馬拼音，漢字「己」當作水平翻轉的「S」：己enkosha。頗具巧思。

她翻開第一頁，正要開始讀，但擴音器傳來廣播：

「中目黑，中目黑，即將抵達中目黑。」

她將書放回背包內。

稍後再來讀。

到達車站，身穿牛仔褲和淺藍色薄毛衣的有紀已經在票閘外等了。芙珞忽然為自己如此盛裝而有點尷尬。

「嘿。」有紀說。

「嘿。」芙珞回應，幾乎無法與有紀對視。兩個人都沒有擁抱對方的打算。她們不曾在大庭廣眾之下親吻，但現在連擁抱也沒了，芙珞覺得自己像是快死了一樣。她知道她們的關係在過去幾週以來有如觸礁——就像瀕死的魚在岸上拍翅振尾，渴望著空氣——但那感覺不曾比此刻更赤裸。

她們安靜地沿河散步，看著所有人成雙成對、成群結夥賞花。她們經過的每一個人看起來都很快樂，為彼此拍照、緊握啤酒罐和便當。芙珞不知道自己看起來是不是跟有紀一樣悽慘。她的內心感覺一片漆黑，彷彿被人用麥克筆亂塗了一通。

她們最後在其中一條橋停步遠眺。從頭到尾都沒人說話。

一如平常，先開口的還是有紀。「所以。」

「所以。」芙珞說。

「我們不談談嗎？」

芙珞用盡全力捏自己手掌。

「妳不會跟我一起去。」有紀說。她甚至沒用問句。

「我沒說過那種話！」

「妳沒必要說，我看得出來。」有紀終於轉身面對芙珞，對她無力地一笑。

「聽我說，芙珞，我們別再拖下去了。妳本來就讓情況變得夠為難了，還是別繼續火上添油吧。」

芙珞的心臟劇烈跳動。「要離開的是妳。」

「別說了，芙珞。」有紀面露痛苦，一隻手探向己的額頭。「我們談過了。這不是任何人的錯，不過妳顯然不想跟我一起走。」

芙珞又嘗試插話，但無話可說。

「要是我對妳造成壓力，我很抱歉。」有紀說。「我一直告訴妳，芙珞，妳該做妳想做、對妳自己最好的事。」

「但我想去。真的想！」

「妳都這樣說，芙珞，但所作所為卻都完全相反。」有紀的聲音很尖銳。「妳甚至沒買機票，也完全沒打包。我是說，妳甚至沒告訴任何同事妳要離開！妳老是說**很好啊，我很興奮**——卻從不告訴我妳真正的感受。我總是在猜。我才應該是不顯露真心的日本人耶，妳應該是開放、隨和、暢談自我感受的美國人。這讓人好累，芙珞。」她深吸一口氣。「妳讓我好累。」

芙珞轉身背對有紀。她凝望橋下的河，淚水刺痛她的眼睛。

有紀一手耙過頭髮。「聽著……去，或者不去，決定權在妳。但我做好我自己的決定了，我要去。」

她們才交往兩年，但芙珞向來愛有紀的這個特點：堅硬如鐵的自信。她的魄力。無論有紀說她要做什麼，她都做到了。她不曾懷疑自己，一次也沒有。不像芙珞。

「我希望妳跟我一起去，」有紀說，「這點不曾改變，但我不希望妳去的時候像……像這樣。」有紀停頓片刻，接著一股腦說下去：「自從我的稿子被回絕後，妳就變了。那不是妳的錯，芙珞。我放下了，但感覺好像妳依然在責怪自己。從那時起，妳就對妳的工作失去熱情。想想**妳**要什麼吧。」她猶豫了一下。「妳想要什麼，芙珞？」

芙珞的指甲深深扎入自己的手腕。要是能扎得更深就好了。她們兩個都對有紀那份手稿投注大量心力，最後卻慘遭退稿，有紀這時提起，令芙珞一陣刺痛。「我想跟妳一起去。」她低語。「有紀……我真的想。」

有紀沒回應。芙珞被一股令人發寒的絕望感席捲。她發現自己沒辦法將視線從下方的黑暗河水拉開。她只是持續盯著看：從橋下流過的河水。

「芙珞。」

她文風不動。

「芙珞，說點什麼吧。」

她無法說話。那堵牆又回來了，正漸漸包圍她。現在有紀就連從縫隙窺看也不可能。

「芙珞……」有紀不耐煩地嘆氣。「妳知道妳這樣的時候非常幼稚吧。」

芙珞死盯著河水。那些長而緩的波紋。

芙珞總是這樣，害怕說錯話，或是誤解自己的感受，因而封閉自己。她靜默，無法構成話語。

「好吧，芙珞。如果妳要這樣，那也是妳的決定。我要回家了。接下來幾週還有好多事要處理，如果妳就連跟我談談也不願意，那還有什麼意義？」有紀再次挫敗地嘆氣。「如果妳想談，妳知道該怎麼找到我。芙珞？芙珞？好吧，芙珞。老話一句……這是妳的選擇。」她又躊躇片刻，不過這次為時短暫。「再見。」

芙珞沒抬頭，但知道有紀已經走了。

但她無法將她的視線從河水拉開。

水之聲

作者　西比奇

Sound of Water

by Hibiki

譯者　芙珞・當索普
Flo Dunthorpe

古池や
蛙飛び込む
水の音

古老的池塘

青蛙淩躍而入池

水之聲響起

——松尾芭蕉

水之聲——春

Sound of Water
Spring

一

綾子（Ayako）有一套嚴謹的日常作息，她不喜歡脫離常軌。

每天早晨，她在日出時起床，吃簡單的早餐，內容包含米飯、味噌湯、漬物，以及用瓦斯爐烤的一小塊魚。把被褥整齊疊好、收入壁櫥後，她會從諸多和服之中挑一套換上，留意花樣是否合時節。然後她跪在自家神龕前的榻榻米，對著兩張祥和並列的黑白照片祈禱：一張是她的丈夫，另一張則是她的兒子。雖然兩張照片的拍攝時間相隔甚遠，其中的兩個男人看似年齡大致相仿。

兩個人都太早離世。

她推開前門，沿尾道的荒僻街道與小巷而行，步伐只略顯吃力，從位於山坡的傳統建築住家一路走到由她獨力經營的小咖啡店；這家店的位置就在車站前方的拱廊商店街中心。她在上班族人潮蜂擁而出前早早離家；這些人一身西裝，手拿公事包與雨傘，趕著搭電車進廣島市。她出門時，學生也還沒或騎腳踏車或步行沿小徑和道路成群穿梭；她甚至比前往市場買魚、蔬菜和肉類等晚餐食材的家庭主婦還早。

綾子愛每天這個時間的自家小鎮。

綾子生命中有諸多小樂趣，其中一項就是每天早上走相同這條路線，但每天都試著發現不同事物。她每天肯定都會經過相同的早起同伴，也總會微笑、點頭，和每個人互相打招呼。鎮上的所有人都認識綾子，她也認得其中的大多數人。她自己不會這麼說，但事實上，她算是尾道知名人物。早晨散步去咖啡店時，她偶爾會遇上來自東京、大阪或類似地方的觀光客，她也會跟對待當地人一樣，向他們點頭打招呼。

然而，早晨散步途中，綾子其實並不會特別注意人——白天在咖啡店工作時看人就看夠了——真正讓她著迷的是小鎮本身的景色遞嬗。

這趟路程是一段私密時光，她可以藉此釐清思緒、觀察大自然。而且，她每天總是喜歡在同一個點稍作停留；那地方位於高高的山坡上，一條附鐵欄杆的混凝土小徑，可俯瞰下方小鎮。她會在這裡停步片刻，殘餘的纖細手指（用已經失去的手指留下的短短殘肢）擱在鐵欄杆上，眺望依偎著海岸線的一幢幢房屋。她會細看那些淡藍色屋瓦的房子；它們介於山與海之間，魚鱗般緊緊相依。然後她的視線會朝上方漫遊，益發深入這片風景，越過瀨戶內海，凝視漂浮於地平線上的無數島嶼。

船與渡輪軋軋緩緩來回於這片藍色的寧靜之中，但在不同的季節，以及不同的時間，新細節會吸引她的目光，為她的生命帶來喜樂的感覺。

春季時，陽光在平靜的大海閃爍，櫻花映上晨光。夏季時，蟬在她四面八方鳴唱，她用小手巾抹掉額頭的汗水。秋季時，繽紛的葉子為覆蓋山坡的樹木塗上色彩，吸引她的目光。冬季時，她拉緊身上較厚重的和服，細看皚皚白雪覆蓋的山峰漂浮在遠方四國島的地平線之上，呼吸化為可見的白煙。

有時，當她眺望遠方的白色山峰，她會聽見山脈在呼喚的低沉聲音，想誘哄她遠離她平靜的日常，但儘管那聲音拉扯的力量如此強大，她還是不予理會，繼續向前，走向她工作的咖啡店。

綾子拉開咖啡店生鏽的鐵捲門，隨即便開始一長串小雜務，像是切蔬菜、肉類，丟進廚房爐子上的大鍋，燉煮今天的咖哩，然後再拖一次地。綾子獨自工作，無須幫手；她的思緒就是她的主要伴侶。但在這個春季早晨，不一樣的事在她腦中打轉。

他會喜歡這裡嗎？

綾子盡可能將這股憂慮推開。她還需要為今天的顧客準備咖哩和其他小點心——漬物、御飯糰，以及其他美味小點，依當季食材而每日變化。她看了看角落的老爺鐘，滴答聲與她切洋蔥的聲音相伴。

他的火車明天到。

綾子將切好的洋蔥倒入平底鍋，又拿起刀，熟練地以左手緊緊握住——儘管少了幾根手指——右手背探向額頭。只稍稍出汗。

他自己從東京搭車來沒問題吧？

「夠了！」她放聲說出來，匡啷扔下刀，洗淨雙手，再以毛巾擦乾。

她在一張桌子旁坐下，拿出毛筆和白紙，開始以行雲流水般的優美筆跡寫下今日菜單。寫完之後，她感覺平靜了些——寫字對她就是有這種效果——她將手寫菜單拿到附近的便利商店，用他們的影印機黑白複印。

不會有事的；他畢竟是她的孫子。

「妳今天是怎麼了，綾子？」

綾子轉頭看著佐藤（Sato）先生；一如平常，他總是每天的第一位客人。他坐在櫃檯，捧著一杯咖啡。佐藤喜歡又濃又黑的咖啡，外表倒是和咖啡的黑徹底相反：濃密的長白髮整齊地垂在和氣的臉旁，飽滿的嘴脣總是帶著笑意，四周是一圈修剪得整整齊齊的白鬍子。他舉杯正要喝咖啡，杯子已經來到嘴脣下方，不過他的視線朝上方一閃，顯然透過裊裊蒸氣注意到綾子煩躁的表情。

「沒什麼。」她嘟囔道，視線回到櫃檯。

她繼續從碗中挖出一團又一團白飯，等一下捏成三角形，塞顆酸梅進去，再用海苔包起來，免費送給來店裡的客人；無論哪個時段來都拿得到。

佐藤聳肩，試探地啜飲咖啡，舌頭卻被滾燙的熱飲燙到，他忍不住一縮。

綾子輕笑。「貓舌頭！你的舌頭真的就像貓一樣，對吧？」

「**每次**都燙到舌頭耶。」他將杯子放回杯托，搖了搖頭。「**每次**。」

他們雙雙笑了起來，綾子的肩膀震動；她捏完一顆飯團、整齊擺放盤中，留待稍後以保鮮膜包起，雙手在鹽水中一浸，接著捏下一顆。佐藤看著綾子笑，臉頰飛紅，洩漏他從逗綾子笑之中獲得的滿足感。

「這顆是你的。」她特別挑出一顆，沒跟其他飯糰放在一起。

佐藤不發一語，但微微頷首。他在高腳凳上往後靠，雙臂在時髦的白領襯衫之上交抱，粗黑框老花眼鏡從胸前的口袋探出頭。他眺望窗外，凝視著在他們眼前延展的瀨戶內海。

「嗯，有什麼不對。」他半是對綾子說話，半是自言自語。「我感覺得出來。」

綾子嘆氣，暫時停止捏飯糰。

「只是——」她開口。

不過這時裝在門上的鈴發出輕柔的叮噹聲。

「歡迎光臨！」綾子反射地喊道。

「妳好，綾子。」店內響起潤（Jun）爽朗的聲音，他那笑容滿面的妻子惠美（Emi）也緊跟在他後面現身。綾子對佐藤點點頭，他也短促地點頭，接著便將椅子轉朝潤和惠美，對他們打招呼。

「早安，佐藤先生！」惠美說。

「早安！兩位好啊。」

無須詢問，綾子立刻開始準備潤的一顆糖拿鐵和惠美的紅茶。

潤和惠美在木製櫃檯邊挨著佐藤坐下，後者殷勤地挪動他的皮肩背包，好讓惠美能坐在中間。面對這對二十多歲的年輕夫婦，陰霾立刻一掃而空，佐藤這會兒開朗地咧嘴而笑，就連綾子看起來也沒平常那麼嚴肅。

惠美頭戴費多拉帽*，身穿淡藍色牛仔褲和藍白條紋上衣。潤則是穿著沾滿油

---

* Fedora，帽頂凹陷，多為氈製，得名自一八八二年劇作家維克托里安・薩爾杜（Victorien Sardou）筆下一個性喜女扮男裝的角色。

漆的破舊格紋襯衫，下身搭破牛仔褲。綾子老是納悶潤是不是需要新褲子。佐藤先前對她解釋過，破牛仔褲是最近的流行；對此，綾子皺著眉說：「所以買來就那樣嗎？已經破了？真是瘋了。」她搖頭。「如果我是惠美，我會趁他睡覺時幫他補一補。瘋到家了。」佐藤聽了捧腹大笑。

「裝修得怎麼樣啊？」佐藤在高腳凳上轉身面對潤和惠美。

潤啜飲一口咖啡，放回櫃檯。「很好啊。就目前而言。」

「我們有些進展。」惠美熱切地對佐藤點頭。

佐藤一手撫過短短的鬍子。「嗯，就如我先前所說，如果有我幫得上忙的地方，千萬不要客氣。」

「佐藤先生，你人真好。」年輕的潤雙手撐著櫃檯，對佐藤鞠躬。「我要請你幫的忙就是繼續推薦好音樂，好讓我們工作時能一邊聽。」

佐藤一隻手在臉前方揮了揮，不好意思地回掉了潤的讚美，不過上揚的嘴角隱不住一絲驕傲。

綾子扮鬼臉。她並不喜歡佐藤的音樂，對她而言有點太怪了——她偏愛爵士和古典樂，無法接受佐藤在他店裡播放的搖滾樂或電子玩意兒。她對著惠美說：「幫我複習一下，你們之後可以接待多少客人？我的意思是等你們上軌道之後。」

「唔，我們正在整修的老宅並不是最大的一棟。」惠美點頭，扳著手指計算。「但我們有一間適合獨旅者的多人房，有五張上下鋪。」她熱切地對著綾子微笑。「我們還有兩間雙人房。」

潤也幫腔。「我們也有供房客坐下喝點東西的公共空間。」他停頓。「廚房的空間非常狹小，因此我們無法提供食物，但希望能有冷熱飲。」他看著綾子，尊敬地一鞠躬。「呃，我們其實希望能在旅社幫當地餐廳打廣告，或許可以推薦一些好咖啡店和居酒屋，好讓房客在這裡的時候能夠去光顧，呃，呃，是說……如果……欸……」他在綾子令人生畏又懷疑的目光之下愈說愈小聲。

綾子擔心有太多新客人。

「而且，」惠美試圖改變話題，「我們還提供房客自行車架。」

佐藤會意地點頭。「啊，所以你們想吸引來騎島波海道*的觀光客吧？」他啜飲微溫的咖啡，繼續點頭。「好主意啊，好主意。」

---

* 譯註：從廣島縣尾道市延伸到愛媛縣今治市，由島嶼和橋梁組成，長約六十公里，可盡享瀨戶內海島嶼風情。

潤和惠美離開咖啡店，回去展開另一天艱辛的翻修工作，佐藤隨後也準備起身。他的ＣＤ店也差不多該開始營業了。

「希望他們的旅社一切順利。」佐藤背起他的舊肩背包。「有些年輕人待在鎮上，感覺很不錯。」

綾子動手收拾櫃檯上的杯子。「跟那些外流到東京的年輕人很不一樣。」講到「東京」二字時，綾子就跟所有無法理解大城市有何吸引力的鄉下人一樣，同時還翻了一個白眼。「希望他們的店一帆風順——尤其還有個小傢伙即將誕生。」

佐藤像貓頭鷹一樣緩緩轉頭。「惠美懷孕了？」他挑眉。「看不出來，對吧？妳從哪聽說的？」

「不是聽說。」綾子一邊竊笑一邊搖頭。「男人就是不懂得察言觀色。」

「那妳怎麼知道？」

「噢，少來了。很明顯啊——你看不出她是多麼容光煥發嗎？」

「她總是容光煥發啊。」

「不一樣啦。」

「嗯。」佐藤搔了搔鬍子。「感覺不像什麼有力的證據。」

「還有這個。」綾子拿起惠美那杯蒸氣裊裊、一滴未碰的紅茶。

「她沒喝她的茶，那又怎樣？」

「佐藤，你對女人一竅不通，對吧？」她假裝對他皺眉。

綾子這是在用一種詭異的方式調情嗎？佐藤總是無法分辨。

「欸。」他不自在地拉扯領子，臉頰飛紅。

「女人懷孕時，某些食物或飲料、味道或口味會害她反胃。惠美以前總是把茶喝完——一滴不剩，原封不動不像她會做的事。我從頭到尾都用眼角餘光看著——她的表情一直不太對勁——她甚至受不了紅茶的味道。」綾子將茶倒入水槽。「這就是你要的證據。」她搖頭晃腦，還故意用滑稽的聲音說出最後那兩個字。

「綾子，」佐藤彈舌，「什麼都逃不過妳的法眼，對吧？」

「對，沒錯。」她又皺眉，這次是真心的了。

「我要走了。」佐藤從衣帽架取回他的乳白色西裝外套掛在手臂上。這種天氣穿西裝外套太熱了，因此他幾乎整天都像這樣掛在手上。「晚點見囉。」

他走向門，門上的鈴叮噹響，他幾乎就要走出去了，這時綾子開口叫喚。

「佐藤先生！等等。」

他停下腳步，轉過身，看見綾子抓著個東西急匆匆繞過櫃檯。

「你的飯糰。」她伸長雙手，客氣地將飯糰遞給他。

他對她鞠躬。「啊！謝謝妳，綾子。」

「還有，不要到處八卦惠美懷孕的事，聽見了嗎？」綾子搖晃著一根手指。

「她可能還不想讓任何人知道。」

佐藤輕點自己的鼻子，將飯糰放進肩背包，腳跟一旋，邁開大步沿長長的商店街而去。腳下的 Nike 運動鞋和他的俐落棉襯衫、長褲形成強烈的反差。綾子看著他走遠，然後對對面的刀具店老闆鞠躬。

她回到咖啡店內，將杯盤洗淨，準備迎接午餐時段的人潮。

咖啡店的午餐時段總是忙碌又無法預料。一般忙或爆炸忙取決於天氣，也取決於是否有大量觀光客出沒。尾道不像京都，沒那麼多外國觀光客到處亂逛、朝寺廟神社拍照，倒是有大量國內觀光客；他們做著和外國觀光客一樣的那些事，不過在尾道這裡安靜些，規模也小些。京都畢竟是座大城市——過去的首都。

小津安二郎導演的粉絲持續但安靜地湧入此地，來朝聖他拍攝代表作《東京物語》時的其中一個場景。作家志賀直哉的忠誠粉絲也是相同情況，他的小說《暗夜行路》有部分故事同樣發生在尾道。綾子經常得應付種種御宅族提出的問題；他們或許執迷於不同事物（電影、文學、漫畫、自行車等），但總是有尾道這個共通點。她很擅長當場畫出地圖，指出該如何抵達這位詩人或那位知名作家曾住過的房子。她甚至曾將其中的幾幅地圖複印，好拿去發給觀光客，但看似愈來愈多年輕人就連小津安二郎的名號都沒聽過，更別提還大老遠跑來尾道朝聖、只為看看這地方。莊嚴的小鎮持續無聲腐朽、崩壞。但那也是小鎮的部分迷人之處。

有時，在某些溫暖春日，當櫻花綻放，小鎮會突然湧入來客。在那些時候，尾道的拉麵店外排起人龍，綾子甚至會發現自己居然還得婉拒客人——無論是她所能提供的服務，或是她為那天準備的食材，兩者都應付不了暴增的人潮。

剛起步的企業家會對綾子的經營方式心生憂慮，但她開店並不是為了賺錢。光靠積蓄，綾子足以在生活開銷低廉的鄉下小鎮維生。對她而言，咖啡店是日常工作，是一個供她和朋友們相聚的地方，是某件可以做的事——白天保持腦袋和身體忙碌，晚上才睡得好。這是一種精神上的修行——讓她維持有事兒忙、必然的小雜活兒——阻斷她思考攸關存在的更大問題。她最喜歡客人較少的那些日子——她沒有忙得不可開交的時候。有些天裡，介於早上和午餐時間的繁忙之間，她會有時間稍微偷個空，讀點書，聽聽爵士樂，自己也喝杯咖啡。

或是在只有當地人來店裡的普通日子，她則會好好閒聊一番，看看鎮上都發生了些什麼事。綾子自己不愛傳八卦，但喜歡聽別人說故事。她覺得最有趣的地方在於，就算主題完全相同，某個人的故事也有可能跟另一個人的版本大異其趣。她很敏銳，什麼都逃不過她的法眼。

在另一個人生中，綾子或許是個辯才無礙的科學家，或是謀殺案偵探，審問嫌犯，在犯罪現場翻動屍體，試著從線索推敲出事發經過。

但社會從來就不容許她做那些事。

綾子通常在下午四點半左右關店，她隨後鎖上門，拉下匡啷響的金屬活動遮板，聲音響徹商店街。回家時，她選擇最長的路線往自家方向前進。

無論下雨或落雪，日晒或颳風，什麼都阻止不了綾子走到山頂。她每天都走相同路線——長而迂迴的小徑，沿山坡而上，切過千光寺，一路通往山頂。來到頂峰後，她眺望小鎮和四周群山，欣賞這片風景。若是遇上潮溼颳風的日子，她可能會撐把傘，在和服外罩上鳶式大衣。天氣熱的時候，則會戴上遮陽帽，在和服腰帶裡插把扇子。

欣賞完風景，她便啟程下山，往往會經過當地人稱之為「猫の細道」——貓小路的地方。到了之後，她會從包包裡拿出鮪魚罐頭和蟹肉棒餵貓。

這個時候，她會一一撫摸、輕拍牠們。膽子大的那幾隻總會翻肚躺在灰色卵石小徑，讓她幫牠們揉肚子。她幫每隻貓都取了綽號，但她的最愛是一隻獨眼黑貓，牠的胸口有一小簇圓形的白毛，她替牠取名為柯川（Coltrane），源自她最愛的爵士音樂家。如果柯川現身討摸、求關注，在綾子心中，這天就是好日子。

那天，綾子正要蹲下摸另一隻貓，這時柯川跳上矮石牆。她從眼角餘光注意到他，隨即展露歡顏。

「柯川，」她把頭緩緩轉向牠，「要吃晚餐嗎？」

牠舔嘴唇，用一隻綠色大眼睛凝視她。

她朝牠揮揮蟹肉棒，牠瞪大眼。

牠靈活地一躍而下，踩著輕輕的腳步走向綾子給牠的蟹肉棒。牠先試探地嗅了嗅，咬下，接著嚼了起來。綾子把整根蟹肉棒都給牠，開始輕輕撫摸牠。

每次只要撫摸柯川，她的心思就會停留在她失去的那幾根手指。她有種詭異的感覺，彷彿它們還在。這有點令人困惑。她指下感覺到牠那身濃密、美麗的毛，要是她別開視線，她會慢慢覺得那些失去的手指都還在——神奇地長回來了。等到她低頭，看見殘肢，她才會回到現實，回到失去幾根腳趾和手指的身體之中。但若她別開視線、繼續摸貓，幾乎會感覺像它們又回來了。

柯川吃完蟹肉棒，又開始舔嘴唇。一如以往，這隻貓鼓舞了她——牠失去一隻眼睛，卻適應得那麼好。綾子幫牠搔搔下巴，掏出第二根蟹肉棒給牠。（她剛剛偷藏了幾根，以免牠很晚才出現。）

「嗯……柯川，」她心不在焉地撫摸他，「他明天就到了。」

柯川咀嚼最後一小塊，期待地看著綾子。

「我不知道這對我來說會帶來什麼重大意義，」她嘆氣，「但總之他要來了。」

柯川以牠慣常的古怪高頻喵叫聲發了些牢騷。

「都沒了。」她攤開空空的手給貓看。「一點也不剩。」

柯川上下打量她，有點懷疑的樣子。

「都被你吃完了。」她站起來，凝視遠方，柯川開始磨蹭她的腿。「都沒了，寶貝。」

餵完、摸完貓，綾子啟程朝山下走一小段，回到她的木造老宅，夜晚剩下的大半時間都在讀書、用她的小CD立體音響調低音量聽音樂。

綾子不常出門玩樂。她偶爾會跟咖啡店的常客一起去居酒屋吃晚餐，像是佐藤、車站站長小野和他的妻子美智子，或是潤和惠美，但只有在他們求她求到她再也拒絕不了時她才會去。綾子不過量飲酒，但跟其他人在一起時，她喜歡喝個幾杯梅酒。不過，大多數的夜晚她都在家度過，獨自一人。她很少熬夜到太晚；因為早起的關係，她也總是早早就開始想睡覺。

然而在那一夜，她睡不著。她在跟平常一樣的時間準備就寢，也關上了燈，卻不停為孫子的到來而發愁，在被褥中翻來覆去，難以成眠；她又點亮燈，下了床。她走到走廊，推開另一間臥室的門。她去百貨公司買了一套被褥，要貨運送到家裡來。房內的壁櫥閒置已久，但她已經確定有乾淨的床單和毛巾供他住在這裡時使用。她看著掛在牆上的書法卷軸。

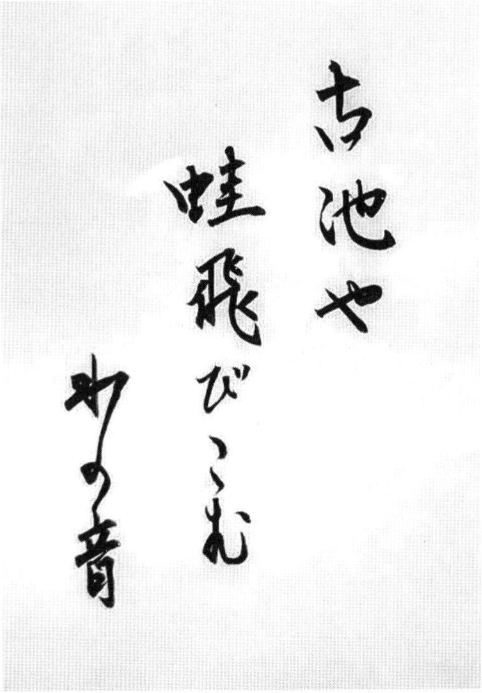

他在這裡會快樂嗎？他會住得舒服嗎？

綾子嘆氣。

要是他不快樂、不舒服，她也無可奈何，但她想要盡善盡美。

無法企及的完美。

她關上空房間的燈，倒了杯水，拉開通往小庭院的紗門，在簷廊坐下，欣賞她最愛的日本楓樹沐浴於溫柔的月光下。她的視線掃過庭院的其他地方，記下很快就需要打理的小地方。她仰望天空，看見星月亮晃晃地照耀小鎮。

她緩緩喝水。

這是一個完美的春夜，不熱也不冷，恰到好處。然而，春天對綾子而言是最難熬的季節——改變的時節，失落與重生的時節。儘管天氣如此完美，綾子卻討厭春天。每當櫻花綻放，所有人隨即陷入花季引發的狂熱情緒，但她不是很喜歡這樣。綾子喜歡正常一點——穩定一點。這麼美麗的花朵，卻稍縱即逝，感覺好悲傷哪。前一分鐘還在，下一分鐘就沒了。就像她生命中的太多事物一樣。

她的兒子賢治就是在春天結束自己的生命。一想到這件事，痛苦隨即在她的胸口擴散。面對孫子，一切將有所不同。她會做得更好一點。

在外面坐一個小時後，有如實體般的沉沉睡意終於降臨。她拉上拉門，將空杯放入水槽，再度鑽進被褥之中。她睏得睜不開眼，但一股不祥的預感持續在她心裡打轉。她緩緩沉入一夜不安的睡眠中，詭異的夢境在她腦中層層堆疊——逃離怪物、在咖啡店失手摔碎杯子和杯托、柯川跑到車水馬龍的街道上，她在後面追趕——一夜的棘手夢魘，早晨終於到來時，她滿心歡喜。

二

「好了啦，響（Kyo），只是暫時的嘛，對吧？」

響看著閃閃發亮的磁磚地板，無法回應母親熱切的目光。

他們站在東京車站大廳，就在新幹線子彈列車的票閘外。響只有一個輕巧的背包掛在他的左肩——大多數行李都在前一天用黑貓宅配先送去了。

「我還是不懂**為什麼**。」他咕噥道，視線離不開地板。

「你知道**為什麼**，響。」母親尖銳地說。「而且我們討論過了。」

車站相當擁擠，人潮朝四面八方疾行，換搭能將他們送達城市各個角落的區間車。子彈列車則是通往日本其他地區的門戶，也是外地人的交通工具。響左顧右盼，就是不迎上母親的視線；他一邊開始在腦中將四周的人分為兩類：東京人與外地人。

隨處可見來自其他城市、西裝皺成一團的上班族，拖著小行李箱，流露生疏、甚至害怕的眼神。有別於響與他母親的神情，他們的神色透露他們對於這座城市的壓迫感和四周的蜂擁人潮感到不安。這些鄉巴佬身上穿的衣服並不是最新款式，也並非購自有品味的店家。他們還會戴俗氣的遮陽帽和鴨舌帽，具備功能性但一點也不時尚。乾淨，但並非上等。

相對而言，響的母親著時髦的商務套裝，上半身是俐落的白襯衫，搽上指甲油的指甲還拋過光，黑長髮經過精心洗護後完美無瑕。響自己則是穿半正式的休閒短褲搭他上週在一場表演現場買的樂團T恤——頭頂目前首都年輕男子流行的髮型。

而響居然要去那些外地人之中生活！他一想到這件事就忍不住打顫。

「聽著……」母親將語氣放軟。「我非走不可，不然上班就要遲到了。我今天病患排超滿。」

響悶悶不樂地點頭，向自己的命運屈服。

「不過這個拿去。」母親從公事包拿出一個厚厚的信封交給他。她在上面寫上了他的全名和祖母的地址。「裡面的錢夠你搭新幹線，你到了之後就把剩下的交給你奶奶，應該足以支付她供你膳宿的開銷，所以如果你需要其他東西，跟我說就好，我再轉錢給你。好嗎？」

響終於迎上母親的目光。她看起來很累。疲累，但專注且專業，準備好迎接這一天。看見她的臉，響忍不住露出微笑，她的嘴角也不由自主跟著抽動。

他接下信封。「謝謝妳，媽媽。」

「不用謝我。」她沒當一回事地揮揮手。「謝你的奶奶吧。」

「但是……」響吞吞吐吐。「我幾乎完全不認識她。」

響的母親嘆氣。「唉，現在就是你認識她的機會了，不是嗎？」

「是。」響將裝錢的信封塞進背包側袋。

「響，」母親露出不耐煩的表情，「放到更安全的地方。這裡會掉出來的。」

響聽話地打開背包，把信封放進主夾層，扣上束帶，母親全程看著，一面點頭。他又把背包甩上肩頭，母親也確保一切都沒問題了，這時她看了看手表。

「好，我該走了。你最好也去買票吧。十五分鐘後有一班新幹線，你可以直接搭到福山，然後再搭不到三十分鐘的區間車就到了。幾站而已。她預期你下午到。可以嗎？」

「可以。」

「你應該沒問題吧？」母親最後一次上下打量他，眼中閃著淚光。響點頭，對著她淡淡一笑。

「小心哪。」她柔聲說，一面抹眼。「很快就能再見面了。只是暫時的。好嗎？」

響點頭，嚥下喉嚨的團塊。「好。」

響在售票機前查看新幹線的票價。他拿出母親給他的那包現金，點數一張張萬元紙鈔，心算總額。

然後他拿出手機，點開火車時刻表應用程式仔細研究。

如果他不搭新幹線，改搭區間車，只要兩天就到得了那裡。他可以在大阪的網咖過夜，或是找家二十四小時營業的家庭餐廳，捧著一杯咖啡杯在雅座睡一晚，或甚至找個隱密的地方露宿。會多花一天的時間，但可以省下一大筆錢。他內心的一部分告訴他，這樣他就可以隔著火車車窗欣賞更多風景，然而，在這陽光的性格底下，他靈魂中更深沉的一個部分強力地將他拉向大阪那條運河的黑水。

他點頭，決定了。

他將手機滑入短褲口袋，從新幹線的閘門前走開，找尋他要搭的區間車。搭手扶梯來到月臺後，他向在小販亭工作的女士買了一顆御飯糰和一罐冰咖啡，這時看見了他要搭的車；兩分鐘後就發車了。他找了個座位坐下，戴上耳機，對這個絕佳的點子感到無比滿意。

他也決定沒必要跟媽媽或奶奶說他改變了計畫。媽媽在診所的時候不會看見他的訊息，而奶奶沒有手機，更別提有裝 LINE、能接收訊息的智慧手機了，因此沒辦法提前通知她。但沒問題的——他只是晚個一、兩天到，就這樣。他說不定甚至可以在大阪待上幾天——四處觀光。說起來，他為什麼要匆匆趕去尾道？他晚到又怎樣？這會是個美好的驚喜。火車緩緩駛離月臺，響做好心理準備，迎向即將展開的冒險。

他剛剛睡著了，不過睜開眼時，女孩還在。

她從橫濱上車、在響對面坐下後，隨即吸引了他的注意力。她也直勾勾看著響，他被逼得尷尬地迴避視線，轉而拿出素描本。他正在用父親留給他的舊隨身聽聽音樂，他在家裡自己錄的混合錄音帶在裡面的卷軸上緩緩轉動。大多數人看見他用骨董隨身聽聽音樂總會覺得不可思議，畢竟一般人都用 MP3 播放器、iPods，或是直接用智慧手機聽音樂。不過響欣賞隨身聽。這東西很可靠。

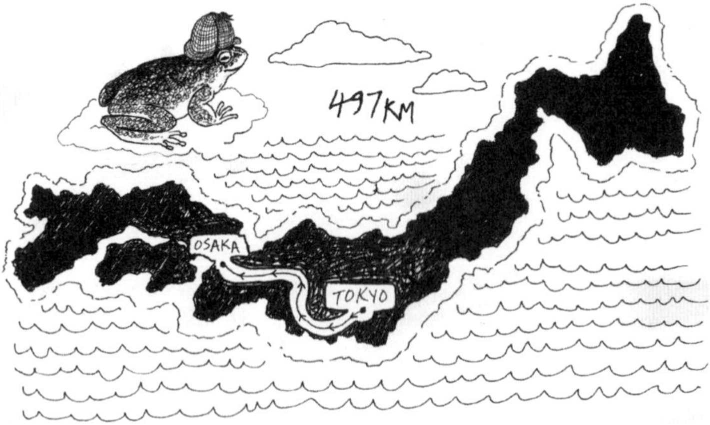

響並非完全不認同智慧手機——要是那樣，他就是一個非常古怪的十九歲青少年——但他正在戒，因為當他困在他自己造就的地獄邊緣，他愈來愈難以忍受看見朋友們張貼大學新生活的照片。

他的心思飛掠到最近與母親之間稀罕的幾次對話。本就稀少的互動原就壓迫而緊繃，後來又充斥她對他的未來和保障所生的關切。他進不了醫學院，這件事不知怎麼地竟逐漸演變為迫在眉睫的毀滅。他痛恨令母親失望。從一開始，向來就只有她和他一起對抗全世界；她人生僅有的一點點快樂似乎都來自他那寥寥無幾的好表現。當他想起他收到結果的那天晚上，她臉上流露的那種表情，令人無法承受的罪惡感與羞愧隨即充斥他心中——母親陷入極度的焦慮與痛苦之中，始作俑者是他。

是他的失敗。

他試著埋藏這些想法，非埋藏不可。

響轉而藉由觀看周遭的人打發時間，謹慎地研究他們，嘗試弄清楚他們是誰、來自何方、將前往何處、靠什麼維生。他找尋他們最突出的特徵，他們之所以有別於他人的特點。他攤開素描本坐在那兒，只是漫無目的地畫下眼前所見。每位同車的乘客都如此沉浸於自己的手機，因此他輕而易舉就能畫下他們的漫畫。眼球被吸入螢幕，手上的機器長出嘴，飢渴地吞食主人的臉。

他眺望窗外；東京的金屬灰高樓大廈緩緩縮水，化為稻田，山丘點綴其中，而他觀看、速寫。他正安靜地坐著，用鉛筆勾勒一名鼻子形狀像茄子的男人，這時，富士山的壯闊形體忽然在飄過車窗外。車上的所有人轉頭、伸手指，響取下耳機，聽見他們充滿敬畏的喘息聲。那天，天空是一種澄澈的藍，可見度完美。山就在那兒，柔軟潔白的雲絲親吻頂峰。

響趕在山消失於視野外之前畫下山的輪廓，再依靠記憶填補細節，加上白雪與周遭雲朵的線條，接著加入他自創的小青蛙插畫；小青蛙正在緩慢地攀登這座山。他的素描本中同樣畫滿這隻青蛙。經常有人問他為何到處畫這個角色，而他通常以一個簡短的答案打發問題：「因為我喜歡他。」

但這並不是完整的實情。實情是，包含隨身聽在內，在父親過世之前，他留給響的事物屈指可數。其中有隻青蛙木雕玩具，此時此刻就在響的背包裡。母親告訴他，這個木雕是由他父親以一塊日本楓木親手雕刻，但對響而言，木雕的意義不僅如此——這也是他與未曾謀面的父親之間的連結。響睡覺時，青蛙就擺在他的床邊。自從他有記憶以來，他就一直都這麼做。

響成長過程的早期記憶之中，向來都只有母親在照顧他，像個單親媽媽一樣堅忍不拔，同時還保有身為醫師的全職工作。

還小的時候，每當他白天時自己玩，他會把青蛙拿到他房間的書桌上陪他——讓他處於不同情境，想像青蛙就是他父親——還能從另一個世界聯絡彼此。有時，青蛙是名偵探，頭戴帽子，身穿大衣，破解謀殺案。有時，青蛙則是救火員，從古老的池塘取水撲滅熊熊燃燒的建築物。其他時候，青蛙是在鄉間遊歷、扶窮濟傾的浪人——無主武士。還有些時候，青蛙就只是父親，給他建議，或是當他深夜聽見母親在隔壁房間哭泣時說些安慰的話。無論響想要什麼樣的父親，青蛙都能扮演那樣的角色；他能夠改變，能夠特別。不像朋友的父親，總是千篇一律。青蛙是個英雄，無論世界給他什麼挑戰，他都奮勇戰鬥。

他剛上小學時，儘管他百般堅持，母親還是不讓他帶青蛙一起去。正該如此，因為在東京的小學，就是像這樣的事會害他成為遭霸凌的對象。響還記得母親在開學前教訓他，告誡他要融入，不能鶴立雞群或陰陽怪氣。他必須跟其他人好好相處——學校的重點在於交朋友、學習成為能在社會中發揮作用的一分子。每天放學後，一如其他許許多多學子，他會去補習班，去真正學習通過考試所需的知識。學校本身則是用來學習社交技巧。

響聽從她的忠告——一如平常。他的母親是一個無比睿智的女人。他擅長融入，也盡他所能不特立獨行。

然而，學校生活少了青蛙，感覺好空虛。

於是響開始在筆記本後面畫青蛙小塗鴉。他憑記憶而畫，還會加上對話框，讓青蛙說話，或是讓他穿上不同服裝。他也開始畫年輕版本的青蛙，然後視其為自己的化身。他有時畫這一對青蛙身穿相似的衣服，一起冒險犯難。他把年輕的新青蛙命名為小夥伴蛙。

同學們看見青蛙塗鴉時，他們並不覺得陰陽怪氣——恰恰相反。男孩們說他畫的武士蛙「kakkoii」（酷），求他也幫他們畫在他們的筆記本。同樣地，女孩們則說偵探蛙「kawaii」（可愛），命令響幫她們畫在她們的日記封面。從小學、國中到高中，響都享有漫畫高手的盛名，經常應同學要求在黑板上畫風景或人物。

此時此刻，置身火車上，響為他的青蛙攀登富士山速寫加上最後幾筆——給他登山杖，幫他戴上寬沿帽，賦予他像古代旅行俳句詩人松尾芭蕉一樣的外貌。他在底下寫上「堅持」兩個字。

他從畫畫之中抬起頭。

那女孩在微笑。對著他笑。

響感覺自己的臉漲紅，連忙低下頭面對素描本。他忽視女孩，若無其事地往前翻幾頁。就在他緊張地飛快翻頁的時候，他翻到一幅小夥伴蛙的跨頁速寫，他身穿高中生制服，正在查看牆上的考試成績，一群學生圍著釘在布告欄上的幾張紙。青蛙垂頭喪氣——灰心喪志——響在底下用狂野的筆跡寫下「失敗」二字。

他啪地合上素描本，轉頭看著窗外。

響愛做白日夢。這會兒，在火車上，他汲取周遭的世界，在攤開於他大腿上的筆記本內熱切地畫著，快筆描繪這趟長而孤獨的旅程中發生的插曲。

他畫的場景是這樣的：

小夥伴蛙身穿短褲和馬球衫，獨自坐在車上，整條火車在慢速區間線嘎吱作響的鐵道上搖晃前進。空蕩蕩的車廂。小夥伴蛙跳著，急躁地從一列火車跳到另一列。小夥伴蛙凝視窗外——瞪大眼——經過無數小站——站名一團模糊。雲朵……柔軟的白色浮雲寧靜地在蔚藍的天空延展。白雲映在稻田的水上。爸爸蛙懶洋洋地斜倚白雲，像乘坐魔毯一樣乘著雲朵飄浮，飛過傳統建築鋪滿亮藍色屋瓦的屋頂，屋頂的每個角落都有瓷飛魚。天空的畫面緩緩掃過車窗玻璃。這一切都在白色的紙頁化為深淺不一的黑色鉛筆痕跡。

他有好多想法，成千上百，但從不起而行。他毫無疑問最愛做的其中一件事，就是凝視任何一片窗外，以一種心不在焉的方式檢視所見的事物。眼前的物體就在那兒，但同時也不在。出現在響面前的事物更像是擴增實境。當他看見真實的山脈，巨大的哥吉拉會從後方冒出來，重重落在森林之上，用爪子拔起樹幹，對著殘存的森林噴火，鬧得天翻地覆、人人恐懼。

抑或是他拿在手上的鉛筆長出眼睛和嘴，開始對他說話。

「哈囉，響！你好嗎？」它微笑，對他揮手，露出滑稽好笑的表情。

周遭的真實事物開始展現各自的生命，他腦中冒出的各種荒謬想法快速緩和了現實的無趣感。他會久久凝視物品，思考著。

要是……會怎樣？要是……會怎樣？

此時此刻，響就像那樣坐在火車上，對著可見的一切以及他的腦袋能夠加入的所有額外細節驚歎不已。他有時會把這些想法隨手畫在筆記本中，而畫畫的這個動作讓他感到無與倫比的平靜。他無比享受描繪陰影、持續雕琢細節，而他人生中最珍貴的夢想就是成為漫畫家。

然而，響有個大問題。儘管他擅長將實物轉化為漫畫世界，儘管他享受畫畫的過程，也儘管他總是能想出新角色，他卻沒有辦法完成一則故事。

他會坐下，告訴自己：「好！我要來畫一則短篇漫畫。我會有開頭、中間，以及結尾！」

他會捲起袖子，拿出紙筆，坐在那兒，凝視空白的紙張。

白紙也凝視他，而他眺望窗外……

「不過還是先……」他會這麼告訴自己。

然後就再度做起白日夢。

除了長時間坐在較不舒服的座椅，響的區間車旅行計畫還有一個重大問題，那就是干擾。區間車總會走到終點，他就必須跟著其他乘客一起下車，在月臺上等待能帶他繼續前進的另一輛火車。有時運氣好，下一般車就等著他衝到月臺的另一側。在這種情況下，所有人都在狂奔，以求在下一段旅程有座位坐。

然而，隨著響進入鄉下，他發現乘客愈來愈體恤他人，總是會讓大家都有位可坐。他不確定他們是友善還是單純愚蠢。

響每次換車都注意到同樣那位女孩跟他走進同一節車廂，他用盡全力不盯著看，但女孩身上有某種氛圍，讓他忍不住想多看幾眼。她的眼睛好大，而且充滿智慧。她在讀一本小說。他在其中一段旅程設法瞥見作者的名字：夏目漱石，但他看不見書名。他好想看清楚她到底在讀哪本書，但每次看的時候都被她的某根纖細手指擋到。

她從書中抬起頭，直勾勾看著響，並微笑。

他的視線彈回素描本，假裝從頭到尾都在幫一隻攻擊青蛙的迅猛龍加陰影。

響嚇了一跳，差點摔了手上的鉛筆。他抬起頭，看見女孩就坐在他對面；他原本以為這個四人座位區只有他自己而已。車廂內除了他們兩個之外空無一人，而他畫得太專心，沒注意女孩就在他正前方坐下。他盡可能若無其事地合上素描本。

「你在畫什麼？」

「沒什麼。」他立即回答。「妳在讀什麼？」

「沒什麼。」她模仿他，歪著頭，眼睛閃閃發光。

「我看見作者是夏目漱石，」響說，「但看不清楚書名。好看嗎？」

「我才剛開始讀幾章而已。」她靠向椅背，專注地細細打量響的臉。「故事描述一個年輕男子正要去東京念大學，火車上有個女人試圖勾引他。」

響的臉漲紅，女孩則繼續說。

「我從橫濱就看見你在火車上了。你也是千里迢迢，嗯？要去哪？」

「廣島。」響不假思索地回答。這個答案模稜兩可，既不是謊言，也稱不上完全真實。她可以隨她高興解讀為廣島市或廣島縣。響挑眉，用相同問題回敬她。

「妳呢？」

「尾道。」她陽光地說。響忍不住一縮。「你去廣島做什麼？念大學嗎？」

響又臉紅了，而且結巴了起來，無法說謊。「呃……不算是——」

「你還是高中生嗎？」她突然問道。

「不是啦。」響搖頭。「我剛畢業。」

「好喔，所以你為什麼要去廣島？新工作嗎？找親戚？」

響意識到她問了他好多問題，他卻沒從她身上挖出多少資訊。她讓他陷入窘境。不過他還是有禮貌地回答。

「不是新工作。」響搖頭。「說來話長……」他愈說愈小聲。

她對他微笑，手指著窗外那片穩定滾過的風景。「我們剛好有時間，不是嗎？」

響嘆氣。「唉，有點丟臉啦，但是——」

「丟臉？」她哈哈笑，在座椅上往前靠。「聽起來很有趣。繼續。」

「好吧，我是浪人生。」

「啊啊。」她點頭，一手握拳捶向另一隻手掌，一副恍然大悟的模樣。「所以你大學入學考試考砸了，嗯？變成浪人生*。」

——

* 浪人生：入學考試不及格的學生。

「沒錯。」

「然後你要去廣島，先去某間大學入學補習班報名？」

「呃，對。」響眺望窗外，看著房舍一間一間閃過。

「沒什麼好丟臉的啊。」她說。「人生中還有更糟幾百倍的事呢。」

她嘆氣，他們沉默了一會兒。響啜飲咖啡。她緊盯著咖啡罐看。

「可以分我喝一小口嗎？」她問道。

「沒問題。」他小心翼翼地把咖啡拿給她。

「謝啦。」她接過咖啡，彷彿兩人已相識多年般以口就罐，喝完後還給他。

「可以問妳一個問題嗎？」響緊張地接過咖啡。

「可以啊，就是這個問題嗎？」她咯咯笑。應對這種怯懦問題的典型回答。

「不是啦，呃，只是……」他努力鼓起勇氣。

「來吧，爽快地問。」她皺起臉。「**妳有男朋友嗎？**」

「才不是！」響的表情從害羞轉為震驚，女孩則是哈哈大笑。

「你不想知道嗎？」她朝他的膝蓋用力一拍。「討厭。」

「不想，我想問的是——」響鎮定下來，「嗯，妳為什麼要去尾道？」

「念大學啊。」她立刻回答道。「我念廣島大學，不過住在尾道。更是說來話長噢，但是我不想多說。好了，換我來問你問題，因為這樣比較好玩。」

對誰來說比較好玩？響心想。

「你上大學想念什麼系？」她問，但是他還來不及回答，她就脫口而出：「藝術？」

「不。」響搖頭。「我想——」

「等等！不要告訴我！讓我猜！」

「好吧。」

「日本文學？」

「不對。」

「工程？」

「不對。」

「嗯嗯嗯……」她瞇起眼，細看他的臉一會兒，然後雙手拍合，伸出一根手指直直指著他。「我知道了。醫科？」

「叮咚。」響點頭。

「我就知道。」

「幹得好。」

「有什麼獎品？」

「這枝鉛筆。」響把自己剛剛用來畫畫的鉛筆遞給她。

「真的嗎？」她竊笑。「但感覺你這裡才是它的歸屬耶。我不能收下這枝鉛筆。」她開玩笑地鞠躬，推開鉛筆。

「請收下。」響又把筆推向她，同時深深鞠躬。「希望它對妳有所助益。」

「那請接受我謙卑的謝意。」她也深深鞠躬，正經八百地收下筆。「我會好好愛惜，等到你成為舉世聞名的漫畫家，我會告訴所有人這枝鉛筆是你的贈禮。」

響哼了一聲。「欸，不可能發生那種事的。」

「有可能啦。」她挑眉。「我看見你的畫了——真的很厲害。所以我才以為你想念藝術相關科系。我挺訝異的，你在這方面那麼有天分，卻居然想去念醫科。」她聳肩。「但我又懂什麼了。」

響望向窗外，一股尷尬的氣氛籠罩他們兩個。他不知道該說什麼，於是一言不發。她再次打破沉默。

「你今天要在哪裡過夜？」她問道。那瞬間，響從她的語氣中聽出一絲躊躇，但他立刻甩開這想法。

「大阪。」響說。

「我也是！」她的眼睛亮了起來。「我們可以作伴。」

「當然。」雖然這麼說，不過響其實不太確定是要怎麼作伴。

「步美。」她像外國人一樣伸出一隻手。

「響。」他也伸手與她互握，一邊擔心自己汗溼的手掌。

到大阪的剩餘旅程中，他們談天說地，漫畫、音樂、電影，無所不談，響幾乎沒注意到時間飛逝。他太專注於和步美聊天，完全沒查看他的手機。也沒注意到有許許多多通知湧入位於他背包內的手機。

當他們抵達大阪、下火車，這時天色已暗，夜空在他們頭頂朝四面八方延伸。響沒有自己來過大阪，但頗安於此處的速度和步調——到頭來又回到大城市。

響和步美通過票閘，這時響感覺胸口一緊。必須說再見了，但他不確定自己到底想不想這麼做。他們來到票閘外一個安靜的角落，他停步，他們轉身面對彼此。

「所以，」步美說。

「所以……」響說。

她拖著一只小行李箱，剛剛下火車和下樓梯的時候響都有助一臂之力，現在則是由她自己拖著。

「所以，我要把這東西放進寄物櫃。」她緩緩說道。「然後，你或許想一起吃點東西？」

「當然。」響感覺胸口的緊繃感消失。

「太棒了！你在這裡等。」她轉身離開，去把她的行李放入寄物櫃。

他喜歡與她相伴。

一直要到很晚，等到他們吃完拉麵之後，氣氛才尷尬起來。

他們先前繼續聊彼此的共通興趣，爭論福岡豚骨拉麵和札幌味噌拉麵的優點；女孩是前者的虔誠擁護者，響則是提出，他在一次稀罕的休息日吃過後者，而那是他這輩子吃過最好吃的拉麵。他們接著討論麵條的嚼勁有多重要——他們對這點非常有共識。吃到一半的時候，女孩突然打斷他。

「我想來點啤酒，你要嗎？」

響緊張地左右張望。「但是我才十九歲耶。」

「噓！」她伸出一根手指貼著自己的嘴唇。「不要那麼大聲，笨蛋。」

她沒等響回應，逕自對拉麵師傅喊：「不好意思！」隨即幫兩人各點了一杯啤酒。

響拿起冰涼的酒杯，和步美輕輕碰杯，和她一起熱情地喊「乾杯！」她一口就喝掉半杯，隨後發出「啊啊啊！」的叫聲。響則是小口緩緩啜飲——他不想喝醉。

響的第一杯啤酒還沒結束，女孩已經喝完第二杯。

他堅持為女孩的拉麵和啤酒付帳，而她再三道謝，提議接下來換她出。

他們轉移陣地到一家小酒吧，喝酒喝到一半，響正在針對《阿基拉》（*Akira*）為何過譽發表簡短的獨白，女孩忽然又打斷他。

「我說，你今晚要住哪？」她咄咄逼人地問道。

響嗆了一下，猝不及防，說不出話來。「我不知……」

「聽著，」她伸出一根手指，「要不要一起找地方住？」

「……」響不知道該如何回應。

「我說，不會發生那種事。」她說話時微微搖晃，說話的方式讓響的心直直往下沉。「只是為了省錢而已。旅伴。你覺得呢？」

響看著他還在喝的這杯啤酒。她已經喝完她的了。

「我不確定耶……」

「好嘛，我不會咬人，你也知道的。」她說。

不過響有其他計畫。他想去道頓崛的某一條橋。他從頭到尾都在盤算著要去那個地點，他怎能帶某個剛在火車上認識的人去他生命中如此私密的一個地方？在那個地方，他父親的自私之舉決定了他的過去、現在與未來。他甚至不知道要怎麼開口解釋那地方對他而言為何這麼重要。他幾乎稱不上認識這女孩，無法鼓起勇氣對她細說從頭。

「我說，我要去洗手間。」她起身，靠過來對他耳語：「再點兩杯啤酒，好嗎？不用擔心那麼多。」

她離座，留下饗獨自凝視他那杯冒泡的啤酒。

他等了一分鐘。舉棋不定，但知道自己必須下定決心。幾分鐘後，他從背包拿出裝著錢的信封，在她的空杯旁放下肯定太多的現金，對酒保鞠躬，隨即直接走出酒吧，邁入大阪市中心的御堂筋之夜，立即消失在人潮洶湧的街道。

懦夫，他腦中的聲音說道，**失敗者**。

他絕對是。

他分明只要對女孩解釋來龍去脈就好，只需要花五分鐘，他就不用像那樣沒留下隻字片語丟下她一個人。

他是懦夫，所以無法對她敞開心胸。

懦夫，也是失敗者。

輟學生。一個浪人生。

令忙碌的母親失望，也令死去的戰地攝影師父親失望。

大阪南區的夜生活熱鬧非凡，響在此處的街道徘徊，看著別人好友成群坐在酒吧裡唱歌、歡笑、共度快樂時光。稍早喝下的兩杯啤酒讓他感覺陰鬱又空虛，不像其他深夜在外的酒客一樣興高采烈。

他走進一家家庭餐廳，坐在裡面看漫畫──浦澤直樹的《二十世紀少年》──方才購自一家深夜仍有營業的二手書店。很難放下便利的城市生活。他會想念這種活力充沛的感覺。

誠實面對自己，他之所以搭慢車，是因為他不想去尾道。他不想去跟奶奶一起住在鄉下。所有朋友都上了大學展開新人生，他卻困在重考的世界，這樣太討厭了。他癱坐在家庭餐廳的坐椅中，捧著一杯又一杯加糖加奶的咖啡，看漫畫；要是擠得出夠多力氣，就把腦中的點子畫在素描本裡。他想起自己一句話都沒留，就把步美丟在酒吧，不禁一縮。大多數時間裡，他都趴在桌上睡覺。

破曉前，他走出家庭餐廳，漫步晃過空蕩蕩的街道，經過幾名在馬路睡著的醉漢，也經過幾灘前一晚留下來的嘔吐物。他走向道頓崛，朝運河流經戎橋之處前進。知名的固力果跑跑人在建築物的牆面閃爍，只不過現在沒有觀光客在前面自拍，街道一片荒蕪。他在網路上看過無數這地方的照片，也在腦中無數次排練這個片刻。太陽緩緩升起，響從矮橋的欄杆探出身子，下方的憂鬱倒影從水面回望他。

多年前，警察就是從同樣這塊河面撈起他父親的腫脹屍體。冷冽、平靜、黑暗的河水，落潮、流動，水流成微弱的波浪盪漾著，看起來像是在對他招手。他終於來到父親結束自己生命的地方。嚮在這一刻之前已經設想過這個情景一百萬次了，而他終於來到這裡。

他從背包拿出小青蛙木雕，放在橋的邊邊。他聆聽。

然而，他只聽見輕柔的水聲。

三

綾子已經兩天無法專心了。

就算是在咖啡店內，她也要費一番勁才能聽見客人在對她說什麼。家裡的電話通常都放在書架上用布蓋著，但在前一晚，她第一次打電話給響的母親，告訴她響並未如期抵達之後，電話就被挪到了客廳中央的矮桌上。

那天她在尾道車站等了整整兩個小時，才終於決定他不會來了。火車隆隆雙向駛過，沿鐵軌匡啷作響；每次一列車經過之前，平交道號誌的鐘聲總會**叮叮**響起，而綾子也總是忍不住心想，響會不會就在這班車上。她坐在小車站休息室的其中一張長椅上，乘客在她身旁進進出出，而她搜索一張張臉孔，找尋著響，但一無所獲。車站有兩個出口——面海的這一個是主要出入口，另一個則在鐵軌面山的那一側，小得多，一般而言只有朝北的當地人才會走那邊。大多數人，尤其是初來乍到者，則會從這個南出口出站。綾子非常有把握。然而，她還是不時緊張地探頭看看是不是有人從鐵軌另一邊的北出口離開。

站長小野原本在票閘後工作。他是個討人喜歡的傢伙，和綾子很熟，注意到她東張西望在找人，於是趁火車之間的休息時間過來聊天。

「在等誰嗎，綾子小姐？」他在綾子坐的長椅前停下腳步。「妳在這裡坐好一陣子了，對不對？」他雙手撐著臀側，儘管俐落的制服褲腰帶上方頂著一顆啤酒肚，也依然輕鬆自在。他的眼鏡緩緩滑下鼻梁。

「小野先生。」綾子對他鞠躬。「我在等我孫子，他從東京搭火車來，早該到了的。」

「咦，那還真怪。」他眨眼，一面將眼鏡推回原位。

「火車有延誤嗎？還是有事故？」綾子問。

「絕對沒有——今天都很準時順暢呢。」

綾子不安地動了動。

「不過，我說，」小野站長說，「妳沒必要在這裡等。妳告訴我他幾歲、長什麼樣子，我就可以留意拿東京車票的乘客之中有沒有像他的人，如果有，我就打電話去妳家，或是咖啡店。妳覺得怎麼樣？」

「小野先生。」綾子再次鞠躬，這次顯得有些難堪。「太好了，要你這麼做實在是太超過。」

「一點也不會！」小野沒當一回事地揮揮手。

綾子直接回家，沒像平常一樣散步到山頂。她立刻拿出電話，從記事本中找出響的母親的手機號碼，隨即打電話給她。

「你好？」媳婦的聲音壓過線路的爆裂聲。

「小節？」

「媽？」

綾子依然稱呼響的母親為小節，響的母親也一定會喊綾子媽。她們最近很少聯絡，但只要說上話，感覺就是要用這些稱謂才對。

「小節，真不好意思打擾妳，可能也沒什麼大不了，但是響君並沒有搭我以為他會搭的那班車。」

「怪了……」節子停頓。「真怪耶，媽，因為我今天早上和他在東京車站的新幹線票閘前分道揚鑣，他還有很多時間可以買票、上車，應該幾個小時前就該到了呀。」

「對。」儘管是在用電話，綾子依然一邊說一邊點頭。「我也是這麼想。我把妳給我的火車班次都抄下來了，就算火車誤點，或是他錯過轉車，還是下車吃點東西，唉，他也早該到了才對。」

「沒事的，媽。」節子咂嘴。「真的很不好意思。我來用 LINE 聯絡響，有他的消息後再打電話給妳。抱歉哪，但我今天實在很忙。」

「Line 是什麼？」

「那是手機應用程式，媽。」節子耐心地解釋。「妳可以用 LINE 傳訊息給別人。」

「我懂了。」綾子其實聽不懂自家媳婦在說什麼，但現在腦子只裝得下對響的焦慮，無暇繼續追問。「可以給我響的手機號碼嗎？只是以防萬一？我可以用我的電話打給他。」

「當然可以！我真是太傻了，之前怎麼沒有先給妳。」

節子念出響的手機號碼，綾子隨即草草將這串數字寫在她的記事本中。

「但是，媽，我覺得還是我先用 LINE 傳訊息給他，然後再打給妳比較妥當。」節子輕快地說。「因為如果他在火車上，他就沒辦法接妳打給他的電話，對吧？」

「說的也是。」綾子又點頭，很高興自家孫子夠懂事，知道不該在火車上接電話。

她們結束通話，綾子順勢就將電話放在矮桌上沒收起來。那天晚上，她三不五時試著撥打節子給她的號碼聯絡響，但都直接轉語音。每次聽見響自己錄下的答錄留言，綾子都會忍不住顫抖——聽起來就好像兒子賢治在墳墓的另一邊對她說話。節子在晚上九點回電給綾子，回報她是沒收到響的消息，但她要綾子別擔心，他不會有事的。她深信不疑。

綾子又度過不安穩的一夜。她無法成眠，好幾次從被褥中起身，坐著凝視矮桌上的電話。真的睡著時，她又做起令人焦慮的夢，獨眼黑貓柯川喵喵號叫，扒抓她的前門，因為她前一晚忘記餵牠了。

她嫌天亮得不夠快。

隔天吃早餐時，電話響起，綾子用最快的速度抓起話筒。

「喂？」她含著滿嘴的魚說話，連忙囫圇嚥下。

「媽，不用擔心。」電話的另一端傳來節子平靜的聲音。「我收到響的消息了。他今天早上傳LINE給我。因為某些原因，那個蠢小子決定改搭慢車，他在大阪過夜，接下來會搭區間車到尾道。他說他應該今天下午三四點會到，還說他非常抱歉害妳擔心。不過，媽，他到了以後妳還是得罵罵他，然後要他打電話給我，我才能再繼續罵他。」

「謝謝妳通知我。」綾子覺得略略鬆了一口氣。

她們聊了一會兒，節子為自家兒子惹出的麻煩，以及沒時間多聊聊再三向綾子道歉——她是在看診空檔抽空打電話。綾子要她別放在心上，也請她不用擔心。黑貓宅急便那天早上已將響的行李送達，正在他的房間內等著呢。

綾子掛上電話，但仍甩不開心中的焦慮。

大阪。

他為什麼偏偏在大阪停留？

綾子準備展開這一天，也再次於家中佛壇的兩張黑白照片前停下腳步。這天，她花了比平日更長的時間祈禱。

對她的丈夫祈禱，也對她的兒子祈禱。

祈禱的內容都是她的孫子。

火車穿過黑暗的隧道，進入晴朗春日的白光之中。那天早上搭火車離開大阪時，他沒在車上看見女孩，他鬆了一口氣。

他雙手捧著素描本，封面可見他的名字的

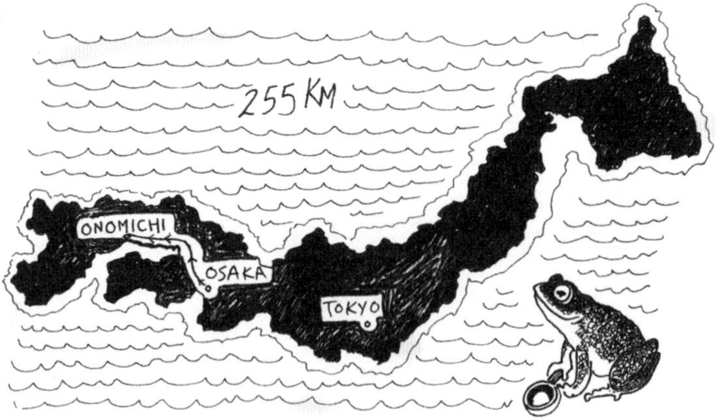

漢字，筆跡工整，以黑筆寫在他張貼於正面的素白色貼紙上。

響*

每次有人問他，他的名字「Kyo」是哪個字，他都必須寫出來，或是加以解釋。他會告訴他們，他的名字用的是「聲響」的響的漢字——跟那個威士忌的牌子一樣——但聲響的響的讀法並不是「kyo」，而是「hibiki」。打從他孩提時起，這個漢字就迷住了他。上面的「鄉」意指「村莊」，下面的「音」則是「聲音」。當他還是小小孩、學寫自己名字的時候，他腦中的畫面是一個空蕩蕩的村莊，孤孤單單一口鐘響徹房舍，聲音在一面面牆和一條條空寂街道之間迴盪。而這個故事、這個畫面在他腦中播放，幫助他記住該怎麼寫自己的名字。

進入廣島縣之後，距離他的終點尾道愈來愈近，山巒在他右側，瀨戶內海則在

---

* 這裡的響原為日文漢字的字型。

他左方——無數島嶼漂浮於遠方。藍色大海……現在只是畫紙上的一片白……無法以黑與白描繪出大海的藍。然而，在熟練的鉛筆勾勒下，冷冽海水的寧靜感清楚展現於紙頁的空白處。它存在。而且是兩次。除此之外，有個東西從冷冽平靜的海水中探出頭來，是海中怪獸嗎……？

車廂已空，響獨占四人座位，腳踩在對面的椅子上。他在這麼做之前先脫下了拖鞋，不過車掌每次經過，還是都會面露緊張地查看。響仔細研究車掌的臉——眼神晶亮，鼻子如鉤，襯衫凌亂，領帶歪斜——他也成為響素描本中的一個漫畫人物——一隻巨大的黑色烏鴉，五官誇大，身穿制服；小夥伴蛙伸腳跨在椅子上，末端呈圓球的腳趾展開，而烏鴉認真地打量他的腳底。

響藉著畫畫避免自己思考到尾道之後將發生什麼事。他不得不坦承，他為媽媽傳來的瘋狂 LINE 訊息和數量驚人的未接來電而發愁，有些電話還是來自未知號碼。

他沉浸於畫畫、漫畫和音樂之中，逃避分析自己人生之中發生的任何事——像是遠離東京；也無須思考那天早上在大阪，當他凝望戎橋橋下，注視著河水的黑，他心中又是什麼感覺。

「妳確定妳沒事吧，綾子？」佐藤不安地問。「妳今天早上怪怪的耶。」

綾子朝佐藤皺眉，他被瞪得坐回高腳凳，微微舉起雙手。要是旁邊有其他客人，他多半會被念一頓。不過此時此刻，潤和惠美已經回去工作，因此咖啡店內只有他倆。

綾子的表情軟化，沉沉嘆了口氣。

「說嘛。」佐藤這次勇敢了些。「肯定發生了什麼事。妳可以對我傾吐。」

綾子幫自己泡好一杯咖啡，放在杯托上推到櫃檯對面，自己也繞過去，在佐藤旁邊的高腳凳坐下。立體音響正在播放邁爾士．戴維斯（Miles Davis）的《泛藍調》（*Kind of Blue*），外面的街道此時安靜無聲——所有學生整整齊齊塞在各自學校的課桌後。偶爾，外面的拱廊商店街響起道早安的聲音，或是一艘小船懶懶漂過咖啡店的窗子，不過這個地方現在由佐藤和綾子獨享。

「沒什麼大不了的，佐藤。」綾子朝熱咖啡吹氣。

「嗯，就算是最小的事也會令妳心煩。」

「只是，唉……」綾子皺眉。「我好幾個晚上沒睡好了。」

「嗯嗯嗯……」佐藤也皺起眉頭。「這可不像妳，小綾。」

她輕啜一口咖啡。

「唉，我猜你早晚也會知道——而且說老實話，應該只會早，不會晚——不過，唉。」她從喉嚨深處微微低吼，然後才接著說：「我的孫子要從東京來跟我一起住。」

「噢！」佐藤的臉亮了起來。「太棒了。」

綾子朝他一瞥。「是嗎？」她搖頭。「他本該昨天到，但那傻瓜不知道為什麼不搭新幹線，改搭區間車，所以多花了一天的時間。」

「噢，拜託，」佐藤輕笑，「那又沒什麼大不了，對吧？我年輕時幹過更糟糕的事呢。他幾歲？」

「十九，」綾子將咖啡杯放在杯托上。「但那不是重點，佐藤。他沒如期抵達，我當然很擔心，但是，唉，我真正煩惱的是他怎麼會在大阪中途下車。」

佐藤收起笑容，交抱雙臂。

「那有點——」

「如果是京都、神戶、姬路，或任何其他地方，我都不覺得有什麼大不了。」

「嗯，嗯。」綾子一邊說，佐藤一邊發出附和的聲音。

「但考量賢治在那邊發生的事，他又偏偏在大阪下車，這就有點令人擔心了。」

「我懂。」佐藤點頭。「不過小綾，也可能只是巧合，妳知道吧？」

「噢，我當然知道！」她不以為意地朝佐藤猛搖手。「但這整件事還是不會因此而感覺比較好，對吧？」

佐藤只是點頭，知道自己現在無論說什麼都無濟於事。

「那小子到了之後，我要狠狠教訓他一頓。」綾子說。

「噢，小綾。」佐藤哈哈大笑。「手下留情，好嗎？我們都年輕過，我們都會犯錯。」

「他得學點教訓，佐藤先生。」綾子起身收拾自己的咖啡杯和杯托。「禍福由人哪。」

響睜開眼，尾道城剛好映入眼簾。他肯定睡著了。古城看似飄浮在上方的雲朵之中。剛開始，他以為還在作夢，但他隨即看見聳立於古城之上的山巒。

「即將抵達尾道，尾道，車門將於右側開啟。」廣播傳來車掌爆裂的聲音。「尾道，下一站尾道，下車時小心，請別忘了您的隨身物品。謝謝您搭乘ＪＲ西日本鐵道，希望能很快再次與您相見。」

響快快抓起背包，一面打呵欠、伸懶腰，一面站著等火車停下來。門滑開，他輕快地跳下車。

此時大約下午三、四點，只有幾名乘客跟他一起下車——幾乎全空的列車將續行廣島，等著上車的人數甚至比下車更少。

響讓其他人先走出票口，自己則緩緩出站。有個人在剪票口手工向乘客收取車票，一面一一向每個人鞠躬、道謝。

難以置信耶。要是在東京，沒有人會願意做這種工作。反正大多數人都有西瓜卡，只要輕觸ＩＣ面板，就能自動出站。就算是手持實體車票，也可以以相同方式將票插入機器即可。用不著啤酒肚、戴眼鏡的可憐討厭鬼向人收票，還一一道謝。他的眼鏡從鼻梁滑落，再加上那顆從皮帶上方突出的大肚子，看起來有點像狸貓。

他這是來到什麼窮鄉僻壤啊？

響將車票交給工作人員，走出票口，這時那男人對著他說起話，他驚訝地抬起頭。

「欸，先生……不好依事，先生？」狸貓查看過響的車票後，隔著眼鏡凝視他。

「什麼事？」響尷尬地停在票口外。男子的廣島腔很重，響很難聽懂他在說什麼。

「偶說，我降問史在肥長私哩，不過，泥似不似來治東京？」

響大受衝擊。這男人為什麼要問他這種問題？響幾乎完全無法聽懂他的口音。

「嗯嗯，不是？」響回應道，嚴格說來不算說謊，因為他那天早上是從大阪上車的。

「缺定？」男子透過眼鏡過分好奇地打量他，眼鏡這會兒又滑下他的鼻梁了。

響感覺到一股一閃而過的炙熱憤怒。這隻狸貓自以為是誰啊，居然像這樣質疑乘客？響這是在被警察審問嗎？

「我今天早上從大阪來的。」響有點挑釁地說道。

「大阪，嗯？」男子點頭。「怪了，因為泥的票上面寫的是東京，不系嗎。而且泥也沒有大阪口音⋯⋯偶區過嘛，偶說泥聽起來更像東京人⋯⋯」狸貓說話時肯定留意到響的臉忽然變得通紅，因為他緊急改變策略。「但偶哪懂啊，嗯？」他自顧自笑了起來。

「你是因為什麼特別的理由才問我這麼私人的問題嗎？」響交抱雙臂，用最有禮貌的語氣問道。

收票員聽出自己惹響不快了，於是站直，切換為標準日語。

「我為我的無禮致上十二萬分歉意，先生。」他深深鞠躬。

「沒關係。」響說，為自己如此難搞而感到內疚。

「請原諒我，先生。」男子繼續說道。「只是，我一位朋友的孫子要從東京來此地，她正在等他，而我說會幫她留意。你有點符合她的描述，但請接受我謙卑的歉意。」他這次鞠躬時腰彎得更低了，鼻尖幾乎擦過票口。

「沒關係。」響這時覺得自己真是太糟糕了，居然亂發脾氣。「不用放在心上。」

他腳跟一旋，快速離開現場。他聽見收票人又切換成方言自言自語。響顫抖。

他有可能習慣當地人的說話方式嗎？

「你好？」綾子在第二次鈴響時接起咖啡店的電話。

「綾子小姐？」線路另一頭響起爆裂的說話聲，聽起來像小野站長。

「小野先生？」

「對，是我。妳怎麼猜到的？」

「有消息嗎？」

「他到了。至少我頗確定應該是他。」

「確定嗎？」

小野猶豫了一下，接著深深嘆氣。「嗯，我看得出家族遺傳，綾子，不知道妳懂不懂我的意思⋯⋯」他尷尬地愈說愈小聲。

綾子的心跳加速，她寬慰地吐出一口氣。

「你有跟他說話嗎？」

「有啊，不過他好像被我的問題嚇了一跳。他真是個談吐文雅的東京小夥子，對吧？用我們自己的話跟他交談，我覺得自己有夠粗野。他說他從大阪來，非常感謝，不是東京——不過我從他說話的方式聽得出他是東京人。」

「啊，肯定是他。他昨晚在大阪過夜。」

「肯定就是這部分造成混亂吧。他一定以為我是在問他今天早上從哪裡上車。是我不對，問錯問題了。」

「你看到他往哪裡走了嗎？」

「他從前側離站，有點漫無目的的感覺，在岸邊停了一會兒，然後朝拱廊商店街走去。若說他正在走去咖啡店的路上，我也不會太意外。」

「太感謝你了，小野先生。感激不盡。」

「小事一樁，不用放在心上。」

綾子掛上電話，感覺略有好轉。肯定是他。

但她還是無法專注於手頭的工作。此時此刻，她不再等電話響起，反倒是每隔幾秒就朝門的方向瞥。她忽略最後幾位午餐時段客人的閒聊，全心注意門鈴的叮噹聲。

響對小鎮的第一印象是一片死寂。幾乎一個人也沒有。而他看得見的那幾個人又那麼老，根本也跟死人沒什麼兩樣。無聊。好無聊。唯一的聲響只有火車站的鐘聲和叮噹聲。他離開票口，緩慢而費力地走過一片朝大海延伸的草地。他來到岸邊，眺望海面。這片慵懶拍打混凝土的水確實就是大海嗎？看起來還更像一座湖。響曾和媽媽一起從東京去海邊單日旅行，到過鎌倉、茅崎和江之島，他看過海浪雷霆萬鈞地沖擊岩石，噴濺白色浪花。

然而眼前，眺望瀨戶內海，大海波瀾不興，就只是平靜地待在那兒。小船來回穿過小河口，他看見大大的「向島工場」寫在對岸碼頭的建築物上。真具原創性啊。古代的鄉巴佬肯定看見什麼就怎麼為這座島命名——向島——「朝向這裡的島」，現在看起來像工業區，腐朽而蕭條。小鎮大致上看起來似乎都在腐朽、衰敗，或只是廣泛性地分崩離析。

他要怎麼在這裡生活？

他搖頭，大步走向商店街

他在路上經過一尊和服婦人的青銅塑像，她蹲在一只老舊的柳編行李箱旁，一把傘靠在行李箱上。響看了看標牌：林芙美子。

這又是什麼啊？

好土氣，好無聊，好不酷。

他途經拉下百葉窗的商店，不時經過姿態疲憊、蹣跚而行的老人。他們彎腰駝背——脊椎幾乎成九十度朝他們的腿凹折——行走時借助手推車之力，面朝地面。不過，響走過時，他們不知怎麼地總會注意到他，隨後而來的就是一聲友善的「午安！」

響抗拒地回禮。

這座小鎮的每個人都一天到晚對別人說話嗎？

響走了一會兒，很快便發現自己已經走出拱廊商店街，正慢慢靠近住宅區。已經？但他才走幾分鐘而已耶，就已經從頭走到尾了嗎？這座小鎮真有那麼小？

他在販賣機前停步，買了一罐咖啡，拉開拉環，一邊蹲下查看手機。母親用LINE傳來的訊息嚴格指示他直接去奶奶的咖啡店，不要去她家。令人不舒服的恐懼感隨著咖啡沖刷著他的胃。他會被狠狠訓斥一頓。

他知道。

他點開幾個社交媒體應用程式，瀏覽同學們張貼的照片：剛入住的大學宿舍、入學儀式、他們剛搬過去的城市、他們去上課的宏偉大學建築、他們新交的朋友。當他看見前女友由里子為東京某知名大學醫學院入學儀式穿上正式和服的照片，他停頓了一下。當然了，由里子不同於她的同學，她肯定會穿上和服炫耀。他的拇指懸在照片上方，嫉妒的感覺在他腹中燃燒。

響嘆氣。

他點擊照片上方的三個小點，在下拉選單中選擇「靜音」選項。

手機快沒電了，他必須繼續前進。

響喝完咖啡，看了看表——下午四點——已經比他說他會到的時間晚上許多。

他回頭，沿拱廊商店街走向奶奶的咖啡店。

他有多慢就走多慢，但終究還是來到門前。

招牌上寫著大大的「埃佛勒斯咖啡店」，還畫了一座山。

響再次嘆氣，徐徐推開門。

鈴在他頭頂輕輕響起。

「歡迎光臨！」

綾子沒抬頭，直接喊出店主標準招呼語。小野從車站打電話來之後，她就一直緊盯著門，儘管如此，當門鈴確實響起，她卻甚至連頭也沒抬，只是機械地大聲打招呼。

「奶奶？」門口傳來怯懦的說話聲。

綾子抬頭，這才看見他。

她原本拿在手上的杯子，滑落在地上砸個粉碎。

她無比震驚，一時用雙手掩住臉。

他就在這裡。

一名十九歲的男孩，相同的眼，相同的下巴，相同的嘴。

他的髮型比較新潮，但他就在這裡。

「我來幫忙清理，奶奶。」他說。

他一開口，綾子隨即回到現實。男孩一口完美標準的日語，略帶東京的矯揉造作，他不是賢治。賢治說的是廣島方言。

賢治早已離去。

這是賢治的兒子。

她的孫子。

而她應該要對他生氣。

「放著吧。」她厲聲對想動手幫忙清理茶杯碎片的響說。「在那邊坐下保持安靜。你已經惹夠多麻煩了。」

響將他已經撿起來的碎片交給綾子，在她指定的桌子旁邊坐下。客人在他抵達前都已離開，綾子原本正在收拾，準備關店。清理碎片時，她的憤怒像一鍋煮沸的咖哩一樣慢慢煨著。她讓她的情緒顯露自我——展現出她很擔心，還有她內心深處的在乎。她甚至摔破她的其中一只可愛瓷杯，現在只能換掉了。她受到操控，變得在乎了，而這讓她加倍憤怒。

嗯，在她完成日常工作的同時，她將保持沉默。

響看著奶奶收拾。

她剛瞥見他的時候，他看見她眼中閃過一道光。是安心嗎？愛嗎？某種情感閃過她的臉，但就如同出現時一樣快速消逝。現在，當她在店裡到處磕磕碰碰，收起杯碟和碗，偶爾要他讓開好讓她打掃，他只看得見她那冷若冰霜的表情。在他內心深處，他愈來愈為自己讓她擔心而感到內疚、羞愧。

她默默離開咖啡店，響則是跟在後面。他們沉默地走在街上，只要遇到人，他們都會向綾子打招呼，她也會殷勤回禮，但忽略他們探詢地看著響時的好奇表情。綾子沒興致解答任何疑問，總是走在他前方幾步之外。當他們走上通往她家的上坡時，她終於打破沉默。

「一點責任感也沒有。」她忽然說道。「你沒打電話，沒讓任何人知道。」

響悶悶不樂地走在她身旁。

「當你立下承諾，你就應該說到做到。」她停下來撫摸一隻站在本田小野狼上的獨眼黑貓；她一面寵愛那隻貓，一面繼續數落響。「沒聽過這種蠢事。你害你可憐的媽媽擔心死了。我可沒有，你無論怎樣我都沒差。但你有沒有停下來想過你可憐的媽媽會是什麼心情？沒有，因為你自私。你是一個自私、不負責任的小鬼。」

響保持沉默，靜靜聽她發火。她終究會平靜下來吧。

他們來到一面中央有扇門的古老石牆。她繼續指責、斥罵，一面壓下門上的生鏽巨大把手。她靠上去用全身的力量推，鉸鏈嘎吱作響，門被她猛力推開。他們走進一座封閉的小院落，一幢屋頂鋪滿閃亮新屋瓦的美麗傳統木屋包圍其中。

他們穿過玄關，走入涼爽的屋內。她終於與他四目相交，並質問道：「怎麼，你有什麼想辯解的？」

他遲疑了一下，隨即深深鞠躬。「我很抱歉，奶奶。我絕對不會再犯。」

「最好是。」她又瞪了過來，一根手指朝他胸口猛戳。「**郷に入っては郷に従え**（*Go ni haitte wa go ni shitagae*）——入鄉隨俗。」所以她喜歡說諺語。「跟我住在一起的時候，不可以再像那樣胡來。聽到了嗎？」

「是，奶奶。」

「很好。現在，打電話給你媽。」

「是，奶奶。但是我需要幫手機充電。」

「手機充電？別傻了——用家裡的電話！」

「我需要檢查一下手機裡的訊息，看看媽媽有沒有用 LINE 傳訊息給我。」

「沒用。」綾子搖頭。「隨便你吧，但你最好在五分鐘內跟她講上話，不然家裡就要出事了。」

響走進一個鋪榻榻米的小房間；這裡之後就是他的房間了。

他將背包放在地上，瞥見有幅卷軸掛在角落。

正當他在背包裡翻找充電線的時候，他發現裝錢的信封不見了。

四

春季餘下的期間，他們甚少交流。

綾子維持自己的日常作息，大多忽略男孩的存在。只要他乖乖去補習班上課，她對他就無話可說。他先是延遲抵達，接下來還發生搞丟整包錢的慘案，她決定讓他嘗嘗典型的冷戰。她當然聽見他第一晚到她家時躲在房間裡輕聲哭泣，這令她心煩意亂——她並非無情之人。但走進去對他展現同情並沒有用。不，眼下最好還是讓他吃點苦頭吧。同時間，她會採取行動，扭轉局勢。隔天，她一早就去火車站找小野先生，感謝他打那通電話，然後不經意地提起遺失的信封。他那天稍晚就帶著信封晃到咖啡店。一如綾子所料，一名乘客在火車上撿到這包錢，隨即送到廣島車站。小野的同事請一名車掌順路送了回來。綾子免費招待小野站長咖啡和咖哩，以此作為謝禮。

傻小子在旅程的某個時間點將裝錢的信封塞在背包的側袋，而信封隨即掉落。他們運氣好，節子知道要在信封上寫傻小子的名字和綾子位於尾道的地址。因為節子的這一手，綾子推測她過去也處理過類似的情況。

儘管她同情這孩子，她卻還不想放過他。他必須了解他搞砸了。生命有時很殘酷，而這是綾子想為他上的一堂課——若你違背承諾，晚到，或是弄丟裝滿錢的信封，你總不能期待世界還為此感謝你，對吧？

而且，無論如何，他從那時起就認真念書——這也不是壞事。

就響而言，他則是淒慘至極。

他想念東京，想念他的朋友，也想念小鎮欠缺的活力感。街道死寂空蕩，幾乎沒有任何同齡人住在這裡——要不老得要命，要不小得要命，沒有中間值。他在街上和老人打招呼，但他和他們之間隔著一道年歲之牆。同樣地，當他看見學生穿著各色制服在外面走動，他和他們之間也不再有共同點。他確實才剛從高中畢業不久，不過自從他遠離學校環境，那道裂口就變得像深淵般難以跨越。他再也不能自稱高中生——那不再是他身分的一部分。然而他也不能自稱真正的社會的一分子——社會人士——或是大學生。他聽說尾道也有所大學，但規模肯定非常小，或是位於城鎮的另一區，因為他沒見過任何大學生。廣島大學是附近最大的高等學府，主校區坐落於西條。無論如何，他不屬於那個社會階層——他是無主武士學生：浪人生。

他每天和其他浪人生一起在補習班上課，日子變成乏味的例行公事，每個清晨都是被奶奶喚醒。

然後早餐已上桌。

第一天，他犯了開口問問題的錯。

「奶奶？」

「怎樣？」

「有玉米脆片嗎？」

「**玉米脆片？**你是在囉嗦什麼？」

「呃，只是媽媽通常早餐都給我吃玉米脆片，或是吐司——」

「**吐司？**」

「對……只是，妳知道的……米飯、味噌湯和魚不太合我……」

他抬起頭，看見她的表情，認為還是別繼續說下去比較好。

「吃。」

奶奶會在她離家的同時把他也踢出門，然後一起走到小鎮。事實上，有天早上，他動作太慢，她還真朝他臀部踢了一腳。剛開始那幾天，他不適應新環境，晚上睡不著，等到凌晨好不容易入睡，接著就會睡到聽不見鬧鐘的聲音。她實際上還真用她那雙強壯的手臂把他拖出被窩；儘管少了幾根手指，那雙手依然活像鐵鉗。她會押著他一路來到補習班門口，早早送他進去，他就只能坐在那裡跟一位老師大眼瞪小眼一個小時，等其他同學到來。奶奶認識這位年輕老師，要求他容許響提早到班安靜念書。其他同學到的時候常常猜疑地打量他，納悶他為何總是獨自提早到。

補習班的每個人對響來說都是一個樣：懊悔都深深植入他們體內。他們都一敗塗地，現在是他們達到進入醫學院所需成績的最後機會。教室裡的每位同學都是敵人——競爭大學一席之地的對手——甚至沒人有心交朋友。老師們對此也心知肚明，他們的工作因此輕鬆許多。沒有一個學生會頂嘴搗蛋。他們沒有任何事能談笑，也看不見任何樂趣。這是一所私人機構——要是他們閒混，或是考試成績不理想，那就這樣：慢走不送。

於是，響慢慢養成一套待在奶奶身邊的日常模式。努力不礙著她，或是惹她暴怒。她生氣時很嚇人。

夜晚成了問題——不同於東京；在東京時，要是他睡不著，他會悄悄溜出公寓，在街上漫步。在那裡，他會找家漫畫咖啡店，去電玩店，或是在便利商店吃點東西。不過尾道這裡的夜晚一片死寂，只聽得見小船在水上擺盪的輕柔聲響。便利商店還開著，但數量稀少而且距離遙遠。響還沒膽趁奶奶睡覺時溜出去，也還沒機會探索有幾家酒吧營業的夜生活區。不過相較於東京，就連這些店家也算是早早休息，而且，嚴格說起來，他的年紀還太小，不能喝酒。剛開始，他會熬夜在房間裡安靜畫畫，一邊用隨身聽聽音樂，然而當早上奶奶來把他踹下床的時候，這就引發了麻煩。

隨著時間過去，他的作息慢慢與她同步。

下午補習班放學後，他就直接去咖啡店，綾子看見他進來會沉默地點點頭。她總是在角落特別為他保留一張桌子，放上「預定席」的牌子，響便坐在那裡念書。要是有客人試圖跟綾子打探響的事，她便搖頭、別開視線，話題隨即終結。

大多數時候，響都專注於手中的書本，但他也確實注意到有些固定的常客——他們是誰、什麼職業、都點什麼。他每天坐在那張桌子旁安靜讀書，讀完後，他就拿出素描本和筆開始畫各個客人，但只能偷偷摸摸地畫，才不會被奶奶抓到。有位年長男性特別吸引他的注意——佐藤先生——他總是左右轉動他的頭，有點像雪鴞，於是響將他畫成一隻雪鴞。他用畫他父親的相同方式描繪奶奶——畫成一隻青蛙。畫畫時，他聆聽客人用廣島腔聊天，慢慢發現自己的耳朵接受了他們的腔調。

其實跟標準日語也沒多大差異，只是比較短促、簡略。他們喜歡用一種不正式的語體，不太常用敬語。雖然沒辦法像他們一樣說話，但他開始比較聽得懂了。他在筆記本記下標準日語和廣島腔的差異：

（較簡略的）男性代名詞**我**：ore 變成 washi
女性代名詞**我**：atashi 變成 uchi
動詞**在**：iru 變成 oru
動詞**到達**：todoku 變成 tau
形容詞**困難**：muzukashii 變成 itashii
形容詞**簡單**：kantan 變成 miyasui
形容詞**煩人**或**令人討厭**：mendokusai 變成 taigii*
形容詞**溫暖**：atatakai 變成 nukui
名詞**瘀傷**：aza 變成 aoji

*他們很愛說這個詞。

一天結束，奶奶收拾、關店。

然後他們一起去散步。

通往千光寺的小徑很陡，男孩最初發現自己很難跟上綾子。他很快就上氣不接下氣，只能停下來喘氣。綾子則是發現自己得大大放慢速度，才不會海放他。他們才走到一半，他就已經滿身大汗，於是綾子配合他的體力改變路線。她通常走的那條路陡峭但最接近直線，但她改走另外一條路，和緩繞山而上，穿過古老木屋夾道的窄巷——有些房屋現已廢棄、無人棲身。綾子覺得這條路有些令她感傷，因為她還記得往日時光，也記得誰曾居住其中（還有他們是如何離世）。不過對男孩而言，老宅就只是腐朽的木頭。走這條路比較花時間，但會慢慢增強他的體力。她確信只消一、兩週，他就能走比較陡的那條路了。

這並不是最高的山——綾子甚至只會稱之為丘陵，而非山——但她承認有些地方頗為陡峭。他們第一次朝山頂走時，男孩彎下腰大口喘氣，在急促的呼吸之間說：「奶奶……我們不能改搭纜車嗎？我在商店街好像有看到招牌……」

綾子搖頭，對著他搖晃一根手指。

「你們現在的年輕人就是這毛病。」

男孩氣喘如牛，腋下浮現汗漬。

綾子接著說：「你們想要風景，卻不想付出努力跋涉。」

「但是……唉……」他抬頭看她，抹掉額頭的汗水。「根據我的觀察……纜車大部分都是老年人在搭，不是嗎，奶奶？」

「呸。」綾子不屑地擺手。「你也是老年人了嗎？」

男孩無話可說。

「而且別跟我耍小聰明。」綾子繼續輕快地大步前行。

「是，奶奶。」她聽得見他就跟在一步之後。

「你的處境已經夠危險了。」她忍不住咧嘴微笑，但沒讓他看見。

他們首度登頂時，櫻花依然盛開。他一臉驚訝，而綾子從中得到小小的滿足感。他們在櫻花下的公園漫步，她注意到他的表情慢慢從淡淡的無聊轉變為顯而易見的驚歎。他拿出那個兼具電話和照相機功能的玩意兒拍照。綾子沒多加干涉，但忍不住想起年輕時的兒子，拿著他的舊尼康單眼相機快活地喀嚓喀嚓按下快門。他拍照時瀰漫年輕的純真，而綾子現在也能在響的臉上看見相同的氣質——全心投入於創作。到後來，她會常常看見那樣的神情，尤其是在響畫畫的時候。他是那麼全神貫注於畫圖，以至於沒發現她在看著；她甚至瞥見一幀粗略的漫畫，將佐藤先生畫成一隻貓頭鷹，而且畫得那麼傳神，她看了差點哈哈大笑。但是，響和賢治長得好像，像得可怕。兒子在同一張矮桌練習書法的景象浮現她腦海。現在，每當響畫畫，感覺就像她在看著一個鬼魂，而這令她不知所措。

一如往年，小鎮居民都會前往山頂的千光寺公園，大家鋪開藍色墊布，坐下來舉辦賞花大會。只要花還沒謝，許多人就會在工作結束後來到屋外，坐下來享受彼此的陪伴。到了週末甚至還更加忙碌，因為家家戶戶、三五好友整日流連公園，在櫻花下吃吃喝喝、談天說地。小屋台路邊攤如雨後春筍冒出來，販賣當地最受喜愛的廣島美食，像是層層疊疊的什錦燒和炸牡蠣，不過也有全國共通的烤玉米和炒麵。

「奶奶？」旁邊傳來男孩的聲音。

「怎樣？」她斜眼朝他一瞥。

「我可以去路邊攤買點東西吃嗎？」

「晚餐會吃不下的。」她不假思索立刻駁回。

正當他們在尋歡作樂的人群之中沉默走過公園，左邊忽然傳來叫喊聲。

「小綾？」

他們雙雙轉身，看見一小群人正在那裡賞花。

出聲叫喊的是佐藤，但和他一起坐在藍色墊布上的還有潤和惠美、小野站長和他的妻子美智子。

綾子嘆了口氣，思考著要不要假裝沒聽見。並不是說她不喜歡這群人——恰恰相反。但她沒閒功夫漫無目的地閒聊。她和響要回家吃晚餐，男孩此時此刻的人生並不需要和喝酒、閒混的人一起沒完沒了地聊天。他需要的是安靜的紀律和嚴謹的養生。堅定，不輕浮。

響對一行人微笑。他在咖啡店念書時見過潤和惠美夫婦，也注意到他們看似只比他年長幾歲。他們總是親切地對響微笑，要不是礙於綾子在場，他們到現在多半也該聊過幾次天了。

那群人全部對綾子和響揮手，喊他們過去，他們不得已只能走過去打招呼。兩人並肩緩緩走向坐在地上的友人們。

「我們不會久留。」綾子壓低音量對響說。

響嘆氣，綾子並非沒有聽見。

「兩位好啊。」他們來到藍色墊布旁後，佐藤開口，「你們要去哪？」

「只是來散散步。」響回應道。

綾子令人畏縮地朝他一瞥。

「所以你就是那個大名鼎鼎的東京孫子，嗯？」潤鞠躬。「很高興見到你，請多多關照。」
響鞠躬回禮。「請多多關照。」
小野站長難為情地對著響咧嘴而笑，而響立即注意到他。
狸貓！
「我們見過了。」他的眼睛閃閃發光，或許是因為他正在喝的清酒，也或許是因為他和響先前的互動。「不過很高興再次見到你。希望你在這裡住得開心。」
他身旁的女人用手肘頂他的肋間。「你不幫我介紹一下嗎？」
「妳不會自己介紹？」他皺起臉，按摩著剛剛被戳中的位置。
「我是美智子。」她朝小野的方向擺手。「我跟這個胖呆是夫妻。很高興認識你，響先生。希望你在這個小鎮住得開心。這裡當然比不上東京光鮮亮麗，但若我們能做些什麼讓你住得更舒服，儘管告訴我們就是了。」
她親切地對響微笑，而聽她說話的方式，響莫名就是知道她不是尾道人。她的口音還是廣島腔，但略微有別於其他人。他也發現她的全名剛好構成一個雙關。
「不好意思，」他小心翼翼地說，「不過……」
所有人的視線都集中到他身上。他覺得很難堪，而且因為綾子炙熱的存在讓他感覺自己好像不該在自我介紹之外還貿然開口，他更是覺得加倍困窘。

「……請不要覺得我提起這件事很失禮，但……如果妳的名字是美智子，妳的全名不就是小野美智子——聽起來就像**尾道之子**耶*……」響愈說愈氣弱，覺得自己這麼長篇大論實在太蠢。其他人都對彼此說不拘禮節的方言，他卻擺脫不了一口標準日語，聽起來自負又做作，就好像他不想以同樣的友善態度對待他們。

小野尷尬地低頭，迴避妻子的瞪視。

「你說得對啊，響。」她溫暖地回頭看響，接著又對小野板起臉。「而且，要是我早知道這傻瓜以前每個週末都從尾道跑去廣島市，到處找尋名叫美智子的女孩，就想把人家娶回家——只為了擁有屬於他自己的小笑話，每次有機會的時候就跟朋友一起竊笑——我就絕對不會嫁給這男人。」

「好了啦，親愛的。」小野對妻子說，「那又不是我跟妳結婚的唯一理由。」小野咧嘴微笑，朝佐藤和潤看，向男人們尋求支持，「但這是個好笑話，對吧？」

「絕對是個巧妙的笑話。」佐藤輕笑。

響微笑，所有人也都在笑——就連美智子的臭臉也破功，展露笑顏——他開始喜歡他們了。

「但是你們兩個為什麼不坐下來一起賞花呢？」佐藤在自己旁邊的起皺藍色帆

布上幫他們挪出空位，一面朝中間的便當和飲料比劃。「食物和飲料都很多喔。」

響上前，但立即感覺綾子抓住他的肩膀。

「謝謝，佐藤先生。你真是太好心了。」她的語氣有禮但冰冷。「不過響和我要回家了。抱歉哪，這次就不參加了。」

響的心下沉。年輕的潤有點同情地看著他，一手拿著一盤炒麵，另一手則是一罐朝日啤酒。看見裝在塑膠盤中的什錦燒，響不禁口水直流，看得目不轉睛。

佐藤看見他目光的焦點。「欸，給你。」他把什錦燒拿給響。「請帶回去當晚餐吧，響君。」

響鞠躬到一半，手指幾乎就要碰到塑膠盤了，這時綾子的手再次介入。

「謝謝你，佐藤先生，但我們絕對不能拿你們的食物。」她轉身斥責響。「佐藤先生好心分享，你應該跟他道謝。」

「謝謝你，佐藤先生。」響說。「但我不能收下。請你們好好享用美食吧。」

佐藤放下什錦燒，聳聳肩。「噢，好吧。」

——

* 譯註：小野美智子（Ono Michiko）的讀音與尾道之子（Onomichi no ko）只差一個音節。

「祝大家玩得開心。」綾子鞠躬，一面把響拉走。「也希望很快在咖啡店再次見到大家。」

他們將快樂的賞花會拋在身後，繼續前進。

「狸貓……抱歉，我是說小野，他真的去廣島找名叫美智子的人嗎？」響遲疑地問。

綾子轉頭大笑。「當然不是！他們編出這個故事，好讓你在說蠢話之後可以放鬆、自在些。」

響的臉漲紅，而綾子竊笑。

「而且，你應該稱呼他為小野站長，不是狸貓。還有，我跟你說過不要開口的。」

「抱歉，奶奶，但是，」響壯著膽子繼續說，「妳只說我們不會久留，沒叫我不許開口。」

綾子裝作沒聽見。

他們一路無語走到山丘最高處的觀景塔。綾子的散步路線通常結束於此，他們會爬上觀景臺頂點，站在柵欄邊眺望大海，凝視遠方的山巒。

不過今天，儘管春景迷人，失望的浪潮卻開始滲入響的四肢百體。黑暗充斥他的全身。他的雙肩明顯垮下。綾子透過眼角餘光注意到他的變化。

「你的人生將會有許多歡慶的機會，」她目光不離眼前的風景，低聲說道，「但你還沒贏得歡慶的權利。還沒有。」

響憂鬱地點點頭，罪惡感刺痛綾子的胸口。

她對這男孩太嚴厲了嗎？

她猶豫片刻，在腦中組織了幾個句子，幾乎可以聽見自己把它們說出來：

你做得很好，響君。繼續努力。讓你母親為你驕傲。

但她只讓這些話語在她腦中迴盪，在她身體裡迴響，有些在她的舌尖輕柔振動，但終究沒說出來。

她最後只說：「好了，我們走吧。」

下山途中，他們喜歡在那條滿是貓咪的小路貓之細道稍停。他們第一次散步時，響曾納悶他們這是在做什麼，為什麼停下來找這些野生街貓，不過當他看見綾子從她每天帶的袋子拿出鮪魚罐頭和蟹肉棒，他就了解了：這對她來說是一個儀式。日子一天天過去，響發現，綾子傍晚的心情似乎視某隻獨眼黑色公貓是否出現而定。如果那隻貓在，綾子似乎會變得稍微好相處些。

那天，在山上的千光寺公園離開那群快樂賞花的人之後，響看見黑貓已經在那兒，跟其他貓一起等人來餵，他不禁鬆一口氣。貓跳上一段快倒塌的磚牆，低頭看著兩個人類，舔舔嘴，打了個呵欠。響容許自己緊繃的肌肉放鬆。

「啊！牠來了。」綾子開心地自言自語。「很好。」

她盡職地先餵其他貓，接著咂嘴，輕柔地低聲呼喚黑貓下來吃東西。牠好不容易終於跳下來，綾子隨即把所有其他貓都拋諸腦後，全心專注於黑貓。

響坐在另外一段矮牆上耐心地看著。其他貓狼吞虎嚥吃下綾子倒給牠們的鮪魚和蟹肉棒。他不著痕跡用手機拍下綾子撫摸黑貓的照片，擔心她若發現會生氣。

太陽尚未落下，夕陽餘暉仍恰恰足以視物，不過天空已轉為深紫色，街道也空無一人。賞花聚會如火如荼，他們可以聽見持續不斷的低微聊天聲從山頂傳下來。山下，船徐徐漂過分隔本州與向島的狹窄海峽。海的另一邊，碼頭的起重機一個接一個亮起美麗的藍色、黃色、綠色和橘色燈光。

綾子撫摸黑貓，響偷偷朝她那雙少了幾根手指的手一瞥。

他不知道自己有天是否能鼓起勇氣問她，她怎麼會失去手指。他問過媽媽，但她假裝沒聽見。這家子似乎都愛祕密。

「誰是好孩子啊，柯川？」她柔情地低聲說。「誰是小寶貝貓貓？」

響豎起耳朵。「妳叫牠柯川？」

「對。」綾子沒抬頭。「因為牠就叫這名字。」

「誰幫牠取的？」

「我啊。跟你有什麼關係？」

「噢，沒事……只是……欸，牠的名字是來自爵士薩克斯風樂手約翰．柯川（John Coltrane）嗎？」

「或許是。怎麼？」

「他不是雙眼健全嗎？」

「是又怎樣？」

「呃……我很不想這麼說，但……」

「怎樣？」她抬頭看他。「有話快說。」

「欸，把這隻貓取名為柯川不會有點種族主義嗎……妳知道的……就因為他一身黑？」

綾子看似吃了一驚，沉下臉，繼續撫摸貓。

「真是蠢問題。還不如根本別問。」

響靜靜坐著，他的問題正中要害，因而隱隱覺得自己好像贏了一局，不過懊悔也同時緩緩蔓延。或許他不該那麼說。

「如果你非知道不可，我幫牠命名為柯川，不是因為牠的毛色，也跟牠少一隻眼睛毫無關係，而是因為牠走動的方式。很神奇。要是你多注意像這樣的事，你就會懂了。」

「他走動的方式？」

「對。」她深吸口氣，繼續說下去。「我第一次看見貓咪柯川的時候，牠正在街上潛行，而我腦中立刻響起約翰．柯川的音樂。立刻喔。」她略一停頓，搖了搖頭，然後又對貓說起話來。「他說誰種族主義？真是個呆頭呆腦的男孩，嗯？」

尷尬的沉默籠罩兩人。柯川稀里呼嚕吃完鮪魚，開始進攻蟹肉棒。

「對不起，奶奶。」響緊張地摳著指甲。「我沒聽過他的音樂。」

綾子哼了一聲。她常在咖啡店和晚上的時候播放柯川的音樂——男孩顯然都沒在聽。

柯川吃飽喝足，悠哉地漫步離去。綾子起身看著牠走遠，隨即轉身朝向響。

「好了，我們走吧。」

回到家後，他們還是維持相同的傍晚常規。

響坐在房間的矮桌旁聽隨身聽，拿出手機，點開相機膠捲，查看剛剛綾子餵柯川的時候他幫他們拍的照片。他將貓放大，開始在素描本描繪黑乎乎的輪廓。

綾子坐在起居室讀小說。她正在讀芥川龍之介的《河童》。之前已經讀過好多次了，也向來覺得這是一本輕鬆的中篇小說，隨時可以拿起、放下，但她今天發現自己難以專注於書頁，視線掃過一行行文字，沒吸收眼前的故事。她抬頭看鐘。或許早早泡個澡有助於她理清思緒。

這是幢老宅，因此並沒有完善的浴室。廚房有水槽，可供刷牙洗臉，還有一間戶外廁所，但沒有浴缸。每天晚上，綾子和響會一起走去附近的錢湯公共澡堂，在上床前好好泡一下。回家後，她會立刻要他將她稍早洗好的碗盤收起來。

她滿腦子糨糊，無法專注，覺得愈早去泡澡愈好。她起身，走到響的房門口，等了幾秒後探頭進去看他在畫什麼。他拿出了手機，正參照照片描繪綾子餵貓的畫面；肯定是剛剛拍的。綾子驚歎於他畫得有多好——雖不想承認，但她立即就想擁有這幅以她和她最愛的貓為主角的畫。

「走吧。」她喊道，享受著他被她嚇一跳的模樣。「我們去澡堂。」

響火速合上素描本，看了看手機上的時間。「噢，今天比較早耶。」

「諸行無常。」她厲聲說，一面打量素描本。「你在寫什麼？」

「沒什麼。」

「別說謊。」她瞇起眼。「肯定有什麼。」

「我沒說謊，奶奶。」響說。「我只是在亂畫。」

「畫畫嗎？」綾子遲疑了一會兒，目光飄向牆，再開口前深思片刻，彷彿她有可能會後悔說出接下來她要說的話。但她無論如何還是說了，同時手指掛在牆上的卷軸。「**蛙の子は蛙**（**kaeru no ko wa kaeru**）——**青蛙的孩子也是青蛙**。」

她又說了響聽不太懂的諺語。他看著那幅松尾芭蕉的詩；先前雖看過多次，但不曾真正注意。「什麼？」

她嘖了一聲。「你父親是極富天賦的書法家，你不知道嗎？」

聽見綾子提起自己的父親，響的眼睛亮了起來，綾子察覺他散發一股意料之外的強烈情感。她先前不曾對男孩提及她死去的兒子——也就是他的父親，沒想到效果那麼驚人。他的目光射向卷軸，細細研究，彷彿他這才第一次看見它。

綾子讀出卷軸中的文字：

古池や　蛙飛びこむ　水の音

古老的池塘　青蛙淩躍而入池　水之聲響起

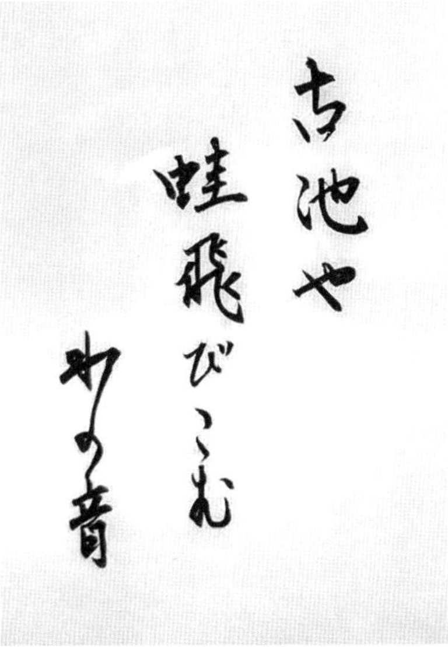

響起身走向卷軸，開始用手指描繪筆跡，而綾子細細查看他的表情。

「你知道這首俳句是誰寫的嗎？」她問。

「松尾芭蕉。大家都知道啊。」響翻白眼。幸好他是面朝卷軸，綾子不會看見。他轉身面對她，眼神炙熱。「但……爸爸寫了這幅字？」他接著說，迫切地指著角落的空白處。「他為什麼沒有落款？」

「因為我從垃圾桶救了好多幅回來收藏，而這是其中一幅。」綾子嘆氣。「他一再寫這首俳句，但總是不滿意。他每次寫完都丟掉，因為依照他的說法，那些都不**完美**。」

「但寫得很棒啊。」響說。

「我知道。」綾子說。「不過他不這麼認為。」

「但——」

「響，」綾子突兀地說，「澡堂，立刻。」

他們一路無語走到錢湯，隨即分道揚鑣——綾子去女性浴室，響則去男性浴室。今天沒有其他客人作伴，響獨自坐在寬敞的男子浴池內。他的腦子不停打轉。他有好多和他父親有關的問題。

他真的好想知道，但為什麼都沒人告訴他那些故事？

綾子懊悔提起賢治和卷軸。把故事懸在男孩前方、挖掘過去是對的嗎？告訴他那些事對他一點好處也沒有。祕密不會說謊，對吧？而有時真相會傷人。那條路比較仁慈，哪條路又比較殘酷？

她的內心深處冒出一股更濃烈的懊悔——懊悔自己的錯誤。還有害怕再次失敗。她這次該怎麼改正過失？

她該怎麼做得更好？

他們分坐各自的浴池，陷入沉思。

水滴不停從水龍頭落入靜止的水中，滴答聲不絕於耳。

綾子與山：第一部

週五晚上，綾子偶爾會去跟咖啡店的朋友們小聚，留下響獨自在家。她幫他準備好晚餐，然後嚴格要求他必須留在家中、做些有用的事。他會利用這些獨處的時間在平和與安靜之中畫畫。柯川甚至會來探訪，在他畫畫時坐在他腿上，如果他沒給予夠多的關注，柯川還會靠在他身上磨蹭。

某個週五晚上，他的右手持續輕輕撫摸柯川，左手一面為一幅四格漫畫上色。他最愛的週刊《光與影》（*Light & Shade*）即將舉辦比賽，他在考慮用這幅漫畫去參賽，這時柯川忽然動了動。

「怎麼啦，夥伴？」他對貓說。

貓眨眼回應，然後轉身從響幫牠留了個小縫的拉門走了出去。響揉了揉發痠的眼睛，跟著貓來到起居室，發現一扇窗開著；貓先前應該就是從這裡進來。一本大書攤開蓋在地板上，多半是貓跳過書架時撞掉的吧。

他拿起書，翻過來，看見剪貼其中的報紙。

響立刻領悟那是什麼——他父親拍的照片。

撕裂的金屬、流血的軀體、破碎的混凝土。都是黑白照。

他將剪貼簿拿到起居室的矮桌，從第一頁開始一頁一頁翻看，又是作嘔又是敬畏地細細審視每一幅照片。

悲慘的場景——地上的軀體，凝視鏡頭的士兵，遭摧毀的坦克、憔悴的兒童、爆炸、火焰、開腸破肚的建築物、燒得焦黑化為灰燼的村落殘跡。響大受震撼——爸爸居然帶著相機去過這些地方。他親眼看過那些事物。響忍不住在一幅他以前就看過的照片停留——一個皮膚蒼白的孩子趴臥泥濘之中，一隻黑狗趴在她或他身上。

父親怎麼有辦法看那些東西？他怎麼不會想插手？阻止那種瘋狂。

對綾子而言，持續剪貼這種照片肯定也很難吧。

貓用鼻子頂響，響心不在焉地撫摸牠那身柔軟的毛，另一隻手繼續翻頁，最後來到報導他父親之死的那篇新聞。他火速翻頁，不想再次讀到父親的自戕。他先前讀過同一篇報導。響還在念國中的時候，曾在東京的當地圖書館發現一本父親的攝影集，書中也翻拍了同樣一篇新聞。響幾乎記得其中的每字每句。這本攝影集很多年前就絕版了，最近很難再找到，不過響好不容易在東京的神田神保町附近一家專賣攝影相關書籍的書店買到一本二手書。好心的店長幫響找到一本。這本書爾後就一直放在他位於媽媽公寓的房間內，藏於一只箱子裡。

然而他不曾有機會看看照片刊登在報紙上是什麼模樣，而看見它們在低品質紙張上微乎其微地泛黃，其中蘊含的力量卻彷彿比在響那本高品質攝影集中還強大。黑沉入扎實的黑，白則更加過曝，滲入紙張本身。印在粗糙的新聞紙上，對比變得更加強烈。照片甚至變得殘酷許多。

零散的一張紙從剪貼簿飄下，落在地上。響彎腰拾起，注意到紙張的兩面都沒有黏著劑。他將紙張翻來覆去，愣了一下才領悟。上面有奶奶的照片。綾子。攝影者當然並非他父親。她站在雪中，背著後背包，一手高舉冰斧。

她看起來比較年輕，但肯定是她，不會錯。

響閱讀內文。

當地女性戰勝魔山

尾道人士田端綾子（照片中女性）經高山搜救隊上週五於群馬縣谷川

岳山腳尋獲，現正於東京某醫院治療腿部骨折與手腳嚴重凍傷。

田端試圖獨攀谷川岳，且輕率地未通報當地相關單位其攀登路線，或是其計畫攻頂的日期。

自從人類於一九三〇年代首度探勘谷川岳，已有大量登山客於此山脈葬送性命，因此一般稱此山為「魔山」。在相近的期間之中，因攀登聖母峰而遇難死亡的人數約二百人，相較之下，則有約莫八百人於谷川岳喪命。

一九四三年曾有一整支登山隊消失其中，時至今日，依然常有登山客因其嚴酷的環境而遇難。其險峻的山峰常可見雪崩與惡劣天氣。

此番並非田端首次於谷川岳遭逢厄運。數年前，她的丈夫田端賢三隨一大型登山隊攀登谷川岳，亦於此送命。

田端綾子在本報採訪時拒絕回應，但據推測，她攀登谷川岳應是為了向其丈夫致意；田端賢三之名銘刻於山壁上的一塊紀念牌，在同一事件中喪命的其他隊友亦名列其上。

於山腳尋獲田端的搜救隊表示，她受困於風暴與雪崩，但設法獨自在山上撐過兩夜，後續儘管一腿骨折，她仍順利自行安全下山。

「真是位剛強的小姐哪。」一名搜救隊員評論道。

響反覆重讀這篇報導，同時目光在文字和奶奶的黑白照之間來來回回。太難消化了。奶奶差點在登山時送命。他怎麼會完全不知道這件事？

然而，他愈是思索，就愈是覺得顯而易見。她的咖啡店名埃佛勒斯。她每天執著於走到尾道的山頂。她少了幾根手指和腳趾。現在想想，確實說得通，然而同時間又有種超現實的感覺，他竟然不知道奶奶人生中的這個重要細節。

媽媽為何不告訴他，奶奶曾和死神擦肩而過？

他將這頁零散的剪報放回去，再將新聞剪貼簿合上後放回架上。響不知該作何感想，也發現自己的大腦依然在消化這些資訊。就算已經將剪貼簿歸位，他接下來這晚還是時不時會停下來搔搔腦袋，搖搖頭，納悶著媽媽為何避而不談。

芙珞
：夏

芙珞揉揉眼睛。

她將這本經過無數次翻閱、書脊破裂的文庫本《水之聲》面朝下放在前方的桌上，嘆出一口氣。她凝視咖啡店古怪的岩石內牆，就著優雅的白瓷杯啜飲一口咖啡。至少咖啡很不錯，不過這家位於吉祥寺某地下室的咖啡店空氣氤氳，熏得她眼睛發疼。她才來三十分鐘，不過今天店裡一堆菸一根接著一根的人，她很難專注於閱讀。

翻譯這本書的過程無比艱辛，她眼下正在跟其中的幾個雙關語搏鬥。其中一個跟「kaeru」有關，這個字在日文中一般而言是三個異義同音字，端看你是怎麼寫：

蛙——青蛙；変える——改變；帰る——回家

不可能保留這樣的文字遊戲，將響的青蛙玩偶和他想回東京的心情連結。然後，佐藤的名字和他喝咖啡的方式也隱含一個諷刺的玩笑。他的姓是佐藤（Sato），但「砂糖」的讀音也是sato。芙珞完全沉迷於將這兩個句子翻譯為英文，同時保留原文的幽默。用不著說，她這麼做是為了轉移注意力，不去思考她想遺忘的其他事。

芙珞出於幾個理由而來到這家咖啡店。首先，這裡沒有無線網路。幾天前，她一時衝動將《水之聲》春季篇章的譯稿樣張寄給人在紐約的編輯，然後就一直為他的回信而擔心受怕。來這家咖啡店的另一個原因是這裡有濃烈又無比美味的咖啡，雖然價錢有點高，一杯就要六百日幣。除此之外，她也想要在午餐後去井之頭恩賜公園散散步。

儘管今天是週四，芙珞不用上班，她的翻譯工作卻沒有太大進展。她原本打算以開始翻譯《水之聲》的下一個季節展開這一天，但失敗了，發現自己又重回她仍不滿意的春季篇章。看見她在寄給編輯的譯稿中所犯的所有錯誤，她一整個早上都覺得自己好丟臉。寄樣張給他真是大錯特錯。她太魯莽了，甚至沒重讀一下她寫給他的信件內容（**想說你可能會好奇我最近在做什麼……**）；她為此深自懊悔。

時值東京的雨季，沒有空調的公寓令人窒息。那天早上在床上剛睜開眼的時候感覺還沒那麼糟，不過小公寓內的空氣慢慢愈來愈壓迫，就連莉莉也變得令人無法忍受，一直踩過芙珞的鍵盤，持續喵喵嚎叫尋求關注。最後，芙珞決定在家工作是個壞主意。她常發現自己被電子郵件分心，或是轉而上網查詢更多有關廣島縣尾道小鎮的文化歷史背景。

文學翻譯的其中一個危險是掉入探究的兔子洞。像是查詢鳶式大衣，好看看綾子穿的是哪種外套（她在網路上查到，這種外套看起來有點像福爾摩斯的大衣），或是試著在文字中納入日本年長一輩在室內電話上蓋布的習慣（她還是覺得自己翻得很拙劣），她一直卡在單一句子，隨隨便便就耗掉早晨時光中的一個鐘頭。

而且她沒去過尾道，覺得自己無法滿足、想更加深入了解那個地方。她最近的一個蟲洞是調查尾道諸多祭典的其中一個，稱作鬼神祭。在這個祭典中，三位鎮民裝扮為妖怪，在大街小巷遊走，一邊用棍子敲打兒童。其中一個妖怪的敲打將帶來智慧，另一個則會帶來好運。芙珞瀏覽了無數照片，其中都是父母舉起哭泣、嚇呆的孩子，等著被妖怪的棍棒輕敲。然而，要是落入瀏覽網路照片的陷阱，可想而知，翻譯的進度就會變慢。

另一個她仍在苦苦思索的根本小事是她要不要去一趟尾道。她考慮著，是在翻譯進行中探訪小鎮，還是或許結束後再去。完全不去似乎很可惜，但她擔心實地走訪或許會摧毀她閱讀時在心中建構的畫面。小說與現實。哪個比較重要？

這些和許許多多其他煩惱令她備受煎熬。

於是她決定離開公寓，到吉祥寺找家不錯的咖啡店。她只需要帶附上註記的書本和筆記型電腦就夠了。她目前所在之處在網路上獲得很高的評價，網友讚賞其優質的咖啡，還有午餐供應的咖哩。如果她不去尾道，那至少也得在東京找一家比較

她腦中的一個部分想問像這樣的問題：	她的另一邊大腦則說：
還不知道有沒有機會出版， 翻譯下個篇章有什麼意義？	我不在乎！ 無論如何，我都需要找點事情來做。
不是白費力氣嗎？	無論有沒有出版社要，我都想翻譯這本書。
說不定會再次失敗？	或許有人想要。
失敗……	失敗……
失敗……	我是個失敗者……

傳統的咖啡店去坐坐，藉此體驗實際上坐在她想像綾子所在的那種咖啡店之中是什麼感覺。

有點方法翻譯的概念。

或至少，她是這麼告訴自己的。

芙珞凝視展開的筆電螢幕。

閃爍的游標期盼地對她眨眼。她皺眉，瞇起眼，將焦慮投射於小小的游標。它那忽隱忽現的節奏令她不快。**快一點！**游標說，**好慢噢！妳怎麼還沒結束這章啊？**它尖叫道。

像這樣的內心掙扎煩得她眉峰雙鎖，此時只是盯著筆電的游標看，而非做些有生產性的事，任何事都好，像是重讀一次她即將開始翻譯的夏季篇章。

每次想到工作，她就會冒出一個令人不安的

想法，那就是她才進行到四分之一而已。截至目前，她完成的部分感覺只是冰山一角，而且還不保證她的作品會有面世的一天。不會有人讀這本書，她的努力只會凋萎，或許是淪落於筆電硬碟的數位虛空之中無人聞問，也或許成為一份幽靈線上文件，只與她的良師益友小川分享。

但工作好過讓她的心思飄向前一個流產的翻譯冒險。跟有紀合作的那一次。委婉來說，那次並不順利。

此時此刻，坐在咖啡店內，回顧已經發生的事，芙珞不禁一縮。女服務生注意到芙珞的表情，走過來詢問是否一切都好。芙珞親切地微笑，告訴她一切都很好。很好。

妳老是說很好啊，我很興奮——**卻從不告訴我妳真正的感受。我總是在猜**。

她的專注力正式宣告瓦解，她找出手機，點開Instagram。

她瀏覽有紀最近在紐約的貼文：騎腳踏車、布魯克林（Brooklyn）當地小酒吧、博物館、貝果、在人群中微笑。和朋友一起野餐。她看起來很快樂。有紀看似做了很不錯的人生抉擇。

芙珞不確定自己是否也一樣。

在她們的關係之中，芙珞犯的第一個重大錯誤，是在一個對她自己而言比對任何人來說都重要的案子投注如此大量心力。

是她鼓勵有紀寫自傳《九州酷兒》，而且有紀每寫完一章，她就跟著讀一章。有紀剛開始只是寫著玩，記錄身為同性戀在南九州鄉下的傳統保守家庭中長大成人是什麼滋味。芙珞讀過有紀最初以日文書寫的散文，隨即不可自拔。她無法停止閱讀，非得讀更多不可。

於是芙珞鼓勵（好吧，是說服）有紀寫更多篇散文。繼續寫下去，或許甚至在有紀不想寫的時候也不依不饒。不過她每週都成功押著有紀多寫一篇，稱每一篇為「一章」；最後，芙珞開始稱之為「一本書」。

「在哪？」週日晚間，她沒收到任何東西時，她會這麼問。

「啊啊！」有紀會呻吟、咒罵。「拜託，讓我喘口氣吧！我不想寫。」

芙珞在這個時候通常會以消極抵抗回應，說些「好啊……如果妳不想寫，那也沒關係。我只是覺得很可惜……」之類的話，逼得有紀躲到深夜的咖啡店一小時，然後才帶著幾張日本人一般用來手寫作文的方格稿紙回來，上面則是她倉促潦草的筆跡。

芙珞很喜歡讀有紀獨特的筆跡。

一部分的她嫉妒有紀是如何不費吹灰之力，自然而然就能夠在神奇的方格稿紙寫出文章。有紀不把自己的天賦當一回事，甚至看似覺得無趣，這卻是芙珞的一切。她希望自己也和有紀一樣，生長於一個用漢字、平假名、片假名在那些美好稿紙寫文章的地方。

她對有紀寫漢字的方式嘖嘖稱奇——那些形狀和型式有種驚人的獨特性。那是唯有有紀創造得出來的符號，而看見出自這隻不完美人類之手的文章，令芙珞自覺特別，感覺她們之間的連結因此而變得更加強大——女朋友和女朋友，作家和譯者。她擁有閱讀草稿的特權，無人得以看見的原稿。那些劃掉的地方、錯別字。

而她要將其全部翻譯為英文。

後見之明，芙珞現在都懂了，這一切都出自她的自私。

就算已經過了好幾個月，她依然為造成所有那些沒必要的麻煩而內疚。

緊繃的張力維持了幾個月，直到有紀拼湊出一份草稿。她們孜孜矻矻編輯、使草稿成形。接著，有紀將這本書拿去參加國內的諸多獎項、投稿，但每次收到的回應都是非制式化的婉拒，像是：**這真的很有意思，而且寫得非常好。我們也很同情敘事者的處境。不過，我們不確定這樣的內容是否適合日本現今的風氣，或是我們這家出版社。祝妳一切順利，也希望這本書能找到最適合的出版社。**

於是，芙珞不顧有紀反對，決定她們必須先在國外出版。如果她們設法在美國出版，或許後續就能在日本引發牽引作用。她寫了一份提案，並翻譯了自傳的其中幾章。剛開始，一切看似大有可為。

她的編輯葛蘭（Grant）起初對他讀到的內容抱持正面態度，芙珞和有紀都為有希望將有紀的作品翻譯為英文而興奮不已。芙珞一直暗自懷抱著信心。就連葛蘭也一樣。他說這完全就是時下美國讀者想讀的東西。

有紀從頭到尾都很尷尬，有點驚訝芙珞怎會如此堅持，非得選擇她的作品來翻譯、納入自己的職涯——她們初次約會時，有紀對此欽佩不已。

「妳異於常人耶，芙珞。」有紀微笑道。

「怎麼說？」芙珞挑眉。「是負面的意思嗎？」

那一刻，她忍不住想起日文中的「異」——違う（chigau）——也有「錯誤」的意思。

「妳不像大多數外人——不好意思啊，我用了這個詞。妳很努力學習日文。真不敢相信妳居然把西谷二的作品翻譯為英文。我就連日文也讀得很辛苦耶！」

「少來了，別逗我喔。」

「我是認真的，芙珞。妳令人欽佩。」

芙珞當時漲紅臉，感覺自己對有紀敞開。

那是在一切都還有希望的時候。在芙珞努力爭取翻譯、出版有紀的自傳之前。在有紀飛去紐約之前。

當葛蘭終於正式回應，芙珞遠比有紀緊張許多。那天，芙珞收到葛蘭寄來的短信之後，她不知道該如何對有紀啟齒。

寄件人：葛蘭．卡西迪
收件人：芙珞．當索普 flotranslates@gmail.com
主旨：九州酷兒

最親愛的芙珞：

恐怕是壞消息。這裡的每個人都看出這部作品的潛力，但我們就是說不出為什麼該出版一個不知名日本人的自傳。我真的很抱歉，但出版社不打算簽下這本書。別灰心！再跟我說妳接下來要做什麼，好嗎？如果妳想通電話聊聊，我也樂意至極（雖然時差有點棘手）。

妳的朋友，小葛

諷刺的是，有紀一點也不在意，坦白說，她甚至好像還有點如釋重負。芙珞對這整件事的重視比她多太多了。芙珞不會說退稿是有紀決定去紐約的原因。這也不是她們分手的理由。

但肯定無濟於事吧。

「妳好。」一個聲音以英語對她說道。

芙珞依然凝視著閃爍的游標。她的心思飄離軀體，沉浸於過去的錯誤與不足之處。英語的說話聲讓她回過神，依然坐在吉祥寺的這家咖啡店內。她抬起頭，看見坐在隔壁桌的年長男士。他身穿休閒襯衫，但看起來依然整潔俐落，顯然是退休人士。他有一張睿智的瘦臉，眼神好奇。

「你好。」她以英語有禮地回應。

「從哪來？」男子說得很快，跟很多日本人一樣省略了**妳**，多半直譯自日文どちらから（dochira kara），就字面上來說就是從**哪來**的意思。又來了：芙珞的心思飛馳而去。

「美國？」男子接著問，又將她拉回現實世界。

芙珞因焦慮而悸動。她被問這問題的次數多到足以把她逼瘋。

「奧勒岡的波特蘭（Portland）。」她說得很慢，一面無力地微笑。

「我以前住在俄亥俄州（Ohio）的代頓（Dayton）。」他邊說邊大口吃他的咖哩。

「真棒。」芙珞說。「你的英語說得很好耶。」

「妳會讀日文嗎？」他用湯匙指著她的《水之聲》。

「不算會。」芙珞說。

「日文很難。」他幾乎像是在安慰她。

她需要逃離這個處境。她想要安靜坐著進行她的翻譯工作。她必須離開。

「不好意思。」她迅速起身，將筆電放進包包。「我該走了」外面在下雨，於是她從咖啡店門口的愛心傘架隨手抽了一把傘。

男子看起來有點驚訝，但表情放鬆。

「祝妳在日本玩得開心。」他親切地說，一面有禮地鞠躬，並揮了揮手。

來到街上，芙珞撐開傘，這才發現傘面有個破洞。她自顧自笑了笑，雨滴穿過破洞，沾溼她的T恤。剛剛對那位年長男士那麼唐突，她覺得自己好糟糕。他只是寂寞，想找人聊聊罷了。

真相是，她的人生不順遂，她就把氣出在他身上。要是處於恰當的情緒，她會樂於停下來聽他訴說他在俄亥俄州代頓的故事。剛剛原本有可能發展成那種她在非日本人作家寫的書中讀到的老掉牙片刻——迷失自我的年輕西方人置身日本，遇見睿智的日本長者，長者將古老禪意智慧注入年輕門生的思想中。兩人從彼此身上學習，成為完整的人。巴拉巴拉巴拉。

但這並不是一個暖心的故事。這裡是東京。真實、冷酷、淡漠的人生，她沒時間到處坐、等著有人來對她講述智慧之言。

她有什麼不對。她為何無法和其他人類連結？有紀自己也說過——她讓人好累。她在波特蘭就是個悲哀的失敗者，搬來東京也沒改變任何事。她依然是個沒用的人，無法與任何真實、活生生的人相處——唯有只存在於書頁中的虛構角色能夠成為她的友伴。

勢不可擋的黑暗令人無望——那感覺又回來了。

她走向井之頭恩賜公園，心思不停打轉。

芙珞喜歡去公園，因為她能夠關閉她的腦，單純走路，無須專注於目的地。透過和緩步行、觀察周遭，芙珞得以沉思她在人生中遭遇的種種問題。雨終於停了，太陽從雲後探出頭，晒乾她的溼衣服。太陽下暑氣逼人，不過她走在水光閃閃的湖畔小徑，沿途皆有宜人的樹蔭。她眺望成雙成對在湖面上划船或踩天鵝船的人，心思立即飄向有紀。

她們分手了，不過仍努力維持友誼，在 Instagram 維持令人痛苦的聯繫——芙珞總忍不住看有紀的照片，看了之後又滿心充斥令人無比頹喪的懊悔。她為何不跟她一起去？她為何選擇獨自留在東京？她到底有什麼毛病？芙珞跟有紀說過她為翻譯《水之聲》付出多大心力，而有紀的回應感覺很真誠：**很好啊，芙珞。我很高興妳覺得快樂**。

但芙珞並不快樂。沒錯，她不顧一切全心投入《水之聲》的翻譯工作。但她並不確定這到底是為了什麼。她比她預期更喜歡這本書，也發現自己被吸入其中的世界。閱讀響和綾子遭遇的問題是一種愉快的消遣，她得以暫時脫離自己的人生。因為若是她停下來、太深入思考（思考有紀、她的事業、她身而為人愚蠢無比的笨拙）——尤其是在她等電車要去公司上班的時候——她就會無法遏抑。她會開始想著跳下去。

她聽過全部有關跳軌者的都市傳說；這是外人之間常分享的八卦。

故事通常都像這樣：一個「朋友」在月臺等車，站在販賣機旁，這時一個傢伙朝高速駛來的火車前方一跳。跳軌者被火車全速撞上，從車頭彈開，落回月臺，又撞上販賣機，身體碰地猛擊販賣機的玻璃面。轟隆。碎玻璃。斷骨嘎吱。肉體拍擊的可怕聲音。鮮血混雜外漏碳酸飲料的氣泡。

那會是什麼感覺？

她知道那很情緒化，但芙珞常這樣：她總想著結束一切。就像《水之聲》的賢治。結束自己的生命。但她不會選擇水，她會選火車。快而無痛，希望如此。這種黑暗時常緩緩籠罩她，大多都是在她筋疲力竭的時候。不過工作可以將她的注意力從那些感覺轉移。今日的暑氣閃爍、浮動，蟬鳴聲讓她想起書中夏季篇章的綾子和響；她目前還在努力翻譯這個部分。閱讀他們兩個人的故事，可以讓她脫離她內心感受到的黑暗。此時此刻，她感覺自己和綾子、響無比親近，甚至勝過現實人生的任何人——他們總是在她身旁，在書頁中等待著，如此可靠。

她繼續沿小徑散步，一面沉思，經過坐落於湖中小島的神社。她折回來，走進神社，將一枚五円硬幣投入賽錢箱，搖鈴、雙手合十祈禱。她祈禱葛蘭會喜歡她寄給他的春季篇章。如果他不喜歡，她會很快找其他東西來翻譯。

午後陽光晒得芙珞冒汗，她離開神社，繼續沿湖散步。她在公園內的一家泰式餐廳停下來吃午餐，而就是在這個時候，她看見了手機的郵件通知。

她點開信閱讀。

寄件人：葛蘭・卡西迪
收件人：芙珞・當索普 flotranslates@gmail.com
主旨：水之聲

親愛的芙珞：

我有興趣——還有更多資訊可以分享嗎？

小葛

芙珞興奮地歡呼了一聲。祈禱應驗了嗎？那麼快？然而，她幾乎立即伸手掩住仍張開的嘴。

她太糊塗了，居然在衝動之下將樣張寄給葛蘭。沒有其他資訊了。她甚至還沒聯絡日本出版社。

她甚至不知道作者是誰。

水之聲——夏

Sound of Water
Summer

五

雨滴滴答答。雨聲是家裡唯一可聞的聲音。

響和綾子靜靜坐了一段時間，享受著閒散週日的祥和與寧靜。

「你在畫什麼？」

響就在拉開的拉門外，坐在面朝小庭院的木簷廊，就著素描本畫畫。他靠著木製門框，屋簷為他遮擋雨水，柯川偎著他蜷縮在地板上。綾子坐在餐廳的矮桌旁喝茶，凝望持續落下的雨滴。她一直在細細審視這座樹木經精心修剪的庭院，看著鯉魚們一起在日本楓樹下的小池塘游來游去——沾上雨水的綠葉如此光滑。不過，她的視線偶爾會瞥向男孩，看他是如何孜孜不倦地畫畫。自從男孩來到這個家，柯川變得比以往更常造訪。這讓綾子又是惱怒，又是歡喜。她有點嫉妒他們兩個之間建立的連結，不過同時間，這也顯示男孩獲得高度認可——柯川很會看人。

雨季到來，他們面臨經常性的傾盆大雨，甩不開悶熱、汗涔涔的感覺。氣溫隨夏日逼近而緩緩攀升，不過蔚藍天空和晴天尚未到來。沉鬱的雨雲反倒不祥地在小鎮上空徘徊，日子感覺溼熱、陰暗而荒涼。

「噢。」響應了一聲，從素描本抬起頭，望向坐在不遠處的綾子。「沒什麼，只是連環漫畫。」

「給我看看。」綾子伸手討響的素描本。

響乖乖交出去，做好心理準備接受綾子的嚴厲批評。

他畫了一幅連環漫畫：向掛在他房間內的那幅松尾芭蕉致敬。自從知道書法出自父親之手後，他就一直無法將那些文字驅離他腦中；松尾芭蕉的俳句激發他的興趣和他自己的詮釋。他正在畫的這則漫畫就是從詩的意象借題發揮。他在第一格描繪他的招牌漫畫角色青蛙去錢湯。第二格，青蛙進入澡堂，脫下衣物，然後進入浴室。寬敞的公共浴室只有幾名客人，響用一格描繪其他客人看見真人人小的青蛙走進浴室門口時的震驚反應。第三格，響筆下的青蛙高高躍入空中，化為水花炸彈轟炸其他客人，所有人都在下一格厭惡地離開。漫畫的最後一格，青蛙平靜地放鬆著，一條毛巾從牠的頭頂垂下，整個澡堂由牠獨享——水在牠身旁輕輕蕩漾。

他在漫畫底下完整寫出那首俳句。

「嗯嗯。」綾子細看漫畫，手指輕點嘴唇。

「怎麼樣，奶奶？」響緊張地問。

「好，」綾子說，「非常好。我很喜歡，但是……」她停頓。

響等了一會兒。「但是？」

「但是少了什麼。」

響嘆氣，從緊咬的牙之間擠出肺中的空氣。

綾子沉下臉。「嘿，我只是說出我的想法。你到底想不想聽我的意見？」她已將素描本推回去給他。「因為如果你自以為已經無所不知，那也沒關係，儘管繼續做你原本在做的事，不用管別人說什麼，自得其樂就是了。」

響搖頭。

「如果你偶爾聽聽別人說什麼，你或許能學到些東西。」

「是，奶奶。」他沒讓聲音洩漏他的惱怒情緒。「請說。」

她再次看著漫畫，接著說：「如我剛剛所說，我喜歡你的風格。你畫得很可愛。青蛙這個角色很棒——好極了。不過，我覺得這則漫畫唯一缺少的東西，嗯，是畫家的感覺。你的感覺。」

「我？」

「對，你。」她搔搔鼻子。「你以芭蕉的俳句為靈感，然後重新詮釋，這完全沒問題。不過，以你自己的生活為創作來源不是更好嗎？因為你不會想只是重新講述芭蕉說過的故事，對吧？你想說點新鮮事。」她抬頭看著響。「你懂我的意思嗎？」

「大概吧。」響說。

「什麼叫大概吧？」她厲聲說。「你要嘛懂，要嘛不懂。」

她把素描本還給響。他又研究一番，視線低垂。回過頭再看，立刻就感覺有什麼不對勁。浪費時間。不好，沒意義。就連父親的化身漫畫青蛙也坐在浴池中嘲弄地回望他。他憤怒地搖頭，心裡有一部分慫恿他撕下這一頁，揉成一顆球丟進垃圾桶。又一次失敗。還不如根本別畫。

不過他抗拒毀滅的強烈衝動。

他反倒壓低音量朝庭院的方向低語：「我還是不懂那首蠢俳句。」

「什麼？」綾子問，一掌在耳邊拱起成杯狀。「大聲點，我聽不見。」

響得到一個免於引發綾子狂怒的新機會，於是把話語修飾得溫和些，轉頭面對她，用鎮定下來的語氣說：「噢，我只是說，我不懂這首俳句。」

「你說你不懂是什麼意思？」

「嗯，妳知道嗎，我不懂它為什麼這麼有名。」他真誠地看著綾子。「為什麼每個人都把這首俳句捧得天花亂墜？」

「嗯，我不太懂這些事，不過，」綾子挑眉，「我想它之所以出名，是因為它做了些不一樣的事。」

「不一樣？」

「對。跟過去的所有俳句都不一樣。」

「怎麼不一樣？」

綾子儘管通常暴躁易怒，現在卻似乎平靜而心事重重。她看著外面成直線落下的雨絲，聆聽雨滴滴答答敲打屋頂的聲音——在簷槽汩汩打旋——沿雨水溝流下山坡。柯川完全伸展開來，長而尖銳的爪子探出、縮回，然後牠又繼續打盹。

「好，這首俳句的季語是什麼？」她回望嚮，耐著性子問道。

「青蛙。」

「對。」她說。「那青蛙又代表什麼季節？」

「春季。」

「又對了。」

「芭蕉的青蛙為什麼那麼特別？我還是不懂。」

「嗯。」綾子的一邊手肘撐在桌上，用手支著下巴。「在這首俳句之前，所有提及青蛙的俳句都和歌唱有關。青蛙在每年的春天大鳴大唱，這大家都知道。因此青蛙就是甩不開吵鬧的名聲，總是在詩歌和藝術品之中像音樂家般歌唱。所以才會有那些古舊的可愛青蛙圖案，一起演奏樂器，一邊張著嘴唱歌。」

「我懂了。」響和緩吐息。

「但是芭蕉的青蛙不唱歌，對吧？」

「應該不唱。」

「因此當我們在俳句的第二行看見青蛙，我們預期這隻青蛙會開口唱歌。不過芭蕉沒讓那種事發生——他破壞了觀者的預期。你什麼都還沒意識到，青蛙已經直直跳入池塘，只留給我們安靜的水之聲。沒有青蛙唱歌，只有古老池塘中的沉著漣漪。」

「所以，芭蕉破格了？」

「可以這麼說。他做了不一樣的事。所有其他詩人都讓他們的青蛙唱歌，芭蕉卻讓他的青蛙安靜。就像我說的，有時候，留白不說的也一樣重要。」

響沉默片刻。「真是巧妙。」

「是啊。還有最後一行，『水之聲』，把寂靜池塘中的漣漪放進你的腦中，也讓你想著，就連那聲音，或是那影像，也都只維持短暫幾秒。漣漪也會隨時間流逝而逐漸淡去。」

他們雙雙凝視外面的庭院，淅瀝的雨聲包圍他們。許許多多雨滴落入小池塘。

「我們也一樣。」

柯川打呵欠。綾子嘆氣。

「好了，我們走吧。」

他們再度凝望外面的雨，不過這次置身咖啡店內。

響收拾背包，不確定地朝屋外看。「認真？」

綾子放下一疊咖啡杯。「你說認真是什麼意思？」

響深吸一口氣。「只是……」

「只是怎樣？」

「呃，我看過手機的天氣預報應用程式，」他讓綾子看手機螢幕中的雨雲，「它說今天會一直下雨到午夜。」

「呸，應用程式。那東西叫你往東，你就不敢往西嗎？」

「不是，不過……」

「所以？怎麼？你想要我們在這裡待到午夜？」

「不是啦，我沒那麼說。」響把手機放回口袋。「但是我想今天可能不要去散步比較好？是不是可以直接回家？」

綾子竊笑，搖了搖頭，繼續收拾。「就因為這麼一點小雨？」

「我們會淋溼的。」

「噢噢噢，小少爺響不能把他那雙小巧可愛的腳腳弄溼，對吧？」她嘲弄地說。

「要是皇帝的襪子溼透，我們到底該如何是好？」

「呃，要是我們在傾盆大雨之下出去，散步也不會有任何樂趣，對吧？」

「我可不知道。」綾子回擊。「不會嗎？你人都還沒走到外面，好像就已經下定決心了嘛。話說回來，誰說每件事都要有樂趣了？」

綾子解開圍裙的繫繩，將圍裙掛在門後的鉤子上，取下過時的鳶式披風罩在和服外。她也從傘架隨意抽出兩把傘。

來到咖啡店外，她拉下鐵捲門，響從背包拿出輕便雨衣穿上。大雨滂沱落在商店街屋頂的透明壓克力上，響抬頭，看見雨滴在上方炸開。一想到要走出遮蔽，他不禁一縮。

他再次從口袋拿出手機，點開天氣應用程式，沮喪地看著沒完沒了的成排下雨符號。「呃呃呃。」

「放下那該死的東西，走。」綾子說道。

他們左轉離開咖啡店，沿拱頂商店街朝火車站的方向前行，然後在一個小開口右轉；出去外面後就是一條橫跨鐵軌的橋。響發現綾子最近改變了路線。他們不再走沿山坡蜿蜒而上的小路，現在都從車站後方直上，走那條直通山頂的陡峭路線，舊尾道城會在他們左側，而美景飯店（View Hotel）則緊鄰城堡右側。陡路鋪有大卵石，有階梯，有可供抓握的堅固欄杆，還有在黑暗中提供照明的古舊鐵煤氣燈。

傘已開，大雨如注，他們沿小徑而上。

響艱苦上坡，感覺肌肉在燃燒。她頭幾次帶他走這條路的時候，他們還得中途休息片刻，而他停下來後上氣不接下氣，只能緊握欄杆。今天，他的體力方面大有提升，跟得上綾子的速度，不過水沿混凝土流下，他的襪子早已溼透。傘下看出去的景象灰濛濛而悽慘，而且他主要都緊盯地面，根本沒享受這場散步。

他們來到山頂，接著沿穿過千光寺公園的小徑緩緩前行，朝觀景區的方向而去。花季的所有小吃攤都裝上了木板，或甚至已經隨櫻花而去，公園內人跡杳然。只有綾子會瘋得在這種惡劣的天氣還上來這裡。

登上觀景塔後，他們稍停了幾分鐘。響彎下腰喘氣。他的運動鞋和襪子都已全溼，輕便雨衣下的T恤也被汗水浸溼。雨傘有什麼用呢？至少他的短褲還有一半是乾的。

「看見了嗎。」身旁傳來綾子的聲音。「看仔細吧。」

他站直，看著綾子。她手指地平線上的某處。

雨勢稍緩，響朝她指的方向望去。遠方，他看見雲層有個開口，太陽從中窺探，一束束陽光從陰沉的雨雲後方漏出，灑落一塊塊海面；這幾塊海在閃爍的陽光照射之下閃耀、翻湧。

「**不畏雨，**」綾子引述宮澤賢治的詩，「**不畏風。**」

他們雙雙靠著溼答答的欄杆，這時，雙虹慢慢在觀景塔上方的天空成形。雨此時已完全止息，風也停了。響把手伸進口袋想拿出手機拍照，不過綾子察覺他的動作，目光不離眼前景色，同時開口對他說話。

「沒必要，響君。」綾子輕聲說。「手機捕捉不了這裡的這種感覺。」

她用一隻拳頭輕敲自己胸口。

響讓手機落回短褲溼漉漉的口袋，雙手放在溼欄杆上，像綾子一樣專注地凝望雨後的風景。

他們無聲地在那裡站了幾分鐘，風輕輕吹著，落日的柔和金色光芒掃過他們的臉頰。

「啊……」綾子嘆氣。

響看著小船緩緩漂過平靜海面，陷入沉思。

「要走了嗎？」

那晚回到家，他們洗完澡，響把他的素描本攤開擺在桌上，翻開的那面是他從他們雨中散步回來之後就在畫的一幅漫畫。綾子趁他去外面上廁所的時候溜進他房間偷看。

她拿起素描本細看他畫的單格漫畫。

畫中的青蛙背對窗子坐在一張椅子上，一臉悽慘，專注地凝視他的智慧型手機。手機螢幕是天氣預報應用程式，告訴他外面正在下雨。不過在青蛙身後，他的視線範圍之外，窗外可見一道響以彩色描繪的彩虹。除了彩虹之外，整個畫面都是黑與白，顯得彩虹更加突出。

綾子微笑。完美。

響回到房間。「妳在做什麼？」

「我在看你的畫啊，響君。」綾子陽光地說。「噢，畫得太好了。」

「這是我的。」響粗魯地搶回素描本。「妳不應該像這樣隨便翻我的東西。」

「那，」綾子調整站姿，準備迎戰，「這可是我的房子。不准用這種口氣對我說話。你以為你是誰啊？」

「我不能擁有我自己的私人想法或財產嗎？」

綾子不確定該怎麼做，或該說什麼；她無意讓這場對話朝這方向發展。她是真心覺得他畫得很棒、想告訴他她有多喜歡這幅作品。不過這男孩現在很不聽話。她必須抉擇；狠狠攻擊，或是棄守。

但她不會棄守。那不是綾子的作風。沒人能那樣對她說話還全身而退。局勢由她掌控，向來如此。

她對他搖晃一根手指。「沒禮貌！」

響大受震撼：不只是因為他居然一發現綾子在看他的素描本就大動肝火，也因為，應該說更令他震撼的是，綾子居然那麼快就從好心情切換為暴怒模式。她全身顫動，表情如石。他做了什麼好事？他不是她的對手。不過他現在堅守做人的原則。她不該沒問過他就亂動他的私人物品。不過，他該如何讓她認同這件事？

「道歉，立刻。」她說。

響沉默不語。他開不了口，於是只能凝視地板。

「不道歉嗎？沒什麼要辯解的？」綾子放下手指，一隻手放在胸口，眼神如冰斧。「你這個討厭的小孩。你母親把你寵壞了，但我們這裡容不下那些狗屁倒灶的東西。這裡是我家，你聽見了嗎？我家。我的規則。誰都不能像那樣對我說話。到哪裡都一樣。」

綾子在顫抖。響讓她的狂潮湧過他。

他們被沖走。綾子繼續說，她停不下來。

「你和你的自私。你的幼稚。你期望所有人討好你，而你做了什麼？什麼也沒有。你只是像這樣惹人厭、遊手好閒地混過你的人生。其他人都殫精竭慮支持你，你卻整天做白日夢。你又對他們展現過什麼感謝或好意了？」

響看見她的視線落在她桌上的青蛙雕刻玩偶；她的怒火更熾。幼稚的小鬼！她看過他在睡前捧著那隻青蛙。她繼續說。

「幼稚。這就是你。一個小孩。」她停頓，接著吼道：「我在對你說話的時候看著我！還有，我說話時不准悶不作聲。你是懦夫嗎？長大點吧！」然後她的語氣轉為冰冷。「像個男人。」

她隨即離開房間，接下來，兩人好幾天沒再說過話。

數日後，響正在從補習班去咖啡店的路上，這時他終於撥了電話給母親。他停下來，在販賣機旁的長椅坐下打電話。

「嗨，媽媽。」

「嗨！你過得怎麼樣？一切都還好嗎？」

「很糟。」

「發生什麼事？是學業方面嗎？」

「不……不是那樣……是……」

響嘆氣。

「奶奶嗎？」媽媽會意地說。

「對。」

「啊。」媽媽對著電話猛抽一口氣。「繼續說。」

「欸，我們前幾天吵了一架，她現在都不跟我說話了。」

「吵架？怎麼回事？」

「她沒問過我就亂翻我的東西……好啦，我知道我不該用那麼粗魯的口氣對她說話，但我就是那麼做了，因為我很不開心她沒問就亂翻我的素描本，而且，唉……所有事情從那時起就每況愈下。」

「噢，響君……」透過手機，她的嘆息聲聽起來好大聲。他還得調低音量，耳朵才不會痛。「你做了什麼？」

「我做了什麼？是她！我試著跟她談，向她道歉，但她徹底無視我，甚至完全把我當空氣。」

「對，聽起來就像你奶奶會做的事。」她停頓。「你們兩個都很頑固。」

「頑固？我？是她，媽媽！」

「看吧！你又來了。」

「我不知道我還能承受多少。我想家。她好討厭。」

「嚮，別說那種話。」

「唉，我只是覺得很煩，她老是覺得自己是對的，妳知道吧？」

媽媽停頓，一段尷尬的沉默之後，她才不情不願地繼續說。

「嗯，夏天就快到了，對吧？你也許可以在盂蘭盆節回家幾天。你們或許可以拉開一點距離，兩個都喘口氣？」

回家的這個想法在他心中沸騰滿溢，各種情緒強力拉扯。他也可以見見從大學回家放假的朋友們。「好啊，我想回家。」

「我的意思是，」她開始反悔，「我隨時要待命，也有病患要看，所以你可能要自己照顧自己，不過——」

「對。」病患優先。向來如此。

「我在想，反正我會在秋天去看你們兩個，那時工作比較沒那麼忙。」

想到母親要來，響的心情振奮了些。「前提是妳能請假……」

「我秋天的時候會去找你們。我們可以一起去嚴島賞楓。聽起來怎麼樣？」

「聽起來很棒。有妳在，她說不定會好相處一點。」

「你們的情況有那麼糟嗎？」

「我們吵架之前其實還不錯，但她現在只會視線穿透我，好像我是鬼魂一樣。她甚至不帶我一起去散步了，直接忽視我。」

「你有沒有試過道歉？」

「就算我試著跟她說話，她也不看我。」

「有沒有試過寫點東西給她？」

「寫東西？」

「對啊，道歉信之類的。」

「但我為什麼要道歉？為什麼該由我來當大人？她罵我幼稚，但她自己有時候才像個大寶寶。」

「你知道的，響君，你奶奶不是什麼壞人。她這輩子過得很苦，你有想過這個嗎？你對她說話時必須懷抱敬意，不能用你跟我說話的方式對她。她是另一個世代的人。他們做事的方式跟我們現在不一樣。」

「是。」

「試著道歉——就算寫信也必須去做。」

「好。」

「就算你不認同，不過在她的世界裡，她永遠不會覺得自己做錯了。如果你道歉，並承擔所有責任，我想她肯定會原諒你的。天知道啊，我自己就不知道跟她碰撞過多少次，但她總是會遺忘、原諒。她不是壞人，響君。她心地善良。」

「可能吧。」

「試試看就對了。看看你能怎麼做。」

響從唇間呼出空氣，思考著。「好吧。」

媽媽回以竊笑。「該死。聽著，我要走了。傳呼器在叫。再見囉，寶貝。我想念你。」

他可以聽見傳呼器在背景鳴響。

響還來不及說「我也想妳」，她就已經切斷電話。

他的喉嚨冒出堅實的團塊。

他聽得出媽媽想要他把事情處理好。她說他可以回家並非出自真心。會造成她不便。不過一想到她會在秋季來訪，他的心情就振奮了起來。他可以利用這段時間跟奶奶和好，媽媽就可以心無旁騖，專注於她的工作和病患。大考考砸了，他知道幫助媽媽過得輕鬆點就是他的責任，就算這意味他必須去向奶奶道歉也一樣。

他緩緩走向咖啡店，並希望自己永遠不要抵達。

綾子有幾次差點失誤。

她必須經常提醒自己，她是在為男孩對她說話不知輕重而懲罰他。不過，她有時幾乎都要忘記發生過什麼事，差點開口對他說話。尤其是在他畫畫的時候——她想問他在畫什麼，但她太驕傲，無法打破沉默。她反而開始趁他看不見她在看時越過他的肩膀偷瞄他的畫。有幾次，她還得阻止自己對他正在畫的草圖發表意見。她不再邀請男孩一起散步，但她確實想念他。又恢復獨自一人感覺好孤單。還有另外一件事也令她覺得空虛，那就是柯川不見蹤影。牠已經一週沒出現了，她開始為此而擔心。

佐藤和其他常客注意到綾子和響之間的冰冷氣氛，而且，沒過多久，兩個人不再像過去一樣在傍晚一起散步的這種狀況也已經在小鎮傳開。

「所以妳和那男孩是怎麼了，小綾？」一天早晨，佐藤這麼問道。「妳故意冷落他嗎？」

咖啡店內只有佐藤一位客人，因此綾子沒理由擔心，不過她一聽見這問題，還是忍不住一縮。

「少管閒事。」她叱道。

佐藤用笑驅散她的冷酷。

「不過說真的，小綾，」他不屈不撓，「妳不覺得妳對那男孩太嚴厲了嗎？」

「他就需要嚴厲。他需要學點規矩。」

「不過我聽說他在補習班表現得不錯？」

綾子挑眉。「哦？」

「他的其中一位老師是這麼跟我說的。」綾子看似吃驚。「那位老師是CD店的常客。」佐藤舉起雙手，彷彿他在她的瞪視之下確實有生命危險。

她繼續在廚房裡忙，毫無必要而神經質地將杯子從廚房的這裡挪到那裡，然後又放回去。沒事找事做。通常，她會幫自己泡杯咖啡，在佐藤身旁坐下，好好聊聊天，不過提起男孩令她焦慮不安。

佐藤靠著高腳凳的椅背。「對啊，我聽說他都考得很不錯。他很用功呢。」

她遲疑。「嗯，沒錯啊，他是該用功。」

「是啊。」

「所以，我或許對他有些正面的影響。」

佐藤又輕笑。「說到他讀書方面，妳當然有正面影響囉。」

他啜飲最後一口咖啡，大大伸展一下。

「不過人生應該不只是讀書而已吧。」他低聲說。

綾子粗暴地搖頭，皺起眉。「別多管閒事，佐藤。規矩和尊敬永遠都很重要。」

他又笑。「對他寬容些吧，小綾。時代不一樣了。」

佐藤離開咖啡店後，綾子在他剛剛坐的高腳凳坐下，自己也喝了一杯咖啡。

她或許對男孩太嚴格了，或許已經懲罰夠了。

她又搖頭。

若是要她道歉，那她不如死了算了。

隔天早上，綾子跟平常一樣早早起床，但發現起居室的矮桌上有一張紙條。她經過時愣了一下，然後才走過去查看。男孩肯定是在她昨晚熄燈上床睡覺後才把紙條放在這裡。她拿起疊在上面的紙條，展開來閱讀。

親愛的奶奶：

我為我的所作所為向妳誠心道歉。我的行為不可饒恕。我永遠不會再像那樣說話沒大沒小。我真心感謝妳對我展現的好意，我用那種方式對妳說話，實在是太欠缺禮貌了。我為我的行為從我內心最深處深切道歉，求妳原諒我這一次。

孫子響　敬上

附註：這幅畫是送給妳的禮物，還請妳收下。

她低頭看另一張較厚的紙；構成這張紙的層數比較多，放在原本那張紙條下面。彩虹青蛙的漫畫。

男孩將這幅漫畫從他的素描本工整剪下，在右下角以片假名簽名：西比奇（Hibiki）。他肯定是想用西比奇當他的筆名。綾子微笑。西比奇——「聲響」的意思——他名字那個漢字的另一個讀音。聽起來很酷。她用一根手指描過青蛙令人讚嘆的表情。這時她聽見男孩在他房間內翻身，嚇得一跳。她火速藏起紙條和漫畫，將它們塞到和服腰帶下，繼續進行她每天早上的慣常程序，做早餐、準備展開另一天。

自從響前一晚把紙條放在桌上之後，她還是沒對他說過一個字。響不知道道歉信到底有沒有任何作用。她那天早上繼續無視他，壓根沒提起信或漫畫。他出來吃早餐時注意到兩張紙都不見蹤影，這表示她肯定看見了，也把它們收走了。除非有陣風把它們吹到桌下……不。不可能。

欸，他盡力了。他試著道歉。接下來換她了——她想不想接受道歉都得看她。除了去補習班念書，他無法再多做什麼。不過，他發現那天比平常更難專心上課。

他這個夏天要做什麼？媽媽會讓他回東京嗎？奶奶到底會不會再跟他說話？他接下來這年都只能在沉默中度日了嗎？這些令人焦慮的問題在他體內沸騰，他感覺前途茫茫。

他送出給奶奶的道歉信之後又過了平靜無波的幾天。響坐在他平常從補習班下課後的老位子，這時注意到咖啡店內有點不一樣。是什麼呢？店裡有某種變化。然後他看見了。

在牆上。有個裱框的新東西掛在那裡。他的青蛙漫畫。

他眨眼，畫依舊在那。響止不住笑意，心思又回到書本之中。他太專心讀書，沒注意到客人一個接一個離開，也沒注意到奶奶在收拾廚房，一直到她終於對他說話，他才猛地回到現實世界。他剛剛沒聽清楚，茫然地抬頭看她。

她靜靜站著，期待地看著他。

「不好意思？」他怯懦地說。

「我說，」她平靜地說，「走吧。我們去散步。」

六

響從另一場惡夢中醒來，渾身是汗，手裡緊抓著他的青蛙小玩偶。

他看了看手機螢幕——才清晨四點。他的心臟飛快跳動，他知道自己不可能再睡著了。他覺得口乾舌燥，於是躡手躡腳拉開門，走到水槽裝了一杯水，然後回房間，重新躺回被褥之中。

不過惡夢持續在他腦中打轉，他就是睡不著。儘管外面已透出破曉的晨光，時間其實還很早。綾子還沒起來。他下床，來到矮桌旁，打定主意這次要用紙筆捕抓惡夢。如果他能夠畫出來，或許他就可以在白日的冷酷光線下面對它，它就不再能影響他。

他緊握鉛筆，用汗溼的手指翻開素描本，趁腦中的畫面依然鮮明，他開始盡他所能快速草草畫出每一格。父親的軀體消失於水面下，水中的漣漪。然後寂靜吞沒一切，駭人的沉寂。漣漪開始形成漩渦，將響吸向水。響跟漩渦的巨大拉力搏鬥，畫面中是響拉近放大的臉，然後是他的手指，拚命想抓住牢固的東西，物體卻在他緊張抓握之下粉碎、折斷。視角改變，轉而由上方俯視：他的身體和手臂在他被往下拉的過程中扭斷。

他的雙腳觸及水面，渾身是汗地醒來，手裡緊抓著他的青蛙小雕像，口燥唇乾。永遠沒有盡頭。

他聽見綾子在隔壁房間起身。

「響？」她開始在廚房裡鏗鏗鏘鏘準備早餐，一邊開口叫喚，「你醒了嗎？」

「來了，奶奶。」他應道。

他火速撕下草圖，藏在壁櫥內。

夏季的暑氣只是讓響更常做惡夢。

「但是綾子，我只是想說，妳不是真的時時刻刻都要把他關在這間咖啡店吧。」

綾子沒理佐藤，捲起夏季和服的袖子，將杯盤匡啷放入水槽，猛力刷洗了起來。

「但是妳不覺得很可惜嗎？」他接著說。「他大老遠從東京來到這裡，現在有個機會讓他了解他的根——他的其中一方祖先源自何方。這是個好機會啊，他可以看看尾道有什麼。我的意思是，有一整個廣島縣供他探索，妳卻每天把他跟他的書本鏈在一起。感覺就是有點，」儘管綾子的眉峰愈見高聳，佐藤還是渾然不覺地繼續說，「呃，浪費。」

「他是來念書的，不是來玩。」

佐藤搖頭，輕啜一口咖啡，轉向牆。

他歪頭專注地研究了幾秒，接著放下咖啡，起身走到剛裱框掛上牆的青蛙漫畫前。

「咦，你好啊。瞧瞧這是誰？」他低聲自言自語。「這幅畫原本不在這裡的，對吧？」

綾子繼續刷洗杯碟，沖淨後放在水槽旁的架子上晾乾，同時一邊搖頭。佐藤自以為是誰啊？干涉別人的家務事。真是愛管閒事！厚臉皮！

「西比奇。」佐藤的聲音從她身後傳來。「誰是西比奇？當地藝術家嗎？」

「嗄？」綾子聽見佐藤提起這名字，頭略略轉了過去。

「綾子，牆上的畫是誰畫的？」佐藤提高音量。「右下角的署名是西比奇。誰是西比奇？」

她關閉水龍頭，用毛巾擦乾手，繞過櫃檯，邊走邊撫平身上的圍裙。她站在佐藤身旁，從和服腰帶抽出扇子，對著自己的臉猛搧。

「你覺得怎麼樣？」她試探地問佐藤，敏捷地一甩扇子，短暫合起，好用來指畫，她的另一隻手則撐著臀側。

「嗯嗯嗯……」佐藤搔了搔白鬍子。「這個嘛……」

綾子又展開扇子，繼續神經質地朝自己搧風。佐藤繼續說下去。

「我喜歡，我很喜歡。」他咧嘴而笑。「妳不覺得畫得很好嗎？是這附近的藝術家嗎？我以前沒看過這位藝術家的作品。」

綾子感覺滿心驕傲，她也展露笑意。她自己覺得響的青蛙漫畫好是一回事，聽見有家人之外的人表示讚賞，那更是令人大受鼓舞。更棒的是，佐藤還沒將西比奇這個筆名跟她的孫子連結起來。要是佐藤一開始就知道這是響的作品，她就聽不到最真誠的評價了。然而，他不知道畫家是誰，還對其作品表示讚賞，他說的話就顯得更加真實。

「綾子？西比奇是誰？」他又問一次，轉身看著她，細看她的表情。「還有，妳為什麼守口如瓶？我問了那麼多問題，妳一個也沒回答。」

「守口如瓶！」綾子盡可能快速用扇子藏起她的笑容。她惱怒地說：「對，西比奇是當地藝術家。你居然沒看過嗎？太令我驚訝了。」

「這幅畫真的很棒。」佐藤一面點頭，一面再次細細品味。「我非常喜歡。」

他轉身，雙眼圓睜看著綾子。「可以給我他的聯絡方式嗎？」

綾子忽然停止搧風，藏起表情中所有驚訝的痕跡，但還是忍不住脫口而出：

「你想要來做什麼？」

「因為我可能有份工作可以給他。」

「當然囉。」她回到櫃檯後，將收折好的扇子插回和服腰帶，別開臉，對佐藤說：「西比奇先生是常客。我可以安排你們見面，如果你想——今天怎麼樣？」

「他是常客？」

「對啊。」

他抓了抓頭。「太神奇了，我居然不曾遇見他。」

佐藤承諾晚點會再晃過來咖啡店見見難以捉摸的西比奇，隨即離開，綾子跟著她播放的爵士ＣＤ一起哼唱。剛剛那番對話讓她的心情展翅高飛。她搖頭——愚蠢的虛榮心！聽見有人稱讚男孩的作品，她為什麼要覺得驕傲。跟她又沒有關係，而且只是佐藤隨口說說的評論。不過不知怎麼地，她還是覺得很高興，這一天也變得熠熠生輝。她的情緒比平常好上許多倍。

綾子期待響稍後來到咖啡店。她興高采烈地工作，腦中一直想著這件事。常客不可能沒注意到她的高昂情緒，但他們擔心破壞她的好心情，因此沒人膽敢開口問是怎麼回事。

如果綾子真心快樂，嗯，那就夠了。糟蹋這難得的好事可稱不上聰明之舉。

響恭順地跟著佐藤走在街道上，不確定自己將被帶往何處。

那天補習班下課後，當他來到咖啡店，他一句話都來不及跟奶奶說，她就把他這個「當地藝術家西比奇」介紹給佐藤。剛開始，佐藤看似無比震驚，奶奶則是掩嘴竊笑。然後他們兩人自顧自格格發笑，彷彿剛剛發生了全天下最好笑的事。

響一頭霧水。

「響君，如果你現在有空，而且也不會打擾你念書，今天下午可不可以借我一點時間？」佐藤轉向奶奶，又補充一句：「妳覺得可以嗎，小綾？」

「當然可以。」她笑容滿面。「關店前送他回來就好。」

於是，響發現自己這會兒朝車站的反方向，沿長長的拱頂商店街前行，綾子罕見的笑顏依然在他腦中，佐藤在他身旁，邊走邊用口哨吹奇想樂團（The Kinks）的《真敗給你了》（*You Really Got Me*）。

「佐藤先生？」響大膽開口。

「什麼事，響君？」

「可以麻煩你告訴我到底發生什麼事嗎？」

「對噢，抱歉，響君！」佐藤輕笑。「我們對你太壞了。你奶奶對我開了一個小玩笑，我們兩個肯定是玩得太忘我，不小心讓你墜五里霧中了。不好意思哪！」

穿過小鎮的途中，佐藤也跟奶奶一樣，吸引了過路人的注意。大家都面帶微笑對他點頭、打招呼。不過有別於奶奶，佐藤會無比歡樂地回禮。他友善又好親近，跟奶奶的嚇人和難相處形成強烈對比。

「響君，」他接著說，「我看見你畫的一幅畫，在咖啡店牆上。」說到這，他轉向響，眨了眨眼。「或者應該說，我看見一幅**當地藝術家西比奇先生**的作品？」

「噢。」響點頭。「青蛙與彩虹。」

「沒錯，就是那一幅。」佐藤輕拉響的手肘，他們鑽進一條朝向海岸遠離主要幹道的小巷。不過他們沒有走到海邊。佐藤在小巷的中間停了下來，一家小店在他們的左手邊；佐藤對響招手。

「這裡。」

響打量那塊上面以英文寫著「佐藤CD」（SATO CD's）的黑白招牌。

他很確定撇號放錯地方了，但他沒多嘴。

「所以……」佐藤說，「我的王國！」

他滿腔熱情地揮動雙臂，顯然在等響表示些什麼。

「看起來很可愛。」響禮貌地說。
佐藤挑眉，懷疑地細看響的表情，然後才接著說。
「恐怕不是什麼了不起的店，」他嘆氣，「不過它屬於我。」
佐藤拉開門，鈴鐺響起，他伸手將掛在店門玻璃上的手寫標示「五分鐘後回來」取下。
響帶著一定程度的震驚，這才領悟，店門在佐藤外出的期間從頭到尾都沒鎖。不過響瞇眼朝店內張望，懷疑是否真有哪個賊願意費心闖入這個破爛的地方行竊。
「請進，請進。」佐藤幫響撐開門。
他們走進店內，一股混雜卡紙、咖啡和灰塵的強烈氣味立即迎面襲來。從外面的明亮陽光走入較暗的室內後，響的眼睛花了些時間調適，隨即對排滿牆面、層架，以及中央書櫃與置物架的幾百張（說不定有幾千張？）CD驚歎不已。牆上貼有現場音樂會的傳單——場地通常都位於廣島和福山，不過有幾張看起來年代比較久遠，宣傳的則是尾道市和三原市的表演；響沒去過這兩個地方，但知道火車開往廣島的途中會經過這兩站。牆上也有手寫廣告：

誠徵英國龐克翻唱樂團鼓手

出售吉普森（Gibson）電吉他
喜歡來自冰島的電音嗎？加入我們的社團吧！

「如我所說，沒什麼大不了，但這是我的王國。」佐藤說。「要喝點什麼嗎？」

「不用了，」響說，「謝謝。」

「我很確定我的咖啡應該在某個角落……」佐藤抓頭，「好，我到底放哪去了……」

他走入櫃檯內，在空的透明光碟盒、收據和信件底下翻找，最後終於找到半杯遭遺忘已久、肯定已經冷掉的黑咖啡。馬克杯上印有「我要整夜搖滾！」（I WANNA ROCK'N ROLL ALL NIGHT!），又是英文。而響再次懷疑撇號放錯位置，方向也不對。

佐藤一面沉思一面啜飲那杯不知道放多久的咖啡，然後戴上老花眼鏡，從櫃檯後方一只高書櫃的許多層唱片中抽出一張。他熟練地脫下封套，放上轉盤，將唱針拉到第一首曲目的中間。唱片封面主要由白色構成，正面是一張兩個男人握手的小幅照片。其中一個男人著火了。

「你喜歡平克．佛洛伊德（Pink Floyd）嗎？」他問道。

「沒聽過他們的音樂耶。」響說。

「什麼？」佐藤隔著老花眼鏡的粗黑框眨眼。「那可是犯罪哪。聽聽這個。」裝在牆上的大喇叭傳來氛圍獨特的聲音，有點像有人用潮溼的手指畫過酒杯邊緣。佐藤從櫃檯上拿起兩枝鉛筆，做好準備。節奏響起，他開始滿腔熱情地跟著用鉛筆敲打馬克杯。

「很棒，對吧？」佐藤拋下鉛筆，轉而刷起空氣吉他。

「對。」響禮貌地說。「所以，嗯……你想跟我談什麼呢，佐藤先生？」

「噢，對！」佐藤又眨眼，將音響的音量稍微調低。「所以，基本上，我在想，不知道我可不可以委託你，呃，該怎麼說咧？委託你提供**專業藝術服務**。」

「服務？」

「對。」佐藤立刻接口，雙手朝店內一比。「如你所見，這家店需要一點革新。裡面挺暗的，然後，嗯，我希望客人可以更輕鬆地發掘新音樂，跟音樂連結。我在想，不知道你能不能用你的畫把這地方變得有生氣一點。不過嘛，也不用弄得太複雜，我只求能稍微增添一點個性就好。」

「我的畫？」

「對！你知道的，一些插畫。隨你發揮。裝飾用。」

「噢，佐藤先生……我不確定……」

「聽我說，完全不用覺得有壓力。」佐藤伸出一隻手，手掌朝向響，手指大張。「我要求不高——只是想要一點趣味。一點不一樣。這個滿是灰塵的地方需要一些新玩意兒。」他停下來思考片刻，接著走到店內的某一區。「來，你看我原本的這些手寫標示。」

他指著從店裡各個區域探出的標籤。它們全部以黑色馬克筆寫在泛黃的舊紙張上，內容諸如此類：

搖滾　經典　半價！

ロック　クラッシック　セール・半額！

「或許你可以換掉這些就好？」他搔搔鬍子。「或許可以在上面畫些漫畫人物，或甚至把文字變得更時髦一點？我沒概念啦，技術方面的東西就交給你。你覺得怎麼樣？」

「我不知道耶，佐藤先生。」響猶豫不決。「我要問問奶奶。」

「我覺得她應該會同意，響君，不過我們當然還是可以問問看。」

「好……」響氣虛地說。

「如果你沒空，或是不想做，那也沒關係喔，你知道吧。但是如果你覺得你可以做點什麼，那就太感謝了。我可以用CD付你薪水，或是錄音帶——你想要多少都可以。」他咧嘴而笑。

「噢，佐藤先生。」響的臉漲紅。「你太慷慨了，我不覺得我的畫會看起來……呃……我的畫不夠好，配不上你的店。」

「胡說！不要說這種蠢話。」佐藤打住，專注地研究響的臉。接著，他彷彿自言自語般脫口而出：「天啊，你知道嗎？你有時候看起來、聽起來就跟你父親一個樣耶。」

尷尬的沉默籠罩他們兩個人，音樂仍在背景播放，響感覺好像有一百個問題冒泡穿過他的身體。他的腦努力組成句子，組成任何問題……**你認識我的……？你怎麼認識我的……？你什麼時候認識我的……？你們是朋友嗎……？**然而，他還來不及把文字串起來，就連只是在自己腦中組織也還來不及，他忽然感覺有另外一個熟悉的存在出現在CD店內。

他們有伴了。

櫃檯的另一邊，佐藤的腳邊傳來輕柔的喵叫聲。佐藤低頭看地上，雙眼為之一亮。

「泥好啊，米克！」他大喊。「你來加入我們真是太好了。」

胸口有一塊圓形白毛的獨眼黑貓跳上櫃檯。佐藤摸了摸牠，微笑。

「不好意思，佐藤先生。但那不是……」響吶吶說道，「那不是柯川嗎？」

「柯川？你都這麼叫牠嗎？我叫牠米克，就是米克．傑格（Mick Jagger）的米克——因為這隻貓有一種神氣活現的神韻。牠的動作很像傑格在舞臺上的時候。牠也在鎮上四處來去，像顆滾動的石頭一樣*。」佐藤轉而對黑貓說話：「每天來這裡聽點音樂、找人摸摸，是不是啊，米克？」

響伸手在黑色公貓的耳朵後方輕輕搔了搔。柯川／米克．傑格眨眼，張大嘴打了個呵欠，翻肚躺下，一臉享受地讓響撫摸牠的下巴、搓揉他的肚子。

「牠肯定喜歡你。」佐藤說。「牠通常不讓人那麼做的。」

「我們見過。」響說。

＊譯註：米克．傑格是搖滾天團「滾石樂團」的創始成員之一。

響含糊地答應佐藤，他會想想自己能幫什麼忙，但不確定是不是有辦法，隨即離開佐藤的店。佐藤還是一樣友善、親切，對他說，要是太麻煩，那就不用放在心上了；套用佐藤帶著和藹笑容的說法，除非他自己「有強烈創作欲望，也有意願做」，否則就算了。

幾天後的一個晚上，響和綾子坐在家裡的起居室，聽著音響以低微的音量放送德布西。儘管是令人放鬆的音樂，背景還是可以聽見從屋外傳來持續不斷的微弱蟬鳴。

響最近開始轉移陣地到起居室，坐在低矮的暖桌旁畫畫。他喜歡聽綾子晚上用音響播放的音樂。綾子坐在他的對面一邊聽音樂一邊讀小說，不過偶爾會發現自己越過書本偷看響畫畫。她眼下就在看著他以墨水筆為鉛筆草稿上色。他畫的是一隻戴老花眼鏡、著武士服、用他的刀將「價格」二字砍成兩半的雪鴞。雪鴞跟佐藤根本就是一個模子印出來的。她看了忍不住輕笑。

「笑什麼呢？」響問道，同時目光不離筆下的畫。

「咦？」綾子猝不及防。

響抬頭看她。「笑妳的書嗎？」他用筆指她拿在手中的平裝書。

綾子朝翻開的書本一瞥。「喔，對啊。」

他們去過澡堂了，不過響已經又開始流汗。綾子穿著剛剛去澡堂時穿的浴衣，覺得溫度剛好，而且她看起來無比舒適，偶爾在桌子底下扭動裹著白襪的殘存腳趾。相對而言，響覺得又熱又不舒服。他三不五時拿起桌上的扇子朝自己猛搧。綾子納悶，實際上不就是這個劇烈的搧風動作害他覺得熱嗎？

「你這是怎麼了？」綾子嚴厲地問。

「沒事。」響放下筆，凝視牆一秒，考慮著到底該不該說。

「得了，有話就直說吧。你顯然有心事，一整晚在那邊窸窸窣窣，坐立難安，一分鐘也坐不住。你發出那麼多噪音，我是要怎麼專心讀書？」

響不知道該如何啟齒。綾子家沒有任何形式的空調設備，他覺得晚上熱得受不了。他會在被褥上輾轉反側，把他平常蓋的薄被完全丟到一邊。因為睡覺時留太多汗，他也開始在身下墊一層毛巾。在他跟母親一起住的現代東京公寓，每個房間都有空調，他們夏天的時候都會開著。

但是綾子家沒那麼享受，他覺得悶熱的尾道夜晚壓迫而令人難以忍受。真睡著時，他又墜入詭異的夢境，像是他之前試圖畫下來、總是重複出現的那場夢，不過還有其他的，像是他在追佐藤，想問他有關父親的問題，佐藤卻化為雪鴞飛走。然後他只能遠遠看著柯川偷偷靠近老雪鴞，但無論響多大聲叫喊，雪鴞就是對逼近的劫難渾然不覺。

這些都害響在白天時無比緊張不安，他甚至覺得難以專注讀書。不過此時此刻，面對綾子凌厲的目光，他不確定該如何將這些想法與感覺訴諸言語。他甚至不知道該怎麼解釋他的問題根源。

「我只是覺得很熱而已，奶奶。」

綾子哼了一聲。「當然熱啦，現在可是夏天。」

「我知道，但是——」

「你還指望什麼？」

「我只是，我不習慣這麼熱。這裡比東京還熱。」

「呸，也沒熱多少吧。」

「真的很潮溼，而且妳家沒有空調。」

「浪費錢，而且對身體沒好處。」綾子搖頭。

「但我熱得睡不著，奶奶。」

「呸。沒用，男孩。你就只是軟弱而已。你會習慣的。」

「但我就是睡不著，而且我覺得很難專心念書。」響又低下頭。

綾子挑眉。「是這樣嗎？」她將書本放在桌上，書脊大張，然後細看男孩。響已經又低下頭，繼續全神貫注地畫畫。

「這是幫佐藤先生畫的嗎？」綾子問。

「我在試著畫一些草圖，」響皺眉，「但我對它們不滿意。」

「我覺得……」她開口，但想了想又改變主意，「嗯，你不在乎我怎麼想。」

「沒那回事。」響抬頭。「我在乎。」

「好，從這些草圖看來，」綾子接著說，「他化身雪鴞的這些，我覺得你畫得很棒。他肯定會喜歡。」

驕傲充斥響的胸臆，但他沒說話。

綾子又思考片刻後才再次開口。

「響？」她最後說道。

「是？」

「你的書念得怎麼樣？」

「很不錯啊。」

「定義『很不錯』。我不知道那是什麼意思。」

「就是好的意思。」他用手上的筆搔搔鼻子。「呃，事實上是很棒。」

綾子仔細打量他。「你的老師們怎麼說？」

「他們看起來很滿意。」

「多滿意？」

響微笑，從口袋掏出手機。「等等喔。」

「你那裡面有什麼？老是拿著那該死的東西。」

響捲動相機膠捲畫面，終於找到特定某張照片。「這裡。」

他點選照片，影像隨即填滿螢幕。他將手機交給綾子。

她將手機平放在手上，以免被她一碰畫面就跑掉，然後凝神細看。那是一張旁邊列有分數的名單，以白色紙張列印，釘在牆上的軟木板上。

「這是什麼，響？」

響繞過桌子來綾子身旁坐下，一邊放大照片一邊解釋。

「補習班每週都會用像這樣的積分榜公布我們的成績，所以我們都看得到自己表現得怎麼樣。大概啦。」

他放大名單，拉動照片，直到來到照片最上方的位置。

「到了，我在這裡。」響指著名單中排在第二高的名字。

「等等。」綾子說。「所以意思是，你在補習班的所有學生之中排第二名？」

「對啊。」

「響！」她輕拍他的手臂。「你為什麼都沒跟我說這些？厲害！」

「不知道耶。」他聳肩，紅著臉拿回手機放進口袋。

他回到桌子對面，撲通一聲又在素描本前坐下，繼續賣力畫畫。綾子凝視他。

第二名。了不起。一定要跟他母親說。

「儘管如此，」綾子抬高下巴，開玩笑道，「第二名？」

「嗄？」響從素描本抬起頭，

綾子假裝嘲弄地歪頭，「怎麼不是第一？」

響認真地想了想，最後學綾子用一句諺語回應。

「**猿も木から落ちる**（**saru mo ki kara ochiru**）——**就算是猴子也會從樹上摔下來，對吧**，奶奶？」他愉快地說，「妳是不是會這麼說？」

「講話小心點。」

他們雙雙笑出來。

響繼續戲謔地說，「如果妳幫我在房間裡裝冷氣，我說不定就會第一名。」

「哈！」綾子哈哈大笑。「沒這種好事。」

響接著說：「不過說真的，為什麼妳的家裡沒有任何電器用品？妳甚至沒有電視耶。」

「我有音響啊，還有電話。」綾子現在微笑著，享受著來來回回的交鋒。「還有我的書。」

「妳應該買臺電視。」

「然後看他們播放的那些垃圾嗎？多謝噢，不用了。」

「妳可以接 PlayStation 或任天堂 Switch，然後就可以玩遊戲了。」

「PlayStation！」綾子吐出這個詞。「任天堂 Switch！遊戲？玩遊戲不需要買電視，孩子。」

「好的遊戲就需要。」

響繼續畫，同時一邊說笑：「反正妳只是怕輸給我啦，奶奶。」

綾子打量男孩，面露笑意，眼睛溼潤。她一手托著下巴，一時沉浸於思緒之中。她冷不防一拳朝攤開的手掌猛擊。

「走著瞧。」綾子伸出一跟手指。她從桌邊起身，在壁櫥內一陣翻找。響從畫畫之中抬起頭，看著她翻箱倒櫃。他合上素描本，推到一旁，筆也擱在素描本上。

「找到了。」壁櫥內傳來她的聲音。「就知道收在壁櫥裡。」

她回到桌邊，腋下夾著一大塊棋盤，一手一個罐子——一白、一黑。

「如果你想玩，」她將罐子放桌上，吹掉棋盤上的灰塵，然後展開，放在他們之間的暖桌上，「這裡就有遊戲。」

「圍棋？」響微笑著問，細看畫滿方格的棋盤。「好啊，來。妳要選哪個，白或黑？」

「我選黑。」綾子將黑子罐放在自己面前，把白子罐遞給響。「你白。」

「不公平。」響說。「黑子有優勢。」

綾子淘氣一笑。「人生本來就不公平。」

響認真研究棋盤，揭開罐子的蓋子，從裡面拿出一顆白子，深思熟慮地掂了掂，接著一頓。

「可以再幫複習我一下規則嗎？」

綾子竊笑。

隔天早上，當綾子的一位常客林先生走進咖啡店，她忽然冒出一個點子。林先生在商店街隔壁的隔壁的隔壁經營一家二手電器行。她幫他泡咖啡時（加奶精和兩顆糖），她問他晚一點能否幫她送一件東西到她家。聽到她的請求，林先生一開始很驚訝，但很快點點頭。於是，當綾子和響那天上山散完步回到家後，有一個包裹就擱在大門的玄關內。綾子跟鎮上的大多數居民一樣，大門從不上鎖。
「這是什麼？」響一邊脫鞋一邊打量這個頂部印有「林氏電器」、看起來不太尋常的包裹。
「啊，這是給你的。」
「給我？」
「對，**你**。」她噴氣。「不然還有誰？快點把東西搬進屋裡，不然我們是要在玄關站一輩子嗎。我還有事要做，你也知道吧。」
響抬起箱子搬回房。
男孩房裡傳來的撕開箱子的聲音，綾子坐在起居室，裝作一點也不在意。她從眼角餘光瞥見他將電扇形狀的東西從箱子裡拿出來，然後聽見他倒抽一口氣，她隨即走進廚房忙了起來，假裝自己一直在準備晚餐。她注意到他輕輕的腳步聲來到她身後，然後他開口說話，聽起來激動得發顫。
「謝謝妳，奶奶。」
綾子沒理他，繼續在水龍頭下洗菜，藏住笑意不讓他看見。

七

一抹異樣的綠光襯著夜空的黑照亮原爆圓頂屋無生氣的殘骸。廣島市的太陽已經下山，此時街道上人潮滿滿，都是來為多年前喪生者致意的。月亮灑下昏暗的光，偶爾被浮雲遮蔽。路面電車鏗鏘駛過跨越橋梁的軌道，路過車輛的燈光慢速點綴馬路，有如飄過誠市的螢火蟲。河岸擠滿祈禱的人。

綾子和響並肩站在橋上眺望此景。

圓頂屋矗立於黑沉沉的河水之上，祈禱者點亮的紙燈籠漂流河中。成千上萬的彩色燈籠——紅、黃、粉、橘與藍——徐徐隨水漂流，經過灰色中空建築物的空無外殼，凹凸不平而外露的磚牆此時被綠色泛光燈照亮。

一九四五年八月六日，一顆原子彈在圓頂屋正上方的半空中爆炸，將廣島夷為平地，殺死當地居民，以一閃火焰徹底奪走他們的生命，至於那些運氣好、沒有立即喪命的人，炸彈則是在他們身上留下不可挽回的創傷，毒害他們的身體，讓他們在令人同情的餘生都承受著痛苦。皮膚融化——剝落——持續創痛的提醒。

原爆圓頂屋本身原本是一幢公共建築，在爆炸後依然屹立，但徒留原本樣貌的骸骨般外殼。死去城市的破瓦殘礫隨時間過去逐漸清走，原爆圓頂屋反倒以鐵梁強化，提醒世人，若人類有心，我們可以對彼此做出何種暴行。現代的廣島市從過往城市的灰燼中興起，一個朝氣勃勃、年輕的地方，然而，原爆圓頂屋的陰森外殼依然在這裡，靜靜矗立，以免有人遺忘過往。

不過那天晚上稍早，他們還在尾道火車站的時候，響抱怨連連。

「說起來，我們到底還要去廣島做什麼？」

「到了你就知道。」

過去幾天以來，計畫一直都是響的母親在廣島跟他們會合，然後跟他們一起回尾道住一晚，隔天再回東京。然而，她在搭上新幹線的前幾分鐘接到來自醫院的緊急電話，於是在最後一分鐘取消了她的行程。綾子能體諒媳婦，但為男孩感到有些遺憾——聽見這個消息後，他就一直委靡不振，陷入一種無精打采、滿腔憤怒的情緒之中，而綾子稍微由著他去。但不多。她想著要怎麼做才能讓他放下這件事。讓氣氛輕鬆些。

「還有，為什麼要搭慢車？」他繼續抗議。「要花很多時間耶！一個小時又二十分鐘！我們可以去新尾道搭新幹線，這樣快多了。」

「噢，」綾子得意地笑，「他現在又想搭快車了？那位**我要一路從東京搭區間車到尾道**先生怎麼啦？我以前認識的那個年輕人怎麼啦？」

響搖頭，不過嘴角微微上揚。被她逮到了。他凝望外面逐漸遠去的夜景。他們經過一個又一個小鎮，房舍懶洋洋地閃過車窗。綾子在讀一本名為《黑雨》*的書。

響坐立不安，一雙腿不停抖動。他的隨身聽沒電了，上車前來不及去買電池。他沒書可讀，而且那天稍早得知媽媽來不了的消息後，就一直無法畫畫。他先前一直在構思一篇篇幅較長的漫畫，但現在太過焦躁，連把素描本拿出來都沒辦法。

綾子不時對著那雙煩人、抖動的腿皺眉。她繼續讀書，但響的腿害她分心。

「可以別抖了嗎？」她終究還是開了口，語氣溫和，視線不離書本。

「抱歉。」響停止抖腿一分鐘，然後轉為心不在焉地用手指輕敲窗臺。

片刻後，綾子合上書，嘆了口氣，將書本放回袋子內。

「你今天是怎麼了？」綾子心知原因是他的母親。

—

* 應為井伏鱒二（歿於一九九三年）代表作，最初於一九六五年連載於雜誌。

響聳肩，不想坦承事實。「沒事。」

「你沒帶書來讀嗎？」

「沒，忘了。」

「那怎麼不畫畫呢？」

響嘆氣。「這就是問題所在。」

「什麼意思？」

響皺眉。「我剛剛試過畫畫，但沒辦法畫。」

「沒辦法？」

「我只是瞪著空白的紙張，什麼都畫不出來。」

綾子一頓。「之前發生過嗎？」

「說不上有，不過我最近在嘗試篇幅比較長的漫畫，剛開始還不錯，但是今天想再畫的時候，就卡住了。我不知道怎麼繼續這個故事。」

綾子嘖了口氣。「所以你在煩惱什麼？」

「要是我再也畫不出來怎麼辦？」

綾子忍不住笑了出來。「太誇張了吧。」

「有點同情心好嗎？」響受傷地說。

綾子將雙手放在大腿上。
「抱歉，只是，嗯，也才一天而已，不是嗎？」
「什麼意思？」
「我的意思是，你就這麼一天想畫畫不出來。」
「對。」
「或許稍微放鬆一下吧。」
響挫敗地揉揉臉。
「但要是我連下筆都覺得很難，我是要怎麼畫出一整篇漫畫？」他嘆氣。「一切感覺好徒勞無功，我可能不如放棄算了。」
響再度眺望窗外。到底是哪裡出錯？
就連他自己也說不上來。以前從沒發生過。一直以來，他都是坐下畫畫，靈感自然而然就來。然而在那一天，他感覺紙張回瞪著他。紙張的白尤其令他膽寒。那種空白似乎在嘲弄他。他試著在某些地方塗上陰影，只是為了消除那種可怕的蒼白感，不過每當他的筆尖懸在某個角落上方，他就會決定這個地方應該留白，然後轉移陣地，然後腦中又冒出相同想法，一再重複。他的筆尖持續懸停，他試著下筆的時候，感覺手臂在抗拒。他覺得自己被一股恐懼感挾持。他將素描本翻到另一頁，再次嘗試，結果還是一樣。紙張的空白嘲弄著他。

他甚至將素描本翻到前面，找他已經完成的畫。他想說或許可以一筆一筆複製以前畫的東西，那樣一來，他就會感覺自己像是有在做些什麼。不過當他回顧自己過去的作品，那些畫實在令他作嘔。粗糙又拙劣。他恨死它們了，並因此覺得自己好失敗，而這種失敗感拉扯他的心、劃開長長的傷口。深深打擊他的巨大失敗。

他心想太糾結於此也無濟於事，因此轉而看起他最愛的漫畫，也確實暫時放下了這個問題；然而，一面閱讀他喜愛、欣賞的作品，失敗感又緩緩開始在他體內翻騰、脈動。他永遠不可能像這些人一樣優秀。

思緒在他腦中旋繞、糾結，但他無法簡單扼要地對綾子傾訴。他欠缺清楚表達的能力，無法將他身心體驗到的感覺俐落地訴諸言語。他原本的表達模式是畫畫，而現在他畫不出來了，他因而覺得加倍挫折。現在加倍笨拙。

不過，他也害怕無論他對綾子說什麼，她都會嘲笑他。

他冒出一種黑暗的想法：父親自我了結之前，他的腦中是否也充斥類似的想法呢?他們說一幅畫勝過千言萬語，所以，要是一個仰賴視覺的人對自己的媒介失去信心，那會怎麼樣?他們也就失去表達千言萬語的能力。想要創作似乎是一件危險的事。

最好還是當身體的技師——醫師——就像他母親對他的期許一樣。

那就不會失望。

綾子看著男孩。

從他垮下的肩膀和委靡的表情，她看得出他有心事，好像心裡有什麼深沉的哀傷。而這讓她想起賢治，舊傷口又重新被打開。她回想起過去的每一次，她看見他像那樣，而她想盡她所能撫平他的痛苦和煩惱。但她從來就不知道該做什麼、說什麼。尤其，無論賢治和響都從不表達自己的內心世界。

而她自己也有心事。對綾子而言，今天是奇怪的一天。她每年都會去廣島看紙燈籠沿原爆圓頂館旁的河順流而下。她從還是小孩的時候起就會跟著她的母親一起去。後來，她的母親過世，但她和她的丈夫延續這項傳統，直到她也失去他，然後是她的兒子。

這是她好多年來第一次有人陪，感覺起來很不一樣。內心裡，她努力緩和她來參加儀式時心中懷有的深切悲傷。不過今天響也在，他也有其他心事，她發現自己不知道該想什麼、說什麼，或是有些什麼感覺。他的問題看似雞毛蒜皮，尤其相較於原爆，那更是如此。但他仍舊因此而心煩。此時此刻，那些事對他來說就是重要的。她靜靜思考接下來該說什麼。她對畫漫畫有什麼了解？她自己從沒畫過。不過有些事她倒是知道。她很了解失敗。她了解失落。她也非常了解努力工作與成就。她更是對堅不放棄瞭若指掌。或許有些來自她人生、她個人經驗的事；她學到的某些教訓或許能在現在幫上男孩。她只需要將其翻譯為他能了解的語言。

她終於開口。

「響？」

「是，奶奶？」

「別太鑽牛角尖了，放輕鬆。明天又是全新的一天。你今天或許感覺自己什麼也做不了，或覺得自己在苦苦掙扎，不過就跟每一天一樣，今天終究會過去。今晚，太陽會落下，月亮會升起。不過明天又是新的一天。煥然一新的腦袋，對人生也會有全新的觀點。」

響聆聽，沒動也沒說話，只是凝視著地板。

「你會在某些日子裡拿起筆，覺得自己像個英雄。你會覺得自己勢不可當，無論想做什麼都能做到——有時甚至能做到超出你原本自以為能力所及的事。」綾子低頭審視自己殘存的手指，不過目光空無，彷彿就連已經失去的那幾根手指也依然看得見。「不過也會有其他日子，你拿起筆，但覺得不順手。每件事都感覺不對，光線太亮、陰影太暗。你的每一筆、每一畫似乎都是一個錯誤，或就是不對勁。」

繼續說下去之前，她抬起頭看著響，他也與她四目相交。

「但這就是人生，響。人生總是有起有落。」她微笑。「**山あり谷あり**（**yama ari tani ari**）——**有山也有谷**。」

響點頭。「山與谷。」

「你不會在一天之內就畫完整篇漫畫，那需要幾天、幾個月，可能甚至幾年。甚至，你這輩子或許永遠無法完成一篇。」

「對。」

「不過重要的是你不逃避；你拿出你的筆，畫下一個小東西，一次一條線。你就是這樣成就了不起的東西。不是透過一次大跳躍，而是靠一萬小步。」

綾子發現自己眼角溼了。那可不成。為了一件那麼瑣碎的小事而情緒化，真是太愚蠢了。幸好火車剛好正要停靠廣島站；他們兩個人太專注於對話，完全沒發現居然已經到了。

「到了。」她指著月臺上的標示。「走吧，動作快，別拖拖拉拉的。」

他們隨大批乘客一起下車。因為紀念儀式的關係，那晚的街道相當繁忙，不過響依然一頭霧水，人群反倒是讓他胸口發緊。

「天啊。」他們在人潮中穿梭，要去車站前面轉搭路面電車，響在途中脫口而出。「好多人噢。」

綾子笑了。「真沒想到來自東京的人會這樣說廣島呢。這座城市沒那麼大，對吧？我還以為你是城市達人呢？」

響的臉漲紅。

在尾道小鎮度過的這段時間以來，響很驚訝，自己怎麼會這麼快就習慣了這裡的和緩步調。相較於人口數，尾道感覺有好多空間。甚至，前幾天綾子和他一起去鎮上參加住吉花火祭*，好多人聚集在海岸邊觀賞煙火於海上的天空飛舞、閃爍，那人潮也同樣叫他驚詫。當時他們在屋台小吃攤買了烤雞肉串，一起欣賞煙火。響甚至還穿上了藍色甚平**以搭配綾子的浴衣。不過在那個時候，就連尾道也感覺過度擁擠。

他更喜歡安詳與寧靜。

他要怎麼再次習慣東京的熱汗與逼仄？

他慢慢變成一隻鄉下老鼠了嗎？就算他是，他也還沒有辦法對自己承認。

他們搭上開往和平公園的路面電車，而一直到這個時候，響才領悟他們要去哪裡，以及為何而去。他看著手機螢幕中的日期，立即領悟其中的關聯性。綾子看見男孩拿出手機，莫名察覺他的態度不一樣了。她不知道出了什麼問題。或許是收到他母親傳來的訊息吧。

他們搭乘路面電車時並沒有太多交談，不過其他乘客也一樣。響現在感覺到整座城市瀰漫著紀念儀式的肅穆感。他們在路面電車車站下車，隨著太陽漸漸下山，他們一起安靜地繞著和平公園緩步而行。他們去火焰紀念碑祈禱，然後去看紀念佐佐木禎子的千紙鶴。

綾子和響並肩站在橋上眺望此景。

在此之前，響從沒來過原爆圓頂屋。他在課本上讀過，也在電視上看過，他當然也知道過去發生了什麼事。不過近距離看爆炸的影響完全是另外一回事。許多問題在他腦中翻騰。他想問綾子，但又不確定該不該問。

他轉身看著她。

＊　譯註：住吉祭是廣島三大祭之一，於夏季舉辦，擁有「住吉先生」之暱稱。祭典中除了燃放煙火，亦有傳統的騎馬、馬船與神樂表演，以及眾多小吃攤。

＊＊　譯註：じんべい（Jinbei），一種和服便服，現代通常作為男性或兒童的夏季家居服。

「妳是不是……」他開口，但隨即打住。

「對。」綾子完全知道他要問什麼。「我的父親，你的曾祖父。」

「發生什麼事？」

「我不是很清楚。都是我母親告訴我的。我當時才剛出生不久。」

她停頓，聲音微乎其微地顫抖著。

「奶奶，妳不用……」

「他在城裡工作，」她抽抽鼻子，然後繼續說：「每天從尾道通勤。」

綾子低頭看地面。「那天，他不曾回家。」

他們靜靜站著，音樂在四周輕輕飄送。

「我很抱歉，奶奶。」

「胡扯。」她搖頭，尖銳地說。「用不著你來道歉。」

響沉默不語，不確定該說什麼。

他們左方傳來叫喊聲。年輕男人的聲音在嚷嚷著什麼。

綾子和響把頭轉向聲音的來源，同樣的叫喊聲再次響起，這次更近了些。

「響！真的**是**你！」

一個年輕男人朝他們跑來，路過的人紛紛轉頭查看。響認出他。

「這個鬼吼鬼叫的傻瓜是誰？」綾子在他靠近時壓低音量問道，沒發現她身旁的響咧嘴露出開朗的笑。

「以前在東京時的一個同學，奶奶。他名叫武。我不知道他在這做什麼，不過他人很好，我那時候最要好的朋友之一。」

「我就相信你吧。」綾子在武來到他們身旁時這麼說道，然後阻止自己追加一句「不過他看起來像個笨蛋」。

他有張真誠、肉嘟嘟的圓臉，綾子對他的冰冷態度很快便融化。他對著他們兩個露出討人喜歡的微笑，一面大口喘氣。

「就知道……是……你！」他上氣不接下氣地說。「之前就覺得在人群中看見你，不過花了點時間才確定。」

「對啊，是我。」響微笑。「奶奶，這是武。武，這是我的奶奶。」

武火速站直，對綾子深深一鞠躬，用她有好一段時間沒聽過的禮貌語氣對她說：「很榮幸能認識您。」而且他說得很真誠。

綾子回禮並鞠躬。很難不喜歡這麼一個坦率的人。

「所以你在這裡做什麼？」響問道。

「我？我念廣島大學啊。」武露出牙齒，用指甲敲了敲。「牙醫系。」

「厲害。」綾子說。

響聽見這兩個字，也讀出言外之意。

他很厲害，響。你不厲害。你為什麼不能像他一樣厲害？

武害羞地揮揮手，不過繼續禮貌地對綾子說話。「才大一而已。」

他轉向響。「不過我不知道你也在廣島耶。你在這裡做什麼？」

「我住在尾道的奶奶家。」響囁嚅道。「只是來城裡參加紀念儀式而已。」

「尾道？」武笑容滿面地看著響和綾子，接著直接問綾子：「是小津安二郎的《東京物語》的那個地方嗎？我一直超想去耶！」

「對，沒錯。」綾子點頭微笑，這名來自東京的年輕人觸動了她身為尾道人的驕傲。「真是個見多識廣小夥子。你一定要來我們那裡作客。」

「那真是太榮幸了。」武熱情地點頭。他不時將頭從綾子的方向轉向響，以免自己冷落了任何一個人。「總之，我是跟大學朋友一起來的。」他手指遠處的一群人。

「噢，聽起來真好玩！」綾子說。

「對啊。」武說。「今天晚上要聚一下。我們都是學校裡同一個社團的成員。」

他像是被閃電擊中一樣猛然一震。「你何不跟我們一起去呢，響？」

響看著綾子，已經知道她不會放行。

「噢……武，謝謝你的邀請，但是我覺得不——」

「聽起來很棒啊。」綾子搶在響說完前打岔。「響，不可以那麼失禮。你就接受武的邀請吧。」

「但是奶奶，」響驚訝不已，「我們要一起搭車回家耶。」

「我完全可以自己搭火車，響。」她朝武翻翻白眼。「你確定你想要他加入你們嗎？」

武笑了。「是啊，好啦，響。不要那麼古板了。今天晚上歡迎你去我那裡住啊——睡我的宿舍——你也可以搭最後一班車回尾道。看你想怎樣都可以。」

「跟你朋友一起去吧，響。」奶奶堅定地說。「我自己一個人搭火車回家沒問題。」然後她壓低音量接著說：「去玩玩吧，這是你應得的。」

「好吧。」響轉向武。「你確定我可以加入嗎？」

「當然！」綾子和武異口同聲地說。

綾子看著男孩跟著朋友一起消失在人山人海之中。他曾一度回頭，最後一次對她揮手，隨即隱沒於人群。她揮手，不確定她在他臉上看見的最後那個表情代表什麼意義。那神情背後是什麼樣的情緒？下垂的嘴角，眼睛在昏暗的夜晚光線下閃爍。悲傷嗎？但為什麼？她以為他應該會樂於和同齡人在一起，發洩一下精力。她獨自站在那裡，被人潮淹沒。已經看不見男孩了，她再次與她的思緒獨處。

或許，她是把自己的悲傷投射在男孩身上。

佐藤說的話最近老在她腦中縈繞，他說男孩置身尾道賦予他了解前人的機會。她原本以為帶他來和平紀念儀式是個起點，卻因緣巧合冒出這位學校的朋友。只有一位老太太作伴，響肯定覺得無聊了。老與少……多麼截然不同的組合，不過卻又如此脣齒相依。

她朝原爆圓頂屋的骨架最後一瞥，鞠躬，雙手合十祈禱，隨即轉身下橋，緩緩穿過人群。

搭路面電車回廣島火車站的途中，她回想著男孩來跟她住之後發生的每一件事。她看得出他變了——顯而易見。

幾週前的一個週日，她開始逼男孩去潤和惠美正在翻修的老宅。再加上響正在幫佐藤進行的任務，綾子試圖藉由要他幫這對年輕夫婦忙而讓他融入小鎮。他當時在路上略微抗議。

「什麼？所以我要去免費幫他們工作？」

綾子嘆氣。真是東京人心態。

在鄉下這裡，恩惠是一種匯率很強勁的有價之物，但她沒時間對他解釋這些。

「你可以好好運動一下啊！對腦袋有幫助。」

幾週後的另一個週日，她出去散步，他顯然完成了他那天的整修工作，因為她遇見他坐在山頂一顆陡峭的巨石上遠眺大海，素描本擱在盤起的雙腿上，樹木為他遮蔭。

她嚇了一跳，遠遠觀察他的模樣。那天他身穿背心，她看得出他身體上的變化。他看起來比他春天剛來到小鎮時更結實、更健康，腿部因每天上山散步而長出肌肉，手臂看起來也更加健壯——拜幫潤和惠美整修所賜。

他正慢慢變成一個壯實的年輕人。

然而，綾子心想，他的面容還是帶著些什麼。一種殘餘的悲傷，跟著他從東京一路來到這裡。

他長得好像他父親。真的好像。

而就是這一點令綾子感到擔憂。

路面電車吵吵嚷嚷沿鐵軌前進，綾子隨電車的搖晃和緩擺動。相同的問題持續漂過她的腦海。

她這次有沒有做得比較好？

她會再次失敗嗎？

她踏上朝家開去的火車，試著將這些想法拋諸腦後。

她獨自坐在靠窗的座位，拿出書，但一直無法專心。小說的字句只是流過她，沒留下任何印象。

慢慢地，她的視線從書頁轉移到車窗，凝視著夜晚的黑，偶爾瞥見自己的鬼魅般倒影。

一個空洞的人形回瞪著她。

響已經在居酒屋喝了三杯啤酒，有點微醺了。整個空間繞著他和緩打轉，他努力專心聽坐在他旁邊的女孩說話。

「所以你就像是插畫家，對吧？」

「算是……但不完全是……」

「他的畫超棒。」武插話，俯身靠過來。「拿你的素描本給她看看，響。」

「好酷噢。」女孩說。

坐在對面的一個傢伙在抽菸，一面猜疑地上下打量響。

響在背包裡摸索他的素描本。他不想隨便拿給別人看，不過武在盡他所能替響吹噓，而他不想讓朋友失望，或是表現得不知感恩。他的心情緩緩改善，儘管此時的他還不熟悉派對的精神，不過置身一群大學生之中，大家一起吃吃喝喝、歡笑玩樂，他漸漸也能融入這種氣氛了。他原本只是安安靜靜地加入，不過武根本就是交際草，卯足全力把所有人都介紹給響這個「來自東京的插畫家朋友」認識。

響對這個稱號略感不安。

坐在對面的那個傢伙也令他不安。

在和平公園和奶奶揮手道別之後，一想到自己居然丟下她一個人，一股悲傷的感覺隨即席捲而來。他回過身看她的時候，那景象令他大受衝擊：一個年老、衰弱的女人，獨自站在橋上，不若平時那麼強壯、兇猛。奶奶看起來就好像在他走開那幾步的過程中忽然老了十歲。當他看見她像那樣站在那兒，一身和服，微微佝僂，朝他揮手，背景則是原爆圓頂屋的嚇人綠光，他忽然萌生一股無法抗拒的強烈衝動，想回去她身邊。他還是可以向武告罪，然後跟奶奶一起回家，確保她安全無恙，但他聽見武歡天喜地的叫喊，要他走快點、不然會在人群中走散，於是他不情願地把自己拖離奶奶身邊，跟上他的老朋友。

「天啊，你怎麼樣，兄弟？」武拋下他在奶奶面前那套中規中矩的用語。「都不知道你在這裡耶！」

「對啊。還行啦，你知道的。」響咕噥道。

「響——你瘦了！看起來好有肌肉線條噢。」他說完略一停頓，彷彿不確定該不該繼續說下去。「而且，你，呃，講話稍微有廣島腔了，對不對？」

「有嗎？」響震驚地問。「我都沒注意到。」

「沒關係啦，兄弟。」武笑道。「我其實覺得很酷耶。真希望我也能像這些傢伙那樣說話，不過我怕他們會以為我在取笑他們，了吧？」

他們快步朝武的朋友走去；他們全部圍成一個圈站在那兒。

「所以，我們都是同一個社團的成員，然後我們正要去一家居酒屋。」

「真棒。什麼社團？」

「忘了，我加入好多社。可能是羽球社？」武對著面露驚訝的響哈哈大笑——他們都知道他不是運動型的人。「總之，有很多可愛女孩，所以不用擔心。」

「噢……」響尷尬地應道。

武一拍額頭，彷彿想起某件事。「啊，靠，你還跟由里子在一起嗎？」

響搖頭。「沒，我們分手了。」

「真遺憾耶，兄弟。」

「沒關係啦。說真的，我還有點高興呢。她快樂我就快樂。」

「發生什麼事？不介意我問吧？」

「從我醫學院落榜的那一刻起，我們的關係就破裂了。」響一臉憂鬱。「我不再是她生涯規劃中的一部分，感覺好像我不知怎麼地在拖累她。說真的，我也不確定那是我想要的生涯規劃。」

「太慘了。」武嚴肅地點頭。「我知道你春天的時候過得不太好，」他輕輕捶了響的手臂一下，「但是你都不回我訊息！」

「對不起……」響愈說愈小聲，「我……」

「別放在心上啦。」武拯救了侷促不安的響。「說真的，我上大學後就沒跟高中那些傢伙聯絡了。我覺得很遺憾，但一直都很忙。我知道那是怎麼回事，不過朋友永遠是朋友，對吧？」

響點頭，但沒說話。他其實並不是因為太忙才沒回朋友的訊息。實情是，他因為落榜而覺得羞恥，不想影響他們的心情。於是他躲著所有人，直到訊息不再傳來，而他徹底孤立自我。他最近很喜歡尾道的生活，所以那不成問題，不過他知道自己想念同年齡的人——同輩人之間輕鬆的說話方式。

「你會回去過御盆節嗎？」武問。「或許我們可以趁大家都回東京的時候聚一聚。」

「啊，謝了，不過我應該會留在尾道跟奶奶一起過御盆節。」響還沒跟母親或奶奶提起這個話題。他甚至不確定自己是否真想這麼做，還是只是臨時編出這個藉口以逃避跟東京的老朋友們見面。他不想成為他們的負擔。他們都在享受各自的新人生和幸福快樂，他則持續令人掃興——一無是處的浪人生。就是因為這樣，放榜後聚會時，他才沒辦法加入大家。

武在距離朋友們只剩幾米開外停下來。

「好，你準備好了嗎？」他問道。

「當然。」

「我會試著把你介紹給最可愛的女孩，」武開玩笑道，「只要告訴我你喜歡哪個就好。」

「別了吧。」響不好意思地一手在臉前方猛揮。「我們兩個敘敘舊就好了啦。再次見到你真的很棒。」

他們沿本通魚貫穿過城市——本通是廣島的一條拱頂大商店街，長而繁忙，尾道的迷你商店街相形見絀。在這裡，這座大城市之中，與響年齡相近的年輕人成群結隊，都到外面享受夜晚。在和平紀念儀式的憂鬱氣氛後一下看見那麼多人在狂歡，響有一種詭異的斷裂感。

活躍、生氣勃勃的廣島，感覺幾乎就像又回到東京——被各種令人興奮的事物包圍。計程車、路面電車、上班族、粉領族、學生、咖啡店、酒吧、餐廳、書店、電子遊樂場、漫畫咖啡店、貓咪咖啡店、女僕咖啡店——東京有的廣島幾乎都有。無窮的可能性再次對他展開。他在尾道毫無選擇——除了畫畫、讀書、跟潤和惠美一起裝修、跟奶奶一邊下圍棋一邊聊天或去散步之外，他無事可做。不過在這裡，再度置身大城市，跟同齡人一起走在城市的街道上，他感覺自由在他體內不停上漲。

他們全部擠進一家就在本通轉角不遠處的連鎖居酒屋，而這會兒響發現自己正在跟一個想看他的畫的女孩聊天。他略帶酒意地在背包裡摸索，試著抓住素描本，不過坐在對面的那個傢伙依然在抽菸，一面輕蔑地看著響。

「找到了。」響拿出他的素描本。

女孩一把從他手中搶走，快速翻閱了起來。

「哇！」她一頁一頁翻過。「好厲害噢！」

響微笑，禮貌地自謙道：「沒什麼啦，只是塗鴉而已。」

「這隻青蛙好可愛！我也好喜歡這隻雪鴞和狸貓！」

坐在對面的傢伙盯著素描本看，然後是響。
「你什麼系的？」他問道。
「噢，我不是大學生。」響回道。
「所以你是職業插畫家？」他直盯著響的眼睛。
「不，不算是。」
「你有網站嗎？」
「沒有。」
「那你有ＩＧ嗎？」
「有，但我沒什麼在用。我正在努力少用手機。」
「有出版過嗎？」
「沒有。」
「所以，請原諒我的無禮啊，」這傢伙捻熄菸，「但你確切來說怎麼會自稱插畫家？」
響不確定該如何回應這麼直接的問題。
他努力思考該怎麼回答。
女孩停止翻閱素描本，現在期待地看著響和對面那個咄咄逼人的傢伙。武在跟別人說話。

「我沒有。」響說。「我並不自稱插畫家。」

「所以你是什麼東西？」那傢伙雙臂環胸。「你有工作嗎？」

「我是浪人生。」響說。

那傢伙得意地笑。

「肯定很辛苦吧。」女孩對響說，一面將素描本還給他，輕拍他的手腕。「但你真的畫得很棒。」她同情地微笑。

那傢伙沾沾自喜地靠向椅背，又點燃一根菸。

「如果想成為插畫家，就需要有網路存在感。」他接著說，不過現在把響當成空氣，直接對那女孩說話。「我也稍有涉獵。」

響感覺彷彿脫離了自己的身體，看著那傢伙拿出手機，點開有幾千名追蹤者的社交媒體帳號。那些圖像高度抽象化，充斥俗艷的色彩。響嚥了口口水。

「酷！」女孩將響拋諸腦後。「等等，你的用戶名稱是什麼？我來追蹤你。」

那傢伙拼出他的用戶名稱，響無言看著女孩用自己的手機搜尋，接著開始瀏覽其中的圖像，對著他的畫輕柔低語。響啜飲啤酒，不過現在喝起來又酸又溫。

他迫切想離開，遠離這個地方，也遠離這個他並不是其中一分子的群體。他在桌上放了些錢支付他的酒和食物，起身，抓起背包，幾乎已經走到門邊了，這時武追了上來。

「嘿，兄弟！你要去哪？」

響把一隻手放在武的肩膀上，試著裝出放鬆的表情。他是真心感謝他的朋友。

「噢，我要搭末班車回家。」響說。「不過還是謝謝你。」

「你確定趕得上嗎？」武拿出手機查班次。「很晚了耶，兄弟。你最好還是別走吧。我們不用久留，不過讓我查一下火車班次。廣——島——」他輕點手機，一面打字一面念出來。「尾——道——」

「沒問題的，兄弟。」響趁武專心看手機的時候抽身。「謝謝你找我來。我玩得很開心。」他從門口的置物櫃拿出鞋子快快套上。「我很快會再跟你聯絡，好嗎？我該走了，不然會錯過末班車。」

響轉身，快速走了出去。

他依稀還能聽見武在他身後喊著：「等等！響！末班車已經開走了啦！」

響來到街上，盡他所能快速遠離居酒屋。

城市將他徹底吞沒。

八

綾子在電話鈴響第四聲的時候接了起來。

紀念儀式的隔天早上，電話開始吵鬧的時候，她正在吃早餐，剛開始有點被嚇到。她放下筷子，嚥下原本正在嚼的那口魚，走去拿起刺繡布罩下那個擾亂她平靜的東西。

誰會在早上這時間打電話來？

「喂？」她略帶遲疑地說。

「妳好，請問是田端綾子女士嗎？」電話線的另一端傳來爆裂的中年男子說話聲。

「是，」綾子說，「請問您是哪裡？」

「我是井手警官。」他停頓，或許是想增加戲劇效果。「廣島市警局。」

綾子忍不住伸手掩著張開的嘴。

她凍結，說不出話來。

「妳是田端響君的奶奶嗎？」

「他沒事吧？」她透過手指問道。

「沒事，沒事。」警官換上輕鬆些的語氣。「他很好。請不用驚慌。他今天早上似乎有點迷路，所以我們把他帶回交番。妳今天能來接他嗎？」

「當然可以，警官。我盡快趕過去。可以給我您那邊的地址嗎？」

「沒問題，妳手邊有筆嗎？」

井手警官將交番警察亭*的地址告訴綾子，她謹慎地抄錄於她放在電話旁的便條紙。雙方正要掛上電話，綾子這時忍不住開口追問。

「井手警官？」

「是？」

「他，我是說那男孩，他惹上麻煩了嗎？他有沒有做錯什麼事？」她緊張地問，停頓，然後補上最後一句。「他沒什麼危險吧？」

「一切都沒問題。」井手警官親切地說。「請不要擔心，田端女士。我們今天早上帶他回來的時候，他有點，呃，應該說**迷惘**嗎。他在和平公園靠近橋的位置。我們的兩位巡警過去跟他聊聊，他也乖巧有禮貌。不過當他告訴我們他已經十九歲，我們就有點關切了，覺得大清早五點，他不該表現得那麼，呃，**迷惘**。我們只是希望他可以安全回家而已。但是。」

線路短暫停頓。綾子一刻也等不了。

「是？」

「呃，可能等妳到了再說吧，但他看起來有點，呃，應該說不希望我們聯絡妳嗎。」

「真的嗎？」

「對。」井手輕笑。「別告訴他我跟妳說這個，不過比起怕我們，我覺得他還更加怕妳呢。」

綾子的臉漲紅，半是因為憤怒，半是因為難堪。

「謝謝您。」她冷冰冰地說。「我很快就會見到二位，井手警官。到了之後我會好好說那男孩一頓。他會情願您把他關起來，然後把鑰匙丟掉。」

＊譯註：芙珞在此處的翻譯方法是結合日文與英文：koban police box，而英文的部分 police box 是英國特有的微型警察局，形似電話亭。芙珞後續會提及她在翻譯這個詞彙時的思考，因涉及英國文化，因此本書在翻譯芙珞的翻譯時不採用臺灣慣稱的派出所，而是結合警察與電話亭，翻譯為警察亭。

井手又輕笑，不過這次透露出緊張的情緒。

她掛上電話，打電話叫計程車送她去新尾道車站，隨即開始忙著準備出門。著裝完畢後，她這才忽然想起來，今天咖啡店沒辦法開門營業了。她打佐藤的手機，問他能否幫她在門上掛張告示，通知顧客咖啡店因私人急事暫停營業一天。

「當然沒問題，小綾，」佐藤接著換上關切的語氣，「不過一切都還好吧？」

「那男孩。」綾子只說得出這三個字。

「發生什麼事？」佐藤問。

「他的皮要繃緊了。」

「對他寬容一點。」佐藤說。

「別管閒事，」綾子，「幫我掛上告示就是了！」

她掛斷電話，準備走去大街上；她剛剛跟計程車約好來這裡接她。新幹線停靠於新尾道車站，但從她家走過去太遠了，而通往綾子家的巷道可以騎腳踏車或電動腳踏車，寬度卻無法容汽車通過。她急匆匆出了門，快步穿過小巷。

她今天改搭新幹線進城。

響前一晚漂過流川街——廣島的夜生活區。

他坐在每一家迷你賣酒店的櫃檯前，剛開始只點啤酒，後來喝起威士忌，心情低落地跟諸多酒保天南地北地閒聊。

「你知道『威士忌』這個詞源自哪裡嗎？」其中一名酒保在響點了這種酒之後問道。

「蘇格蘭？」

「對，但你知道是什麼意思嗎？」

「不知道耶。」他回道。「什麼意思？」

「這個詞源自蓋爾文『uisge beatha』，意思是『生命之水』。」

響醉眼朦朧地細看杯中的琥珀色液體。生命之水。

水通常意味生命，不過也有可能代表死亡。

他跟蹌換過一家又一家店，看著Mac酒吧的快樂狂歡者隨巴布．馬利（Bob Marley）和暴力妖姬（Violent Femmes）的〈晒到起水泡〉（*Blister In The Sun*）跳舞，音樂來到「讓我繼續！」那句時，整家店的人還跟著一起大合唱。然後他轉移陣地到Barcos，看見的則是不同類型的一群人隨不同種類的音樂跳舞；相較於Mac的獨立音樂風格，這裡更偏向嘻哈和節奏藍調。他會走進一家店，點一杯酒，站著觀看片刻，隨即離開、換一家店。無論去到哪，他發現自己總是旁觀，從不加入；他沒有歸屬感。夜店的彩色燈光閃爍；無論他當下剛好拿著什麼酒，酒杯總是會被照亮。喇叭的重低音重擊他的耳朵，他看著跟他同齡的年輕男女一起跳舞。他們看起來都快樂而滿足。然而，同樣的思緒占據響的心神，在他腦中不停彈跳：他要怎麼融入這一切之中？

他搖搖晃晃走出夜店，發現自己置身一家賣啤酒和煎餃的小酒吧。他點了一盤煎餃和一杯啤酒，不過只勉強喝下半杯就睡倒在吧檯。老闆搖醒他，告訴他要打烊了，於是響在日出時分繼續蹣跚地走在街道上。他很快就要搭火車回尾道了，但他不知道自己置身何處，也不知道該往哪個方向走才到得了車站。

清晨洗衣公司將乾淨的毛巾放在他經過的泡泡浴妓院門口，收走大包大包準備拿去清洗後給下一位顧客使用的髒毛巾。他看著一個男人踉蹌走出其中一家妓院，突然滿心悲傷。響走得雙腿發疼，腳也冒出水泡，但他繼續經過夜生活區的所有下流成人營業場所和伴遊公司，這些地方這時都沐浴在灰色晨光之中；最後，他終於回到和平公園的外圍。他跨過第一條橋，眺望靜止的河水和繫泊的小船，建築物連綿於地平線，溫暖太陽透過之間的縫隙窺探。晨光下，這座城市看起來很美。如果手機還有電，他就會拍張照。

廣島——Hiro Shima——廣闊的島。

這兩個字就是這個意思，看見橫跨各條河流的所有橋梁，而這些河切過這座城市，並將這片土地切開為島，他看得出為什麼要稱此地為廣島了。他繼續穿過和平公園，朝前一晚他跟奶奶一起站在上面的那座橋前進。

他在橋中央停下來，將原爆圓頂屋納入眼中。現在看起來不太一樣，橘色陽光為其增添了一些溫度。

不過響愈是思考，就愈是開始想像炸彈落在這座城市的景象。他想像炸彈在昨晚再次落下，消滅昨晚在夜店跳舞、在河岸祈禱的所有人。很難概念化；所有那些形形色色、生氣勃勃的生命瞬間消逝。當其他人知道人類能對其他同類做出如此駭人聽聞之事，他們怎麼還能正常度日？怎麼還有人能繼續活下去？他開始思考他那個身為戰地攝影師的父親都看見了些什麼。難怪他最後那麼做。

響低頭看著河水，感覺黑暗在他體內上漲。

平靜。他想體會他父親的感受。

顯然溺死的感覺很美好。

令人著迷地誘人，河水的涼爽對照白日的熱。

他將背包放在地上。

爬上橋的石欄。

一躍而下。

嘩啦。

綾子坐在新幹線上，雖然車速已經很快，她卻希望能再快一點。而更快的是穿過她腦海的一個個問題。發生什麼事？她失去對情況的掌控了嗎？那男孩怎會落得被警察拘留？她前一晚讓他跟朋友一起走做錯了嗎？該怎麼做才對？

她神經質地抖動一條腿，跟她坐同一排的一名上班族輕蔑地看著，她隨即停下來。

不過她接著又開始用手指輕敲車窗。

那名上班族用同樣的輕蔑表情看著綾子的手指，不過當他發現少了幾根，他隨即低下頭，害怕地看著手中的報紙。她很習慣被人當作極道的感覺——剛開始會惱怒，不過後來開始覺得好玩，看見她這模樣，無論什麼年紀的男人都會畏縮。不過今天早上，她太擔心那男孩，根本沒心思理會。

綾子在廣島站下車，這次從與前一晚相對的新幹線出口出站。外面有許多計程車，她鑽進第一輛空車敞開的車門，將井手警官在電話中告訴她的交番警察亭地址念出來給司機聽。

她在計程車上複習等一下要如何教訓男孩。

這就是了。最後一根稻草。

兩名巡警立即將響從水中撈起，過程稱不上和善。

「你他媽在搞什麼鬼？」他們將又咳又嗆的響拉到岸上，較年輕的警察對響吼道。「你他媽笨蛋。為什麼做那種事？沒腦袋嗎？發瘋了？」

「你惹上大麻煩了，小鬼。」較年長的警察厭惡地說。

他們把他拖進警車後座，把他的背包丟到他旁邊，隨即開車送他到最近的交番。他溼透的衣服把警車後座弄得溼淋淋。

兩名巡警粗手粗腳將響推下車，再推進小小的交番。

一名面貌和藹、體型高大的男人坐在桌後。他的頭髮兩側剪短，頂部稍長，思考時習慣一邊揉臉。他的前臂粗壯——就像兩段黏在骨頭上的火腿，再覆上一層有彈性的皮膚。

「去那裡坐著，混蛋。」較年輕的巡警對響說，手指資深警官對面的椅子。響快速醒酒，不過整體而言依然處於爛醉又溼漉漉的狀態。他注意到資深警官聽見年輕巡警口出惡言時臉部抽搐了一下。

「發現他在原爆圓頂屋旁邊的河裡游泳，井手警官。」較年長的警察對長官說道。

「我不是在游泳。」響頑固地說。

「不然你是在那邊做什麼，蠢貨？」年輕巡警粗魯地問。「下沉？」

井手警官轉而專注地凝視響。「你掉下去了嗎？」

響不知道該說什麼，於是實話實說。「不，我跳下去的。」

「你為什麼要跳下去？」井手坐在椅子上往前靠。

「我不知道。」響低頭看著自己的腳。他其實知道，但不想說。

他在發抖。

井手遲疑了一下，打量打顫的響，腦中盤算著。

「八幡，」井手對較年長的巡警說，「去遺失物裡面找些乾衣服過來。」

「是，長官。」八幡應道。

響和井手安靜坐著，年輕巡警則時不時壓低音量咕噥著「蠢貨」。

「藤倉，」井手突然對年輕巡警開口，「差不多了吧？」

八幡帶著一套灰色的運動服和毛巾回來，禮貌地交給響。響去隔壁房間換下溼衣服、擦乾身子，然後帶著整齊包在溼毛巾裡的溼衣服回來，而井手以從容的權威口吻麻利地對兩名巡警說話。

「你們兩個，把溼衣服拿去自助洗衣店用滾筒烘衣機烘一烘，乾了再拿回來。」

「兩個一起？」年輕巡警問道，看似不知所措。

「對，兩個一起。」井手說。「快去吧。」

兩名巡警離開交番，現在只剩下井手和響，兩人隔著桌子對看。響覺得尷尬，環顧交番內。有一整面牆是當地的詳細地圖，另一面牆則有解釋這些那些事是犯法行為的海報。教育性海報牆之外的另一面牆，則貼了懸賞海報，內附慣犯照片，以及提供線索協助逮捕他們的獎金。響想著，要是他現在奪門而出，他的臉會不會很快也出現在那上面。針對跳河的人，警察會開出多少懸賞金？

「所以。」井手雙臂環胸。

響抬頭，看見對方正和藹地微笑著。

「有什麼想解釋的嗎？」

「我真的很抱歉。」

井手的微笑拉大。

「很不錯的開始。」

井手往前靠，準備好筆和便條紙。

「現在只剩我們兩個人了，首先，你住在哪裡？」

「尾道。跟奶奶一起。」

「你要告訴我你的姓名、住址，還有你奶奶的電話。我要打電話請她來接你。」

「是，長官。」響說完納悶起自己為何要稱呼他長官。

「然後，」井手接著說，「你要告訴我你到底為什麼要在清晨五點跳進那條河。」

響在椅子上扭動身子，一段時間後，他嘆氣。

「我可以一五一十都告訴你，井手警官，」他的聲音發顫，「不過請不要告訴奶奶我跳進河裡。她會殺了我。」

「我不能做出像那樣的明確承諾——我很可能不得不告訴她我們把你從河裡撈起來。也就是說，如果她在你的衣服烘乾前就來到這裡，那就沒辦法了。」井手笑了笑。「但若你需要聊聊，我願意聆聽你的故事，而且我保證我不會把你告訴我的事說給任何人聽。除非事關違法。我這人說話算話，所以你可以相信我。」

響還沒完全酒醒；反正也不可能更糟了。

「井手警官，我這輩子沒跟任何人說過這件事，但我一直都知道，在我還只是小嬰兒的時候，我父親在大阪自殺身亡。他是戰地記者，相當知名，我一直都以為他是因為看見和拍攝的那些東西在他心裡留下傷疤，才會走上絕路。除了喝一大堆酒之外，他還吃下過量的藥物，然後跳進道頓崛溺死。我知道我接下來要說的話會聽起來很蠢，你也多半不會相信我，但我發誓我今天早上並不是想像他一樣自殺……」

「那你在做什麼呢？」

「我不知道，或許我只是在試著了解他過世前經歷了什麼？我不曾認識他，我以為如果我去做這件他也做過的事，我說不定就能感覺跟他更親近點。但我不想死，我發誓。」

最後那句話並不完全真實。

事實上，響過去曾想過結束自己的生命。而且很多次。他想像過所有可能的方式。在浴缸裡割腕。上吊。把廢氣導入車內毒死自己。跳樓。衝到馬路上被車撞。服用過量藥物。不過他一直以來都對溺死情有獨鍾，一再重拾這個想法。有人說這方法很簡單。但要是過程中出錯，他最後落得餘生都只能像株植物一樣活著，那該怎麼辦？

他太懦弱了，只敢想想而已。他太害怕隨之而來的痛苦。但生命本身也很痛苦。其中存在著一個他無法解開的謎。不過他不曾跟任何人分享過這些想法。就算現在也一樣。

然而，響開始對井手警官傾訴，他這輩子不曾以這種方式對任何人說話，就算是對他在學校的朋友或前女友也一樣。尤其不曾對他母親說。響將有關他父親的種種想法深深埋藏。不過因為某些原因，這位偶遇的警官似乎遠比他的所有家人都更可親、更開放。所有想跟母親、跟奶奶、跟朋友談的那些事，所有他就是開不了口的那些事，這時有如洪水從他口中滔滔湧出。

「我父親溺死他自己。那部分我能接受，我也慢慢接受他就是選擇以那種方式結束他的生命。不過，我沒有任何一個家人跟我談過這件事，這情況到現在還是讓我覺得很煩。我利用這些年來從他們口中聽見的片段資訊拼湊出我現在所知的一切，但我從來不能跟任何人談他。也從來沒有哪個人願意坐下來，跟我說說我父親的故事，你知道的，像是他是什麼樣的人，他喜歡做什麼。」

一說完，他立刻抹掉臉頰上的淚水，這才抬起頭迎上井手警官的視線。他說話時，井手警官沒有打斷他，現在也依然沉默不語。響無法解讀他的表情——恐懼嗎？或者是同情？井手在椅子上調整一下重心，響看出他那是擔憂的眼神。他的虹膜映上一抹先前並沒有的色彩。

然而響並沒有說出一切，還沒有。他還有些更黑暗、更痛苦的想法，關於放棄生命；他並沒有一股腦和盤托出。那些想法依然深鎖在他內心。如果他繼續藏好，或許他就能說服自己這人生依然值得活下去。

綾子抵達交番，走了進去，心臟怦怦直跳。

男孩坐在一名胖呼呼的警官對面，兩個人笑得前仰後合，手上拿著杯麵和筷子。看見綾子走進來，他們立即安靜下來，將泡麵和筷子放在桌上。男孩隨即露出羞愧的表情，垂頭看著自己的腳。桌後的警官注意到男孩態度轉變，火速起身，正經八百地向綾子鞠躬。

「妳肯定就是田端女士吧。」他說。「我是井手。我們稍早通過電話，不過很高興能當面見到妳。」

「非常抱歉我孫子給你造成那麼大麻煩。」綾子盡可能壓低身子鞠躬，以顯示出這情況有多令人羞愧。

「噢，請不要道歉。」井手揮動一隻手。「大家都沒事。」

「你。」綾子轉向男孩，嚴厲地說，「你怎麼還能坐在那邊笑？快為你惹出來的麻煩向井手警官道歉。」

「對不起。」響說。

「啊，請不用這樣。」井手說。「這是我的工作，而且我很高興今天早上有他作伴。我們聊得很開心，是不是啊？」井手接著轉向響。「說吧，像我們之前討論的那樣。」

響點點頭，站起來，對綾子深深鞠躬。

「奶奶，真的很抱歉，我害妳擔心了。我絕對不會再犯。我的行為不經大腦又不負責任。請原諒我。」

井手看著他們兩個人微笑。白熱的憤怒在綾子心裡沸騰。

為什麼這個胖警察這麼不當一回事？

「你，」她對響說，「立刻出去，我們要走了。」

響一把抓起背包，走出交番。

綾子跟在後面，幾乎已經走出大門了，這時聽見身後傳來井手的聲音。

「呃，田端女士？」

「是？」她轉身面對他。他依然站在他的辦公桌後。

「可以借一步說話嗎？」
「當然。」
「我，呃，不想越俎代庖，可以這麼說。」
「井手警官，」綾子覺得好累，「請有話直說吧。」
「只是，嗯，那男孩跟我說了一些事。」他緊張地搔搔下巴。「我答應過他絕不告訴任何人的事。」
「真不好意思，他給你帶來這樣的負擔。」
「不，不，」井手搖頭，「我不是那個意思。他是個好孩子。」
「我搭了兩趟計程車和新幹線，遠從尾道來這個交番接他，現在實在沒辦法用多正向的眼光看他，警官。」
「是，不……」他結結巴巴。「的確，但是……」
「抱歉。我沒有無禮的意思，不過你到底想說什麼呢，警官？」
綾子站在那兒，雙臂交抱，一腳輕點地面。
井手退後一步。「我也不知道，田端女士。」
「你不知道？」
井手嘆氣。「我猜我想說的是，請對他寬容些。他是個好孩子，跟常出現在我們這裡的那些城市年輕無賴不一樣。他真誠又正派——非常有禮貌——妳和妳的家人應該為他而感到驕傲。他有許多話需要對妳說，我也要他都說出來，但我想他也有許多事想聽妳說，妳知道的，關於他的父親，我的意思是，妳的兒子。」

綾子的臉漲紅，她渾身顫抖。

「說完了嗎，警官？」

「抱歉，田端女士。」井手鞠躬。「我踰越我的本分了。」

「再見。」

她隨即轉身走開，以免自己對執法人員說出不該說的話。

他們無語坐在慢車上。

響沒事，而且還活著，綾子覺得如釋重負。早上接到電話的時候，她腦海中充斥一種既視感。多年前，她也接過大阪警察打來的相似電話。可以說，她也覺得鬆一口氣，他沒有惹上任何真正的麻煩。她這一整天都被來接他的緊張感壓得喘不過氣，並為此而惱怒，不過到頭來，她發現她的憤怒被其他情緒取代。男孩的舉手投足不一樣了——他看著她的時候彷彿在熱切期待著什麼。飢渴。或許是那個井手警官對他說了什麼，改變了他的態度。她依然對他保持沉默；很罕見地，她不知道該怎麼對待他。

他看似懊悔，但除了在她買回家用的區間車車票時，低聲說了更像是道歉的隻言片語之外，他的話也不多。然而，那個蠢警察還是有些地方令她惱怒。他自以為是誰啊，對別人的家務事指手畫腳？他憑什麼像那樣對她談論賢治？她人生中經歷那麼多折磨和悲傷，他根本丁點也不知道吧？他又怎麼會覺得自己有權告訴她她現在該怎麼對待這男孩？無禮！要是她想懲罰響，嗯，那也是她的事，與他無關！

響的心裡也是千迴百轉。他回想和井手警官之間的對話，思考兩人討論的種種。就連到現在，井手給的部分建議還是感覺很可怕——**跟她談，想問她什麼就問，不要自己悶在心裡，這樣對誰都沒幫助**。井手在交番說這些話、四周只有他們兩個人時，感覺好像都很簡單。他覺得大受鼓舞，想改變他和奶奶的關係，跟她敞開心胸談他那無緣的父親，也更加了解她和她與死神擦身而過的經歷。她孤伶伶在山上、無比寒冷的時候，她是什麼感覺。他想聽是什麼促使她追隨爺爺的腳步登上魔山。掌控她的那股情緒，是否跟響學他父親從橋上跳入水中的時候一樣？或許他們家族的血脈之中有某種無法治癒的抑鬱與自殺傾向。不過這會兒，坐在活生生、怒火沸騰的奶奶身旁，他和井手談話的內容感覺如此可笑。他怎麼有可能開口和她談任何事？為他惹出的麻煩向她賠罪就已經夠難了，更別提問她有關家族歷史、他明知她絕對不會回答（多半還會惹得她更加生氣）的困難問題。該怎麼做？如何行動？

接下來的回家路途中，他們都沒有說話。

日子一天天過去，兩個人繼續維持尷尬的沉默。

這次並不像綾子之前對響施展過的冷戰——他們還是會對彼此說話，但只限於基本事務。他們溝通，但兩人之間存在芥蒂；綾子害怕，要是她真和男孩談起任何嚴肅話題，她會失去控制。綾子發現她的怒火快速消散，不過井手警官說的話煩擾著她。響也一樣，不敢如井手警官建議，直接問她他想問的問題。他發現自己好幾次都幾乎要對她開口了，但又退縮。他果然是個懦夫，是個失敗者。

響一心認為他就是會留在這裡跟奶奶一起過御盆節，不會回東京。他跟母親通過電話討論這件事，而她樂見他留下。他想聽見她表達她的感覺，然而聽見她那句簡單的「啊，是這樣嗎」，他不禁擔心她是不是其實鬆了一口氣。

響畫了一幅柯川的畫，放在起居室的矮桌給綾子。

他在下面寫了柯川的名字，事後才領悟根本沒必要。畫中主角是誰顯而易見。綾子敷衍地向他道謝，再次將畫裱框，掛在牆上。

響極度渴望一切恢復正常。

然而，感覺卻像他們愈來愈疏遠。

御盆節那天早上，綾子早早喚醒響。

他們沉默地共進早餐，然後她帶他離開家，踏上一條他不曾走過的巷道。他不知道她要帶他去哪。他們最後來到一座小墓園，小墳墓緊密地塞在裡面，古老石牆環繞四周，後方有一座寺廟。響在鎮上走動的時候偶爾會看見這座墓園，但不曾入內。

綾子拿了一個附長柄杓的木桶，在桶內裝滿水。響當然看過這種桶子，和媽媽、外公外婆去掃另一邊家族的墓時也到過類似的墓園。但他沒來過這個墓園，也不曾和綾子一起掃墓祭祀。

她將裝了水的木桶交給他，而他跟在她身後，將木桶提到墳前。她帶了一個裝滿食物和酒水的袋子，待會兒要將這些東西擺放在墓碑下供奉亡者。

他們來到家族墳墓，響看見先人的名字刻在墓碑上。上面也刻有他父親的名字：田端賢治。綾子和響先用木桶的水洗淨雙手，然後用長柄杓舀水倒在墓碑上，讓水涓滴流下，藉此清洗石碑。此時天色尚早，還不會太熱，不過壓倒性的蟬鳴持續不斷。

舀水倒在父親的墳上時，響感覺有道電流滋滋穿過他的身體。

他們沉默地清洗墓碑，然後擺出供奉亡者的小罐朝日啤酒、蜜柑，以及糖果。

「怎麼，你不跟他們說說話嗎？」綾子問道。

響遲疑片刻，思考著可以對父親、爺爺，以及所有這些他從不認識也從沒見過的先人說什麼。他不曾和他們之中的任何一個人說過話，也不知道要說什麼。他想了一下才開口。

「真希望我認識你。」他低聲說。「真希望我認識你們所有人。也希望我更加了解你們。」

綾子看著響，一時百感交集。

她真是冷酷無情哪，不曾對這可憐的男孩談過他的父親。

響看著綾子，但綾子迴避視線，轉而看著墳墓，當作他不在場一樣說起話來。

「你是個那麼才華洋溢的攝影師。你真的是。」她的聲音發顫。「不過，噢，我逼你逼得好緊，我們吵得好兇，是不是，賢治？」

她垂頭，而響退開，不想打斷奶奶說話。她繼續。

「我依然責怪我自己，賢治。我不該讓你把你的攝影天賦用在戰場上。那種暴力。你都看了些什麼可怕的東西啊。我早該讓你像你父親一樣上山。當你剛開始展現出對大自然的熱情，我早該鼓勵你的。但只因為我害怕，賢治，你知道的，對不對？只因為我害怕我也會因為山而失去你，就像我失去你父親一樣。然後當然了，你出於純粹的叛逆，奔向了更加危險的地方。不過我最不該像那樣和你冷戰。我那是在試著掌控情況。我以為若是我不跟你說話，你就不會再去戰場上追逐子彈。我以為我是在做正確的事。」

響看著一滴淚從綾子的臉頰滑落。

「對不起，賢治。我辜負了你。」

響靠向奶奶。他想伸出手，想碰碰她，告訴她一切都沒事。但他沒辦法要他的手更靠近她。

她嘆氣。響也吐出一口氣。

他們雙手合十祈禱。

然後在沉默之中走路回家。

綾子與山：第二部

儘管響對奶奶在山上發生的事好奇得要命，他卻欠缺直接站出來問她問題的自信。一方面，他也擔心若是問起她的過去，她會暴跳如雷，而透露出他知道剪貼簿的存在，看起來可能會像他在窺探她的私人物品，而他並沒有。是柯川把剪貼簿從書架撞下來，不過綾子聽不得任何人說柯川丁點不是。

想到他可能得說出他發現了父親的照片這件事，他也覺得相當棘手，擔心她會更加閉口不談他的父親、他永遠聽不到她深鎖在心房的任何一個故事。

於是他繼續去補習班、獨自畫畫；他無意中背地裡發現的這件事就藏在他腦中，而他不知道該拿它怎麼辦。

不過，有時命運會插手。

響這時已經幫潤和惠美翻修差不多一個月了。

這家旅社是一棟美麗的古宅，目前門窗都還沒裝上。他第一次來這裡的時候，是綾子在一個週日把他拖來的，而他不是很確定發生什麼事，只知道奶奶要他來幫這對夫妻。綾子離開後，響便能放鬆待在這裡，潤和惠美則用火力密集的問題攻擊他，問他補習補得怎麼樣，喜不喜歡住在尾道，有沒有去廣島縣的其他地方走走。響發現他們兩個都很好聊。他沒機會跟同齡人相處——就連接近同齡的人也沒有（只有那次失敗的廣島夜遊除外）——可以坦率、隨興地聊天是一種令人欣喜的慰藉。

他們經過電動工具、工作檯和木材，從庭院走進旅社。途中，他們告訴響，他們需要響幫忙做些粗活，因為惠美的肚子日漸隆起，沒辦法再搬重物了。於是他和潤著手清空其中一個房間、用砂紙磨光地板，惠美則是在工作檯做些比較輕鬆的木工，偶爾停下來把一隻手擱在隆起的腹部上，或是給些建議。開始工作之前，潤將一片CD置入攜帶式播放器，他們聽的是一個名叫Tha Blue Herb的嘻哈樂團，而響剛好也是他們的粉絲。同時間，響也享受著肢體勞動和談笑。他們一邊工作一邊聊他們正在聽的音樂、他們喜歡看的電視節目，以及他們在玩的電動。

某個週日，他們正在用砂紙磨光地板。

「所以，」響開口，「你都玩什麼遊戲？」

「啊……我最近都沒時間玩耶。」潤說。

「他很忙。」惠美說話時對著潤瞇起眼。「他當上父親後還會更忙。要養家糊口呢。」

「不過我私心最愛超級任天堂的《超級瑪利歐賽車》。」潤朝響眨眼。

「我沒玩過那個。」響說。「但是我玩過 Switch 版的。」

「對你來說有點古老，對吧？」潤問道。

「看吧，他老了。」惠美假裝對響耳語，一面笑著。

他們坐下休息，惠美從保溫杯倒出三杯熱綠茶給大家喝。她還從包包裡拿出三個紅葉饅頭，他們配著綠茶一起吃。

「所以，」潤停下來啜一口熱氣蒸騰的綠茶，「和你奶奶處得怎麼樣啊？」

響遲疑了一下，或許有點太久，逗得惠美哈哈大笑。

「她很恐怖，對吧？」響不安地問。

潤和惠美微笑點頭。

「有點。」惠美說。「但是她心地善良，這才真正重要。」

「她總是支持著我們。」潤用手背抹掉額頭上的汗。「只要我們需要協助或建議，她永遠都在。」

響盯著自己穿著拖鞋的腳。

「嗯……」他開口，但又不確定到底該不該說下去。

「怎麼了？」惠美問道。

他搖頭，但忍不住還是問了。「你們知道她在山上到底發生什麼事嗎？」

他們雙雙閉口，不自在地看了看彼此。

潤最後說：「我們知道得不多，響。我們不久前才來到尾道，只聽過一些謠言。」

惠美點頭。「對啊，我不覺得我們說得清楚你奶奶發生過什麼事。像佐藤先生那樣的人可能比較了解吧。」

響看著光裸的木頭地板。

「但你為什麼不直接問她呢？」惠美提議道。「我相信她一定會全部告訴你。這又不是什麼祕密——鎮上的人都知道她差點死在谷川岳。沒什麼好隱瞞的啊。」

潤點頭附和，接著彷彿在沉思般略略歪頭。

「而且我覺得，」潤幾乎像在自言自語，「唯一真正知道山上發生什麼事的也只有你奶奶啊。」

惠美起身收拾他們用來喝茶的三個杯子，順便收走紅葉饅頭的包裝紙，走到後面去丟垃圾。

「所以，響，」潤的語氣明顯變得輕快，「你在我們這裡辦個畫展怎麼樣？」

響困惑地環顧左右。「這裡？」

他細看房間光禿禿的牆，想像自己的作品掛上去後會是什麼光景。

「對啊，」惠美回到屋裡，「我們在想——旅社終於開張的時候，我們何不用你的作品辦個展覽之類的活動呢？我們看過掛在你奶奶咖啡店的那兩幅了，我們覺得看起來很棒。要不要拿更多你最近畫的作品辦個畫展呢？我們可以邀請一大堆朋友來，辦派對慶祝旅社盛大開幕。一定很好玩！」

他們雙雙期盼地看著響。

「啊……」他支支吾吾，「聽起來非常棒啊，但是我不確定我有沒有想拿出來展覽的東西耶……」

「不要有壓力。」潤體貼地說。「前提是你也要感興趣啦。」

響對他們兩個淡淡一笑——心裡只有滿滿的懷疑。

芙珞
：秋

「我不在家，你確定會好好的嗎？」芙珞一手撫過莉莉柔軟的毛。

貓顯然沒有反應。

莉莉躺在芙珞的大腿上打盹，對芙珞內心的煎熬一點感覺也沒有。貓的小小胸膛與她的鼻息同步緩緩起伏，她緊閉雙眼，小腦袋窩進芙珞的臂彎。一如平常，芙珞的手指輕柔撫過貓的長毛，一邊驚歎著手下的觸感是如此柔軟。

芙珞盡可能不驚擾莉莉安詳的睡眠，抬起頭望向公寓另一邊那只打包好的帆布背包。她快速在腦海中列出她為即將到來的旅行所做的準備工作——最重要的一件事就是幫小川準備乾淨的床單和毛巾；芙珞出門期間，她要來當貓保母。小川是芙珞以前的日文老師；多年前，芙珞透過JET計畫剛搬來日本的時候住在金澤，那時就是跟著小川學日文。小川原本就要來東京拜訪朋友，因此時機剛好。芙珞用便利貼在公寓的各個角落留下神經質的指示，也寫了一封長一點的信，鉅細靡遺地對小川描述她不在家時該如何在何時餵莉莉。

她微乎其微地調整手臂的位置，以便能看見她的手表。莉莉咕噥了一聲。要想趕上火車，芙珞很快就得出門了。然而此時此刻，莉莉暖呼呼的肚子偎著她的大腿，丟下貓離開公寓的這個想法感覺愚不可及。

大老遠跑去尾道找西比奇很瘋狂嗎？這麼做真稱得上以最適當的方式利用她的

時間嗎？

莉莉又調整了一下腦袋擱在芙珞手臂上的位置，睡得更舒服些。

過去幾個月以來，芙珞發狂地試圖聯絡《水之聲》那個只知道名叫西比奇的作者。她上網查詢這本書，發現它出版於數年前，只有屈指可數的幾篇網路評論——大多給予正面評價，但也有些劣評，兩方一致同意這本書完全不屬於日本的主流。

她的下一步是google作者的名字。有著如「西比奇」這樣撲朔迷離的筆名，很難查到關於作者的資訊。大多數搜尋結果都與一種日本知名的威士忌有關，這種酒由三得利製造，也叫相同名字。西比奇也有「聲響」的意思，然而這只是讓搜尋結果更加混亂。

最佳做法會是直接聯繫出版社：千光社。第一個搜尋結果是一個看起來神神祕祕的網頁，上列一個電子郵件地址，芙珞也立即寫信過去。可惜信件立即被退回，錯誤訊息顯示地址不存在。她初次造訪之後，網站本身也過期了，芙珞再次連過去的時候，只看見網域錯誤的畫面。幸好她在此之前曾草草抄下標示於網頁底部的千光社公司郵寄地址。她當時就注意到，跟書中一樣，這家出版社也位於尾道。綜合所有線索，芙珞現在推測出版社的名稱——千光社的千光應該出自尾道的千光寺——一千道光的寺廟。她打賭這本書肯定是由鎮上的一家小出版社發行，或甚至是自費出版。她現在基本上確信作者應該是尾道當地人。故事本身的場景也在尾道——她覺得一切都說得通。

不過，至此線索就斷了。她想過放棄——回頭找編輯，告訴他她聯絡不上出版社或作者。不過一想到這裡，她的血液就彷彿變得冰冷。她這個譯者也太不專業了——沒有先取得許可，就貿然開始翻譯一本小說，還拿去提交給出版社。葛蘭會因為她浪費他的時間而生氣，或許以後就不會再發翻譯案給她了。

建議她直奔尾道找出出版社和西比奇的是京子和誠。

「妳非去不可！」他們在居酒屋異口同聲地說道。

「不可以那麼輕易就放棄！」京子說。

「但我擔心會破壞我的翻譯。」她提出理由。「現實有可能會牴觸我已經完成的部分。」

「胡說！」京子說。「現實只會讓妳的作品更有層次。」

他們還幫她出了去尾道的新幹線車票。他們的心意令芙珞無法承受，也深感困窘。火車票並不十分昂貴，但接受小兩口的贊助令她不自在。她屢次試著婉拒，但就像她春天時試圖逃避去居酒屋和他們共進晚餐那次一樣，京子像老虎鉗一樣握住她手腕、把票塞進她手中，她根本難以匹敵。芙珞暗地裡很感激他們讓這件事動起來，她自己絕對做不來——她需要有人推一把。誠甚至幫芙珞做了一些傳單，上面有個小小的 QR code 以及一句大大的標語：

「試試看啊，小芙！」他用手中的菸指著海報。「用妳的手機掃描看看！」

芙珞勉強照做，隨即連結到一個誠為她製作的網頁。簡單的英日雙語版面，寫著「你是西比奇嗎？」以及「請與我聯絡」。他放上芙珞的電子郵件地址，以及一張獨眼黑貓的圖。

「那是柯川。」誠害羞地說。「妳跟我提起過牠——我不確定牠是不是長這個樣子，但我覺得這有助於真正的西比奇知道事關他的書。」

「噢，誠。」芙珞淚水盈眶。

「真的很蠢，對不對？」京子竊笑。「他印了一百份這種蠢傳單。我也搞不懂他為什麼要把網站做成英日雙語。」

「我只是想幫忙！」

「你是個傻瓜。」京子搖頭。「芙珞該拿這一百張傳單怎麼辦？」

芙珞笑了，接著立刻落淚。

「怎麼了？」京子垮下臉。

「妳不用收下這些傳單，小芙。」誠說。「如果對妳造成額外的負擔，那我跟妳道歉。」

「不會。」芙珞搖頭，努力隱藏她的羞窘。她在自己四周築起的牆短暫崩塌，而她現在感覺無比暴露。不過京子和誠看似都不覺得有什麼關係。「謝謝。謝謝你們兩個。你們最棒了。」

他們笑逐顏開。

來到東京車站後，芙珞看了看她的手機。小川傳來訊息。

小芙，我到妳家了——順利找到鑰匙。莉莉對著我咪咪喵喵叫個不停，所以我給了她一些零食。應該可以吧？

希望妳去尾道一路順風，也謝謝妳讓我跟莉莉一起住在妳家。我們會好好照顧彼此的。祝妳旅途愉快，我們一起等著妳回來唷。

小川

莉莉顯然會受到妥善照顧，芙珞覺得如釋重負。她的手指懸在手機螢幕中的Instagram 圖示上方。最近幾個月以來，她和有紀愈來愈少互傳訊息，不過芙珞先前傳訊告訴有紀她要去一趟尾道。依然顯示為未讀。芙珞心算紐約現在的時間，以及有紀是醒是睡。最近，隨著她們之間對話的頻率下降，有紀愈來愈常張貼她與同一位女孩的合照，兩者速度幾乎相等。芙珞沒有膽量問她們是不是在交往。

她抬起頭，望向班次表。

她的新幹線很快就要發車了。

她想過要不要跟響一樣，一路搭慢車到尾道，中途在大阪過夜，不過京子和誠的好意幫她省了這個麻煩。就算只是想到要在車上待那麼長時間，她就覺得累了。車票方面省下來的錢可以用於住宿。

她將帆布背包背上肩，走向票閘。

芙珞上一次搭新幹線已經是好久以前的事了。

她搬來東京之前比較常搭。住在金澤的時候，她很常去日本各地旅行。剛開始，可以說有一部分的她很討厭自己只能住在鄉下。每當週末和假日，她就會搭上新幹線去大阪、福山以及東京等大都市，羨慕著住在這些活躍大都會的 JET 同伴。這些城市裡有賣美國食物的店家，有提供異國美食的餐廳，有派對，有博物館和美術館，還有附英文書館藏的圖書館、賣英文書的書店，甚至也有英文書的讀書會。最重要的是，有歡迎非日本人的社群。

然而，一直要到她搬來東京工作之後她才領悟，她在離開了金澤的小社群之後失去了什麼。置身日本的鄉村，她有更多機會沉浸於日本的語言和文化之中——鄉下沒幾個人會說英語。她注意到自己的日語能力持續進步，住在大城市的朋友們因為歸屬感而緊攀著各自的英語使用者小圈子，他們則停滯不前。翻譯《水之聲》時，芙珞常發現自己點頭附和響由城市遷居鄉下的體驗。那是兩個不一樣的世界。

她凝視窗外的烏雲——雲層濃密，看不見富士山。外面下著小雨，儘管現在是秋天，她最愛的季節，景色卻顯得陰鬱而淒涼。她看著雨滴從車窗滑落，想著她是怎麼把《戰爭與和平》（*War and Peace*）的一個句子偷渡到《水之聲》之中——「雨珠滴落」，取自她夏季時讀的佩韋爾（Pevear）、沃洛克洪斯基（Volokhonsky）合譯本。

不過，真有人有機會讀到嗎？要是她沒辦法聯絡上作者，那就不可能了——必定如此。

旅程到了這個時候，在風中擺盪的稻田已取代了東京的金屬玻璃建築，小衛星城鎮的房舍散落其中，隨著火車愈來愈遠離城市而漸漸稀疏。她拿出志賀直哉的《暗夜行路》；她真的很喜歡這本書。讀著讀著，她慢慢發現她的興奮轉化為疲憊，眼睛也累得發疼。她用手機設定鬧鐘，頭往後靠著椅背，閉上眼，享受著高速火車的滋味，新幹線就像即將起飛的飛機一樣持續加速。她睡著，做了一個短暫但激烈的夢——她追著柯川穿過尾道的蜿蜒巷道，千辛萬苦地攀登一座她似乎永遠都在原地踏步的山，總是落後柯川十步，直到她最後終於轉過一個彎，卻赫然看見綾子和響冰冷而無生命的軀體躺在地上。她試著喚醒他們，但他們不願醒來。

她被鬧鐘的聲音驚醒。

福山也在下雨。

在福山換搭區間車時，芙珞才緊張起來。抵達尾道之後將臨什麼樣的現實？懷疑緩緩爬進她心中。她納悶會不會根本別跑這一趟比較好。當然，在她完成翻譯前就看見這地方會擾亂她的工作流程，有可能會導致她的翻譯變質。不過，若是她無法聯絡上出版社或作者，她還能用什麼方法取得翻譯這本小說的許可？

踏上西日本旅客鐵道的區間車時，她的心思漂向響的旅程；這輛車的側邊有一道藍，而響也有注意到這件事。列車鏗鏘沿鐵道前進，她愈是接近尾道，就愈覺得自己可能犯了一個錯。她可以透過車窗看見外面的瀨戶內海，不過低懸的天空投下陰影，今天這片海看起來暗沉如青銅。

眼前景色的灰——彷彿出自三島由紀夫的《金閣寺》；多年前，她大學時曾讀過這本書，那時她還沒來日本。《金閣寺》頗為晦澀，芙珞對其記憶也不是很完整，然而經過那麼多年，那本書給她的感覺依然不散。她在里德學院（Reed College）的教授要修二十世紀日本文學這門課的學生讀《金閣寺》；這是文學院唯一與日本相關的課。她不喜歡三島的很多地方：不只是對於書，也對於她透過閱讀所認識的作者本人。她看過一部有關他的電影，由保羅．許瑞德（Paul

Schrader）執導，看完卻只是更困惑。三島在一棟政府建物的頂樓切腹自殺——這一切好沒道理。為什麼一個作家要去做那種事？為什麼一個擁有如此天賦與大好人生的人要像那樣拋棄自己的生命？這又讓她想起賢治，他也是拋棄了自己的生命以及攝影師的天賦——他為什麼要那樣做？有些人的行為是否根本沒道理？然而，她回顧自身，想起她自己也有過的黑暗時刻，那時她也有類似的念頭。

姑且將作者和他的人生放到一旁，芙珞現在想到的是《金閣寺》的一個段落，作為書中主述者的和尚對寺本身的建築愈來愈著迷，對無生命的金閣寺產生爭風吃醋的愛。這個角色完全以一名真實存在的和尚為原型，他真的放火燒了京都的金閣寺。然而，真正讓芙珞產生共鳴的章節是那和尚第一次親眼看見金閣寺的時候。在這一幕之前，他都只有讀過它、看過圖片中的它，但不曾親眼目睹。真正來到建築物前時，他已在腦中建立起一個印象：一個完美的形象。然後，當他首度親眼看見金閣寺，他大失所望——天空多雲陰鬱，寺本身看起來呈鉛灰色，死氣沉沉。和尚沮喪不已，覺得自己錯愛了。

然而，突然之間，雲層露出一個空隙，陽光灑落金閣寺。鍍金的寺廟開始在陽光下閃爍、熠熠生輝，屋頂上的鳳凰似乎飛騰而起，雙翅大展。就這樣，和尚如此摯愛的這座寺廟散發出它真正的光輝，狠狠擊中了他。

此時此刻，這一幕令芙珞心煩。

要是她也跟那和尚一樣，已在心中建立起一個偏離現實的尾道，那該怎麼辦？要是現實無法實現那個印象該怎麼辦？更糟的是，要是芙珞就跟和尚愛上寺廟一樣，也愛上了那個小鎮，那該怎麼辦？她之後還是必須重回她在東京的人生。

不過還有最最令人恐懼的一個想法：

就算她真找到西比奇（無論他到底是誰）——要是他說不，那又該怎麼辦？

就在這個時候，雲層露出一個空隙，露出小片藍天。尾道城高高聳立於上方的山坡。她試圖轉移注意力，於是用手機拍了一張尾道城的照片，上傳到Instagram。

抵達尾道！

誠立刻按了愛心，並留言「頑張れ！祝好運！」

有紀在線上——芙珞查看訊息的時候看得出來——但她沒有來按讚。芙珞嘆氣。她貼照片主要是希望吸引有紀注意，但毫無成效。她的心臟在胸腔怦怦直跳。

「尾道，即將抵達尾道。車門將於右側開啟。」

瀨戶內海。多雲而陰沉，迎風而荒涼。她真的來了。

尾道在她面前開展，而她不可避免地想起響初來此地時的感覺。沒有狸貓等著收取她的車票——只有自動票閘，肯定是近期才設置。她對小鎮的印象有別於響——感覺這裡是有生命的。明顯比東京安靜，不過四處有人走動。

在那裡，一如書中描述——山、火車站、舊長廊商場——商店街——一個她之前費心苦思該如何翻譯為英文的詞，最後終於決定用冗長又生硬的「商店街有頂市場」。她在草地上緩緩轉動身子，不知道該先做什麼才好。

她找到女作家林芙美子的塑像，就是響覺得很土氣的那一個。相同地，芙珞壓根不覺得這塑像有哪裡土氣。她沒讀過林芙美子的書，但知道有紀很喜歡她的作品。

於是芙珞又拍了一張照片上傳，試圖藉此吸引有紀注意。

一切都如她所想，只是稍微陌生些。她看過網路上的照片，但她此時活生生站

林芙美子（一九〇三年至一九五一年），女權主義作家。
曾就讀尾道東高等學校。

在這裡，感受輕柔的海風吹拂她的臉，看著雲朵懸在天空，耳裡聽見過路人低聲交談，照片根本完全不能比。

她的首要之務是入住她訂的旅館、放下背包。

然後她就能出去探險了。

旅館是一棟靠海的改建老宅，重新裝修過以供旅客住宿。經營旅館的那對夫妻很友善，而且完全就是芙珞心目中潤和惠美的模樣。芙珞很確定一定就是他們，焦慮地衡量著到底該不該問他們的名字，但又害怕他們根本不是。他們顯然不會是——人生與文學從來就不會直接連結。對吧？

而且，這兩個人也有某些特點與書中的角色並不相符。他們似乎比較嚴肅。她上樓回自己房間時，終於偷聽到他們以不同的名字稱呼對方，而她控制不了自己；她的心略略下沉。

芙珞的房間非常物超所值，眺望濱海道路，可以清楚看見瀨戶內海。她在那扇大窗子前站了一會兒，凝望大海。

她真的來了。

短暫休息過後，芙珞抓起托特包，裡面滿滿都是誠幫她做的傳單，她隨即開始在小鎮閒晃。最重要的事先做：她已經把千光社的地址抄在她的筆記本裡。當初電子郵件被退回後，她也試過撥打網站上的電話，得到的回應是**您撥的電話號碼是空號**。她今天並沒有抱太大期待，但還是緊抓著一線希望，朝那地址的方向前進。她不時停下腳步，將誠做的傳單貼在布告欄或電線杆上，不過大多數時候只是盡可能觀察小鎮。

漫遊的過程中，她發現自己想重回書中前面的章節調整某些地方的譯法。她認出她已經翻譯的那些地方，不過看過真實的版本後，她掌握了更恰當的詞彙或措辭，更能好好描寫實物。別的不說，這趟旅程肯定有助於提高譯稿的精確性。不過話說回來，如果她找不到西比奇，那除了她之外也不會有其他讀者知道她翻的到底精不精確。

爬上一段意外陡峭的坡之後，她抵達了千光社地址所在位置，但隨即陷入困惑之中。千光社應該在位置是一棟廢棄的辦公大樓，大門深鎖，一塊告示上寫著大樓很快將拆除。

芙珞靜靜站著，心臟快速跳動。

不可能是這樣。她說不定抄錯地址了。她再次查看手機以及她的地圖應用程式。不，都正確無誤，應該就在這裡，但這裡實際上卻什麼也沒有。

幸好馬路對面有個交番警察亭，於是她走進去問路。同時間，她想著響在廣島發生的悲劇，以及他怎麼落得和井手警官一起待在交番。事實證明，翻譯「交番」這個詞彙相當困難。如果她跳脫原文，直接翻譯為「警察亭」，似乎就消去了某些相關的日本文化；依她所見，聽起來也有點太《超時空奇俠》（*Doctor Who*）了。*交番的形式是一棟小建築，內有一名員警，作用是服務大眾，重大犯罪則是由較大型的警察局處理。大多數人會去交番提報遺失物，或是問路，就像她現在一樣。

她又來了，又進入翻譯模式！芙珞搖頭，重新聚焦，接著步入交番。辦公桌後的警察立即凍結，一副不自在的模樣。

「ㄅ——ㄅ——抱歉。」他用英語結結巴巴地說，一面搖手。「不會說英語。不好意思。」

「沒關係。」芙珞快速以日語回應。「沒問題的，我會說日語。」

警察鬆了口氣，微笑。「呼！害我擔心了一下。我讀書的時候就屬英語這科成績最爛。每次考試都不及格，可不是嗎？」他笑了笑，接著繼續說：「不得不說——妳日語說得真好。」

「我只有一個簡單的問題。」她忽略警察的讚美，拿出她抄了千光社地址的筆記本。「我在找這個地址，但感覺肯定是走錯路了，只找到一棟即將被拆除的廢棄建築。」

「啊，是的，小姐。」他點頭。「恐怕妳弄錯了。對面那棟建築就是這個地址

---

* 譯註：「警察亭」的原文為 Police box，外觀形似藍色電話亭，專供警察彼此聯繫用，自一九二〇年代早期開始盛行於英國各地。內部除了設有電話之外，基本上就是一個迷你警察局，可供警察在內閱讀或撰寫報告、用餐，或甚至臨時關押被拘留者。而在英國廣播公司製作的長壽科幻影集《超時空奇俠》（*Doctor Who*）中，時間管理者的時間旅行宇宙飛船外觀即為此劇首播時英國隨處可見的警察亭。

沒錯。一直到幾個月之前，那都是一棟辦公大樓，不過最後一家在裡面租用空間的公司肯定搬走了，現在議會把它徵收，預計要拆除。他們很快就會改建──多半弄成便利商店或柏青哥店之類的。」

「了解。」芙珞咬著嘴唇。「我想你應該不知道千光社這家出版社吧？」

「千光社？」他揉著下巴。「妳確定不是千光寺嗎？就是上面那間寺廟。」他手指山的方向。

「算了。」芙珞說。「非常感謝。」

「不用客氣，小姐。祝妳玩得開心！」

她不知道還能打電話給誰，但她需要找個人說說話，理清思緒。立刻，馬上。陰鬱的感覺又回來了，眼看就要將她淹沒。她打電話給小川，幸好後者立刻接起電話。

「小芙？妳還好嗎？」小川問道。「莉莉和我剛剛很舒服地依偎在一起。她好**可愛**。妳知道她會吸吮那條紫色的毯子嗎？」

「小川老師……」

「怎麼了？」小川接著轉而對喵喵叫的貓咪說話。「莉莉！我沒辦法一邊摸妳一邊跟妳媽咪說話。請耐心點。」她接著對芙珞說：「小芙，發生什麼事？」

「對不起，小川老師，但我不知道還能打電話給誰。」

「發生什麼事，小芙？」

芙珞站在一個販賣機旁，凝視著鎮上的老舊店面。她想起響打電話給他母親那段，納悶著他那時是不是也站在這個販賣機旁。所有那些她已經翻譯完的場景。所有那些文字……芙珞嘆氣，盡她所能控制住她的情緒。

「莉莉還好嗎？」

「她很棒！我們都很好，小芙。有什麼不對嗎？」

芙珞不知該從何說起。她的一條線索走入了死胡同。儘管她剛剛無比渴望和人說說話，現在卻覺得築起一道牆、不讓小川知道實際發生什麼事簡單多了——比較不會麻煩他人。「沒有，」芙珞說，「我沒事，只是擔心貓而已。」

「噢，她很好啊！倒是妳，人都到那裡了，一定要把握機會好好玩一玩。」小川體貼地說。「妳不太常放假休息呢。」

芙珞沒勇氣告訴她自己並不是在度假。她來尾道是為了找西比奇。這是唯一的理由，只不過目前看來並不樂觀，而她滿心絕望。

「噢！」小川彷彿忽然想起什麼重要的事。「希望妳不介意，小芙，不過我自作主張上網買了一份禮物給妳。之後會送來妳東京的公寓。

「禮物？」

「對。」小川遲疑地說。「希望妳不會覺得我多管閒事，但我注意到妳的書架沒位子了，所以幫妳買了一個最近大家都在瘋的時髦書架，形狀有點像蛇，可以彼此扣合，組合起來就變成更大的書架。設計者是一個日本人，但在全世界都很受歡迎。」

想到堆在公寓各個角落的書本，芙珞不禁覺得羞愧。她留了怎樣的一團亂給她那可憐的老師啊。「噢，小川老師。妳真不該破費。」

「小芙，妳就遷就我一下吧。」

她們道別，隨即掛斷電話。小川說的最後一件事是「妳確定妳沒事嗎，芙珞？」而芙珞堅持一切都很好。很好。

我才應該是不顯露真心的日本人耶，妳應該是開放、隨和、暢談自我感受的美國人。這讓人好累，芙珞。妳讓我好累。有紀的聲音在她腦中迴盪。

芙珞不知道接下來該怎麼辦，於是漫無目的地沿商店街閒晃，最後找到一家咖啡店，她想像中綾子的店看起來就像這樣，位置也和她設想的點大致雷同。這是家老店，內部裝潢看似來自大正時期。木製、拋光，別致，帶點歐洲風情。她在一張桌子旁坐下，一名身穿有領白襯衫，但沒繫領帶、下身搭俐落黑色長褲的纖瘦中年男子過來招呼她。送上咖啡時，他稱讚芙珞日語說得很好。她向他道謝，這時注意到掛在牆上的畫。她起身走過去細看。

找到了。

青蛙。

看著電視上的氣象報告，背景有一道彩虹。就像響畫的那幅畫一樣，下面的角落有西比奇的片假名簽名。

男人看著她研究畫，芙珞轉頭望向他。

「這是綾子的咖啡店嗎？」芙珞開門見山地問。

男人搔搔下巴。「綾子？」

「對，一位少了幾根手指的年長女士。這幅畫是她孫子畫的嗎？」

男子看似一頭霧水。「不好意思，我不懂妳在說什麼。」

「西比奇是誰？」芙珞問道。

「不好意思，我不知道耶。」男人不自在地笑著。「我只是幫朋友經營這家店。她擁有這地方五年了，我想她應該是跟一對想退休的年老夫妻買的吧。」

芙珞退卻。「啊，了解。」

她回到座位，繼續喝她的咖啡，但目光離不開那幅畫。唯一的不同之處在於，在響的版本中，青蛙看的是手機，這幅畫裡則是在看電視上的天氣預報。她找尋店裡有沒有貓咪柯川的畫像，但找不到。

他們肯定在這裡，她暗自想著，**他們肯定都是真的**。

芙珞努力將西比奇的問題驅出腦海，盡可能享受尾道的時光。回程的車票是週日的班次，因此她擁有充裕的時間。意外的是，她一夜好眠，得以重新調整身心狀態。第一天，她在鎮上溜達，到處找尋佐藤的CD店，但找不到任何有丁點相像的店家，倒是找到一家美術用品店，他們的招牌上有隻貓——她拍照上傳Instagram。

一樣，有紀還是沒來按讚。不過芙珞發現現在沒那麼刺痛了。真好笑——因為某些原因，她覺得跟有紀之間的距離拉遠了，她對整件事也冷靜了些。或許是因為這種沉浸的感覺，探索著她花了那麼多時間在腦中探索的小鎮。她現在上傳照片是為了讓京子、誠和小川知道她這趟旅程的近況，而非希望有紀來按讚、給她一劑多巴胺。

傍晚時分，她在狹窄的巷道漫步，迷失於在山腰朝四面八方延展的道路之中。

貓咪美術用品店

她還不想走上千光寺——一千道光的寺廟——所在的山頂。天氣預報顯示最後一天會轉晴，因此她打算將好戲留到最後。

她在一家舒適的居酒屋吃晚餐，接受服務生的建議，享受著東京絕對找不到的便宜價格與新鮮當地食材。慢慢地，她開始享受她的假期，忘卻在城市裡等著她回去的人生壓力。

隔天，她早早醒來，搭火車前往廣島。她在街上漫步，去京子和誠推薦的餐廳吃什錦燒，看原爆圓頂屋，為亡者祈禱。然後她前往嚴島，為島上那些彷彿來自異世界的紅色秋葉拍照，餵鹿吃餅乾，看

商店街內的居酒屋。太好吃了。

著太陽在著名的水上鳥居後方落下。她沒忘記在島上買四盒紅葉饅頭——響和潤、惠美一起吃的那種點心。她打算送給京子、誠和小川當作伴手禮，然後一盒留給自己。看著日本楓葉，她想起她和綾子對於秋葉與櫻花的相似看法。不過有某件事在她思緒的後方嘮叨不休。

她還是無比渴望將綾子和響介紹給英語讀者認識。她覺得自己的作品很不錯，想完成已經開始的工作。

她想找到西比奇。

待在尾道的最後一天，芙珞途經千光寺，朝山頂前進。路途中，

貓之細道！真的存在！

她不停撞上讓她想起綾子和響的事物。

她在貓之細道待了一會兒，撫摸貓咪、拍照。她上傳了其中一張照片，誠、京子和小川立即按了讚。她三十秒後再看，驚訝地發現有紀回覆了一則留言：

真高興看到妳玩得開心！

芙珞自嘲地一笑。

正當她要走上一段石階的時候，她看見一隻黑貓。她的心臟漏跳一拍。會是柯川嗎？但她

沉睡的貓咪。貓咪小知識：日文的「貓」是「neko」，據說源自「沉睡小孩」。

注意到牠的兩隻眼睛都在。不是牠。她又拍了一張照，然後不管三七二十一照樣上傳。

她經過一座墓園時，感覺更是詭異。這裡肯定就是響和綾子造訪的那座墓園，也就是賢治埋身之處。芙珞到處找尋田端家的墓，但一無所獲。

她在千光寺公園漫步，想像著這裡在櫻花綻放的季節會是多麼燦爛奪目。有紀也在的話會好一點嗎？或許不會，芙珞一邊緩步而行，一邊暗自尋思。這並非她當下心中所想。她想要跟人

黑貓

分享這座小鎮，不過並不是跟伴侶分享，甚至，只跟京子、誠、小川分享也不對。這地方太美了！她好想跟全世界分享！但要是找不到西比奇——要是她無法取得授權，不能將尾道介紹給英語使用者的世界，那又是比糟糕還要糟糕百倍。芙珞更加強烈地感覺到自己的重責大任：身為譯者，她應該要成為不同文化間的橋梁——連結那些不能相互溝通的人。現在知道前有阻礙，橋被一堵牆阻隔，她感覺深受挫折、悲傷不已。

來到山頂後，她拍照、上傳，這時她覺得好像聽到左方傳來聲音。

她轉過身，看見兩個人。一名

身穿和服的纖瘦年長女性，站在一個年約十九、二十，穿著休閒的男孩身旁。她看著他們眺望瀨戶內海。他們專注地交談，老婦人說、男孩只是聽著。

他們轉身面對她。

錯不了。

然而，就在她看著的當下，他們開始慢慢消失，而她甚至能看穿他們。她眨眼，他們已經不在了。無論她有多希望他們在，他們從來就不在那兒。

這只是心靈的一個把戲而已。

水之聲——秋

Sound of Water
Autumn

九

夏季衰退；隨著時間過去，秋季的涼爽開始進駐。早晨和傍晚慢慢變得溫和，氣溫和溼氣都穩定下降。響和綾子晚上比較容易入睡了，不過反倒發現早晨鑽出被褥時會冷得發抖。綾子家庭院池塘邊的日本楓樹開始染上輝煌的紅。

便利商店也隨季節而動：夏季在架上完全不見蹤影的熱食慢慢回歸。熱氣蒸騰的包子、關東煮和炸熱狗誘人地回到櫃檯，吸引怕冷的顧客以溫熱的點心擊退寒意。販賣機也將原本整面藍色的「冷飲」標示換上一半紅色的「熱飲」。

其他學生和大學生度過了快樂的暑假——去附近的海邊玩、參加祭典、和家人一起旅行——響則是依然去預備校補習班上那些嚴格而條理分明的課程。課表延續整個夏季，秋季也將持續下去。大學入學考試預計於冬季展開，大家都預期響和其他浪人生要把握剩餘的珍貴時間，盡可能用功念書。

因此，對響來說，夏季幾乎完全平靜無波。

他每天都去補習班念書，下午畫畫，週日早上去幫潤和惠美翻修，然後下午就可以自由在小鎮閒晃。

綾子則是發現自己稍微比平常忙碌一些。

暑假到來，來自全國與世界各地的遊客都跑來尾道這個古雅的小鎮。觀光客和旅人塞爆了她的小咖啡店，他們從街上湧入店內，希望能在這家風格傳統的咖啡屋找點東西吃、喝點飲料。因此，響開始覺得自己好像占用了店內寶貴的空間——占據一張本可供付費顧客使用的桌子。

就這樣，因為這段忙碌的時節和響持續的投入，綾子和響建立起新共識：他下午會找其他地方念書。綾子提議鎮上的圖書館，而響同意了。

兩人相處這段時間以來，綾子開始更加放手讓響自己管好自己的課業。他的成績依然很好。讓他去圖書館、更加掌控自己讀書的時間，他也可以藉此學習長大成人。他想念書他就會念。如果他想休息，那也沒問題。

她不會再逼他。

夏季特別忙碌的日子裡，他甚至會去咖啡店幫忙，充當服務生幫顧客點餐。綾子不讓他插手泡咖啡或準備食物，但無比感恩在那些人力吃緊的日子裡有他在。響很喜歡跟來自日本各地的客人聊天，問他們來自何方，跟他們分享他搬來尾道後快速累積的大量當地知識。

店裡有外國客人的時候，綾子更是格外感恩有他幫忙。她聽得懂英文，但羞於開口。她念書的時候，學英文就像在學拉丁文——一種死去的語言——拆解、分析句子，只為了學習文法本身。她少有機會練習說那種語言。相對而言，響受惠於截然不同的學校英語教育取向，國中和高中的英語課從頭到尾都有真正的母語使用者在班上。他可以毫無困難地為來店裡的外國人點餐。看到他流利地和外國客人應答——甚至還能跟他們開玩笑，綾子感恩至極，甚至覺得驕傲。

然而，當客量逐漸減少，她便趕他走，頑固地堅持她這天不需要任何幫手、他應該專心讀書、不要跟她一起在咖啡店裡閒混。

實際上，綾子判定男孩需要更多自由。她不能糾纏他一輩子、告訴他該做什麼。他必須學習獨立——學會管好自己。

諷刺的是，響並沒有念書念太累需要放鬆的強烈需求。他已經建立起順暢的日常慣例，寧可坐在圖書館裡安靜地複習，也不要無所事事在外面亂晃——像他去年一樣。圖書館很適合念書，也夠安靜，可以靜心畫畫，不會有人來打擾他。結束後，他就去和綾子碰頭，等咖啡店打烊，兩個人再一起散步上山。

響第一次進入圖書館時，他驚訝地發現有張熟悉的面孔在服務櫃檯後工作。

他走進去時，小野站長的夫人美智子抬起頭看他。

「響君！」

「啊，美智子小姐！」

她帶他認識圖書館的作業方式以及為數不多的館藏，說著「比不上廣島的圖書館，這裡好小，真的好小！」

她帶著他瀏覽所有書櫃，一一指出不同區域：小說、非小說、歷史、科學、藝術史，還有，當然了，漫畫——看見他們有手塚治蟲的《奇子》，甚至還有上下冊版的辰巳嘉裕自傳式漫畫《劇畫漂流》，響滿心興奮，立即就借閱回家。之後，美智子帶響去自修室，裡面有附木隔板的一張張小書桌，他可以坐在裡面做自己的事，不受任何人打擾。

就這樣，綾子和響共享的日常開始一點一點進化。

不過心裡總是有彼此。

早秋的一日，響正在圖書館裡全神貫注地畫畫，這時被人嚇了一跳。

「你在做什麼？」相隔幾張桌子外傳來一個男人的聲音。

響直覺地抬起頭，以為那人是在對自己說話。

他看見一名中年男子正在對一個跟響差不多年紀的女孩說話；她背對著他，獨自坐在那兒讀書。

男人的外表給人一種油膩感，頭髮油油，臉油油，衣服也油油，彷彿全身上下都有油泌出。他的臉上有灰色鬍渣，頭髮稀疏，身材中等；儘管今天外面並沒有下雨（晚一點也不會下），他卻穿著骯髒的舊雨衣。

至於那個女孩，響只看得見她的後腦杓，不過他覺得她的穿著對尾道而言有點太過流行——牛仔褲和圖案時髦的上衣，秋天的顏色。帽子邊緣鑲毛的綠色薄外套披在她的椅背上。她不動如山地坐著，書本攤開，靜靜讀書，彷彿沒聽見男人說話。響看不見她的臉，但可以看見她那頭紮起馬尾的淺棕色頭髮，以及長而迷人的頸子。她的姿態顯示她並沒有受那男人影響。

響一下專注於畫畫，一下又分心猜疑地留意那兩個人。

「妳在讀什麼？」那男人再次問女孩。

她緩緩從桌上拿起一張花俏的書籤插進書中，合上書。

「書。」她說。「應該說，我正試著讀書。」

響發現她的聲音聽起來有點耳熟。是在哪裡聽過呢？

「哪種書？」男人唐突地追問，音量提高到不見容於圖書館的程度。

「小說。」她低聲說。

「呸。浪費時間。」他說。「為什麼要讀小說？反正裡面都是謊言。」

「謊言？」

「對，所有小說作家都是騙子。」男人看似對自己的這番宣言無比滿意，他往後靠，雙臂環胸。

「什麼意思呢，騙子？」女孩將書本放在桌上，耐著性子繼續跟陌生人對話。她很確定自己認識她，但又說不出她是誰。

「嗯，他們編出不真實的東西啊。」男人大聲地說，興奮地揮動一隻手比劃圖書館。「騙子不都這樣。最好還是讀歷史書，或是有關科學的書。別浪費時間讀謊言。」

女孩遲疑了一下，思考過後才開口。「我不認同。」

「哦？」

「嗯，我認為你從根本上混淆了說謊的概念。謊言是人蓄意說出口的假話，意圖欺騙聽者，目的通常是為說謊者謀求某種利益——」

「小說作家靠寫作賺錢，不是嗎？他們就是從這裡獲得利益。」

她沒理會男人的言論，從剛剛被打斷的地方接著說下去：「——不過小說完全不是那麼一回事。小說是一份未言明、介於作者與讀者之間的合約——『小說』這兩個字本身即暗指一**切**皆為虛構，而作者與讀者雙方皆心知肚明。其中並沒有欺騙。作者和讀者雙方反倒都暫時放下他們的不信——」

「呸，狗屁。」

「『狗屁』是什麼意思？你不認同我說的話？」響很訝異，她的語氣聽起來是真心感興趣，而非惱怒。

「妳說的都是屁話。非小說，像是歷史、科學那些的，作者寫出來的目的是探究事實，小說就只是謊言而已，完全沒有以事實為基礎。」

「嗯，那你怎麼知道什麼是真，什麼是假？」她歪頭。「你相信工具書裡所寫的一切，只因為別人告訴你那些都是真的？你不認為有人會在非小說的書本裡寫假話？」

「蠢。」男人搖頭。「蠢女孩。」

響從頭到尾都在聽著、看著，思考著他們所說的話。不過有一部分的他覺得很羞愧。他想走過去叫那個奇怪的中年男子別再騷擾這個想讀書的可憐女孩。然而，他愈是聽她那平靜、深思熟慮的回應，就愈是領悟她毫無恐懼——完全掌控自己要說什麼，絲毫不受怪男人威嚇。要是這男人是針對響的畫來找他麻煩，他老早以前就屈服了，只會徹底變成一隻應聲蟲，希望男人放過他，讓他繼續做自己的事，說些**對，對，漫畫就是浪費時間。垃圾。一點用處也沒有。我同意。我討厭那東西！**之類的話。然而這個可憐的女孩。她原本想讀書，她的時間與精力卻遭這男人占用。這其中有一種根本上的粗魯無禮。

情況顯然在女孩掌控之中，要是響走過去插手，嗯，難道不會顯得他自以為高人一等嗎？換個角度來說，這會不會只是響置身事外的藉口？

男人繼續發出一大堆噪音，而這是圖書館。

爭論與矛盾在響心中高速打轉，不過他從頭到尾什麼也沒做，只是聽著。

「所以，妳有男朋友嗎？」男人這時問道。

「恐怕這與你無關，先生。」

「沒禮貌。說話那種調調，我看妳不太可能有男朋友吧。」

響幾乎就要起身，走過去叫他別煩她，不過他還來不及動作，美智子已經壓制住他們，立即對油膩男火力全開，展開她的圖書館員進擊。

「麻煩你，田中先生，」她禮貌地說，「我們都說過了！你不能進來這裡騷擾其他讀者。他們是來這裡安靜專心讀書的。你不能就這樣走過去，高興對誰說話就對誰說話。說到底，這裡可是圖書館。」

「但是……但是……」

「沒有但是。」美智子伸出一根手指。「坐下安靜讀書，不然就出去。我們可不想又被逼著打電話給安藤警官，對吧？」

原本在讀書的女孩將書本塞進托特包，響注意到包包上有隻晚禮服貓的黑白插畫。她拿起包包，站起來。

「沒關係。」她有禮地說，對中年男子和美智子鞠躬。「我剛好要離開了。不好意思造成騷亂。」

她快步朝出口走去，離開前，她轉身短暫看了看圖書館內，目光落在響身上，這時，她笑了。

他現在百分百確定自己肯定見過她。但是在哪兒呢？

那抹笑可能隱含什麼意義？覺得怪男人好笑？嘲笑響懦弱，沒有出手救她？

那抹微笑直直燒穿他。

終於好好看清她的臉之後，他覺得自己的心臟跳躍著，臉立即變得飛紅。是火車上的那個女孩。被他丟在大阪的那一個。步美。

他低頭凝視剛剛他正在畫的紙頁。

再抬頭時，她已經走了。

響立即翻開新的一頁畫了起來，拚命想在忘記她的模樣前畫下她的臉。

然而，黑白線條與陰影不再受他掌控。

「可以多跟我說一些妳剛認識爺爺時的事嗎？」

綾子在這之前一直都專注地研究著桌上的圍棋棋盤，這時目光抬起頭，轉而更加專注地審視響的表情。他們目前這一局頗旗鼓相當，她已經開始拿出真本事。男孩日益進步。

「剛認識你爺爺的時候？」她的回答雖短，但並不是她平常那種言簡意賅的風格。「你想知道什麼？」

「不能問嗎？」

「沒那回事，你可以問。我只是不一定會回答。」她輕咳，接著搖頭。「跟你說過了，我們相識於大學，都是登山社的成員。」

響拿著一顆白子在手中掂了掂，一會兒後才放上棋盤。

綾子嘆氣，伸出手將他放下的棋子翻面。

「噢，」他悶悶不樂地說，「又放錯面啦？」

「對。不然我為什麼要翻面？」

他看著另一枚棋子。「兩面差不多啊，」他壓低音量說，「看不出有什麼不一樣。」

「嗯，你當然那麼說囉，對吧？」

他們這時坐在起居室的暖桌旁。響和綾子建立起一套秋季傍晚慣例：腿縮在加熱的矮桌下下圍棋。早晨和夜晚轉涼之後，綾子便從壁櫥拿出厚被，抬起桌面，將被子鋪在桌子的框架上，然後再將桌面裝回去。

佐藤拿來一大袋從自家果園採收的蜜柑，因此桌上的大碗內不虞匱乏。後來，潤和腹部更加隆起的惠美也帶了一大包柿子來到他們家門口。響留意到鎮上這種免費的以物易物，再次覺得這裡的種種習慣與冰冷疏離的東京大相逕庭。在尾道，小鎮居民似乎不曾停止收、送自家田地生產的當季農產品：稻米、馬鈴薯、蜜柑、檸檬、柿子。然後還有出於興趣自製的手工藝品，像是陶器和木雕。大家都彼此照應。

響常想，你不可能在像這樣的鄉下小鎮倒在水溝裡過幾秒還無人聞問——就算你想也不可能。響看過東京人直接從路上在流血的人身旁走過，不過在這裡不可能發生那種事，而響慢慢發現自己心裡對小鎮產生一種驕傲的感覺。他尊敬鎮民，現在私底下也自認是其中一分子。

響和綾子偶爾會起爭執。下圍棋輪到響的時候，綾子常喜歡激怒響、和他唱反調。他花了一些時間才搞懂綾子在做什麼；當他在思考下一步時，她會故意和他激烈辯論或爭執，藉此讓他分心。綾子多年來培養出這種小心眼又聰明的策略——真正的擾敵戰術。讓對手分心；不計代價取勝。就算手段不光明正大也在所不惜。

最近的一段對話就像這樣：

綾子：你以後會去投票嗎？
響：不會。
綾：什麼意思，你不投票？
響：意思是我不投票。
綾：你怎麼能說這種話？
響：我不**相信**政治。
綾：你不相信政治？什麼蠢話！
響：怎麼說？
綾：嗯，無論你**相信**還是不相信——政治都存在啊！
響：不過不曾有過什麼改變啊。無論投哪邊都一樣。政客都是騙子。

綾：所以你才要投票啊！

響：根本說不通。

綾：說得通。你投票好讓那些騙子政客不敢懈怠。

響：但他們照樣說謊，不是嗎？所以有什麼意義？

綾：自私的男孩。前人為了你的投票權而犧牲生命！以前女人還不能投票呢！

響：嗯，我不是女人，不過我會為了我的**不**投票權而犧牲生命。

綾：愚蠢的男孩。不該讓你搭巴士，也不該讓你去公園。如果你不投票，那就不該讓你參與社會。而且你沒有權利抱怨任何事！

響：好。我什麼都不想抱怨，別管我就好，可以嗎？

綾：無腦的男孩。笨蛋。傻瓜。

響：不管怎樣，我難道不**是**真正該抱怨的人嗎？投票害我們現在變得一團糟的不就是你們。現在情況變成這樣，難道不是**你們**害的嗎？**真正**該責怪的應該是投票的那些人才對吧。

綾：快點下！你傻傻盯著棋盤好幾個小時了！

響：欸，要不是妳在那邊滔滔不絕講政治的事，我也不會那麼慢好嗎！

他們會像這樣爭執、針鋒相對好幾個小時，不曾達成任何結論，主要只是跟彼此作對，好讓他們能對某件事鼓動情緒。伴隨著他們正在下的圍棋，這也是他們樂在其中的小小遊戲。響慢慢明白了綾子的卑鄙手段，有時也開始以其人之道還治其人之身。

現在輪到綾子下了。

「可以問妳一件事嗎，奶奶？」

「什麼？」

「欸……妳怎麼知道爺爺是命中注定的那一個人？妳知道的，在妳認識他的時候。」

綾子停頓，棋子夾在指間，從眼簾下凝視他。這男孩又想做什麼了？

「什麼意思？」她試試水溫。

「我的意思是……」響用一隻手撐著下巴，手肘靠在桌上，凝視著窗外的黑暗。

「妳怎麼知道妳愛上他了？」

綾子仔細觀察響的臉。他看似真心想知道。

「為什麼問這個？」她看著棋盤。

「我只是好奇嘛。」

「嗯……」綾子想拿下響的一枚白子，一邊說話一邊緊盯著它。「很難說呢。我欣賞你爺爺的哪個部分嗎……唔，我欣賞他的熱情。念大學的時候，我們有共同的興趣，我們兩個都對我們熱愛的登山無比投入。我沒遇過有哪個人跟我一樣，對山懷抱那麼強烈的情感——置身山上、享受大自然的恩惠、任由大自然支配的感覺。懂那種感覺的人並不多，大部分人都無法理解為什麼登山者願意透過以身犯險體會那種連結。不過最重要的是，他尊重我。他是個好男人。」

「但要是你們興趣不一樣會怎樣？你們就不能和諧共處了嗎？」

綾子咬唇。她丈夫的照片就掛在家族神龕祭壇之中，她朝那方向飛快一瞥。黑白的他回以微笑。在他旁邊，賢治也微笑著，彷彿他們兩個都在鼓勵她。她的視線回到男孩身上。

「不盡然。我想重要的是一個人對某件事懷抱的熱情。我和你爺爺……」綾子遲疑了一下，「甚至是你父親，剛開始的時候，在他變得比較熱衷於攝影之前……我們都對山懷抱熱情。我在我們身上都看見那種熱情。」綾子劇烈咳嗽。「總之，我離題了——重點並不完全在於我們都熱衷的某件事本身，而是在於我們都能**感受**、**了解**熱情。很多人沒有夢想、沒有抱負，每天只想早上出門上班、晚上回家睡覺，並因此而幸福快樂。而那一點錯也沒有，你知道的，不同的人就有不同的優先順序。**Junin Toiro**——就像古諺所云——**十人十色**。不過當你遇見某個人以跟你相同的方式深切在乎某個事物，我不知道耶，感覺很迷人，你不覺得嗎？尤其若是剛好你們懷抱熱情的對象又一樣。」

「所以是因為他的個性囉？」

「對，不過他也很帥，粗獷的那種風格。」她手指丈夫的照片，然後趁響的注意力被轉移時望向棋盤。男孩肯定犯了什麼她可以占便宜的錯誤。「說起來，你為什麼要問這些私人的問題？」綾子忽然看見了：棋盤上有個開口。他的白子等著被吃。她要走好幾步才吃得了，但……「你遇見喜歡的人了嗎？」

她扭轉形勢的當下，響明顯一震。顯而易見哪。她逮到他了。

就在她所想之處。

「我不知道啦……」響不確定自己是不是想翻開底牌了。

「也太含糊不清了。你要嘛遇見了誰，要嘛沒遇見。」

「我看見某個人，也感覺到些什麼，不過……」

「不過怎樣？」

「我要怎麼確定那些感覺是什麼？」

「嗯，你喜歡她哪裡呢？她的長相？」綾子將黑子放回棋盅，一隻手朝響輕蔑地揮了揮。「你們男性總是看長相，有夠膚淺。」

「不是啦，不是她的長相……」響憤慨地搖頭。「我的意思是，她是很漂亮沒錯，不過重點不在這裡。我應該更受她說的話吸引吧。」

「所以你喜歡她說話的哪個部分？聲音？」

「不是她說了**什麼**，而是她說話的**方式**。可能也不是這樣。可能也跟她說了什麼有關吧。」

響略一停頓，然後才接著說下去。

「或許就是妳剛剛所說的熱情吧。她談論文學的方式。我感覺得出來她對文學懷抱熱情，不在乎別人是不是覺得她熱愛的東西很蠢之類的。她感覺很勇敢。無所畏懼。」

「文學嗎？」綾子微笑。

他們雙雙低頭看棋盤。

「妳什麼時候要下啦，奶奶？都過幾百年了。」

綾子搖頭。她忘記剛剛打算吃他的哪顆白子了。

他不知怎麼地還是讓她分了心。

「真是小心眼又下流的花招。」她低聲咕噥道。

「所以，那男孩怎麼樣啊？」佐藤問道。

綾子嘖了口氣，放下她剛剛用來幫潤和惠美倒水的水瓶。

沒完沒了。最近總是這樣，沒完沒了。他們跟她說話時開口閉口就是那男孩。她想念他到來前的閒聊。現在，感覺就像整個鎮都想知道響發生什麼事，這就表示綾子不能再靜靜聽有關山田老師的八卦。山田是尾道高中的校長，被自己的妻子逮到他跟女朋友手勾手走在廣島的街上。綾子以前喜歡偷聽那種事，然後暗自竊笑——不過當然了，這並不代表她這個人很愛說長道短！然而現在好像大家更喜歡問她男孩的事，聽她說他都在做什麼，不再告訴她那些她想聽得要命的刺激故事。

「他很好。」她厲聲答道。

「嗯，妳也知道，我想念他的陪伴。我很滿意他幫 CD 店畫的那些圖。」佐藤快活地點頭，啜飲一口咖啡後快快吞下。「非常滿意。我在考慮請老寺地用響為我畫的 logo 印新招牌掛在門上。放大、印在大橫幅上——丟掉那個討厭的舊東西。舊招牌上的撇號分明就撇錯了嘛。誰想得到呢？」

「我可以看看嗎？」潤問道。

「這裡。」佐藤點開手機照片，展示出響給他的成品。「我都拍起來了。」

他把手機交給潤，而潤瀏覽一張張照片，惠美也越過他的肩膀一起看。

「哈哈哈！看那隻雪鴞——完全跟你一個樣耶，佐藤先生。還用CD當眼睛？真是聰明。」惠美指著潤手中的手機螢幕。「嘿，這些好棒噢。」她接著輕拍潤的肩膀，對他說悄悄話：「不知道他要不要辦我們提議的畫展。」

「對啊。」潤點頭。「會很好玩，以此感謝他幫我們翻修。或許可以辦在他的成年禮之後？我們可以把它變成派對！」

惠美轉向綾子。「妳覺得他會感興趣嗎？」

「我不知道。」綾子嘆氣。「你們只能問他了。」

這會兒看著大家都為響的畫興奮不已，她感覺自己的壞心情慢慢消散。的確，她有時希望他們別再拿男孩的事來煩她，不過同時間，她也因為他們對自家孫子的讚賞而感到無比驕傲。

然而，她還是擔心著怎樣對響才是最好。生命給過綾子許多嚴厲的教訓——尤其她見識過賢治在攝影從熱情所在轉為職業時的變化。她不希望相同的事發生在響身上。他為入學考試花了極大心力，而他母親將他託付給她，以確保他安分、好好讀書。為了這些畫畫相關的事而分心，對他的未來而言或許並不是最好的事。不過在內心深處，她知道男孩有天分。

有許多不同的路線可以登上山頂，綾子太清楚了。而時間與經驗教會她，有些路線比其他路線輕鬆。她必須幫助他抵達頂峰，若是她能代他走這一遭，代替他犯錯，一切就簡單多了。不過那是不可能的事。

綾子幫坐在櫃檯的常客們倒滿空水杯，聽他們興奮地討論他們為男孩和他的畫所制定的所有計畫。

綾子從頭到尾未置一詞，思緒在她腦中無盡打轉。

到頭來，世間的每個人都得走自己的路。

獨自前行。

十

火車駛入西條站，已經喝醉的老男人蜷縮在月臺上酣睡。響透過車窗凝視躺在長椅或柏油碎石路面上的男人們；其他乘客禮貌地跨過他們，他們也都渾然不察。這些人大多衣著講究，穿有領襯衫和長褲，有些甚至還戴帽子，只是已經從他們頭上掉落在他們身旁。

響看了看表——才中午而已耶。

這趟旅程是最高機密，不能讓奶奶知道。

要是發現他去參加清酒祭，她肯定會不高興。

西條是一個小鎮，大約位於尾道和廣島中間，廣島大學的主校區坐落於此。每年十月，西條都會舉辦清酒祭，而此時正是活動的高峰。祭典只延續兩天，不過都是早上就開始，一直持續到深夜。

響下車，跨過幾個醉鬼，走向票閘。將票插入投票口、通過閘門時，他聽見熟悉的聲音在呼喚他：「響！」

他轉頭望去，看見一張親切但有點泛紅的臉。

「武，」他應道，「你好嗎？」

他們輕輕擁抱。

「還清醒著。」武用毛巾抹抹汗涔涔的額頭。「勉強算是啦。」

這是一個炎熱的秋日，稱之為koharu（こはる）——小春——拖延到十月的那種印度之夏，藍天晴朗，黃澄澄的太陽溫暖地對著他們微笑。

「你的朋友們呢？」響環顧左右。

「啊，他們在會場裡。」武用拇指朝肩膀後一指。「跟我來。」

他們擠過人群，走向祭典的主要場地。來到入口後，響付了錢，拿到一個袋子以及容許重複進入會場的手環。武朝警衛晃晃手腕，他們隨即走入會場。通過入口時，響有點緊張——技術上來說，他還沒到合法飲酒的年齡，不過距離他的二十歲生日不遠了，他看起來也像已經成年。然而，他害怕又跟奶奶起衝突。他知道他今天不會太超過。

「嘿，響！」武轉向響，興奮地瞪大眼，示意周遭的諸多攤位，工作人員則是將大瓶大瓶的清酒倒入遊客的杯子。「我們來看看能不能喝到全部四十七個縣的酒！」

「別鬧了。」響搖頭。「我不想要最後變得像那些在月臺上失去意識的可憐蟲一樣。」

「不要嗎？」武一臉訝異，「還以為今天有機會試試看呢。」

他們大笑，在會場內走動，經過其他享受著祭典的小團體。大多數人都坐在藍色防水地墊上，就像春季的賞花聚會一樣。有些攤位在賣炒麵、魷魚乾和其他適合下酒的油膩鹹食。會場圍欄外的街上則有大批人潮——爛醉的青少年聚集在便利商店外，公園有現場音樂演奏，醉鬼不知羞恥地睡在地上——圍欄內的會場反倒似乎安靜些、低調些。紙燈籠掛滿一棵棵樹木，不過都還沒點著。

他們來到武的朋友圍坐一圈的地方。

「別擔心。」他們快走到的時候，武低聲對響耳語。「跟上次不是同一群人。這些是好人，課堂上的朋友，大家都是牙醫系，也有幾個醫學院的學生。」

響脫下鞋子踏上藍色地墊，安靜地在武身旁坐下。每個人都對響自我介紹，而他發現這群人立即對他產生好感，跟他上次在廣島參加的那場聚會有如天壤之別。他們似乎更成熟，於是響也禮貌地正式自我介紹。

「很高興認識大家。我的名字是響，是個浪人生。」他邊說邊鞠躬。「我目前在讀書準備醫學院入學考試。請多多指教。」
「很高興認識你，響。」他們異口同聲地回應，並鞠躬回禮。「請多多指教。」
「祝你重考順利。」戴金屬圓框眼鏡、坐在響對面的纖瘦女孩說道。
「對啊，祝好運！」他們又合唱般地說。「你會考上的！」
「我也是浪人生耶。」他右邊的男性同情地對響微笑。
「你是嗎，藤山？」附近的另一個人也加入談話。「我都不知道耶。我也是！」響微笑，慢慢融入這個團體，這次放鬆了，感覺能安心做自己了。這一次，要坦誠自己是個浪人生，而非像上次一樣，由著武試圖引導大家相信他是插畫家，但徒勞無功，他原本覺得很緊張。
現在，他禮貌地聆聽大家談論自己的經驗，考砸了，隔年再考一次，而透過聽他們失敗又重新來過的故事，他——在同儕面前頭一遭——不再那麼為自己目前人生的狀態而感到羞恥。在他們的點頭與鼓勵之中，他獲得保證，得以相信他目前的處境並非不可挽回。其他人也有過類似的經驗，最後平安抵達另一端。慢慢地，他漸漸萌生一些想法，聽見正向的無聲話語低聲在他全身迴盪。
但那些話語欠缺形貌，而他無法辨別。他依然不確定自己未來真正想要什麼。此時此刻，他首度享受著認識新朋友所帶來的清新興奮感。他淺嘗武的朋友們介紹給他的每一種清酒。

有些甜，有些苦，有些醇。

不過不知怎麼地，它們嘗起來都新鮮而陌生。

響與武並肩而坐，偶爾一起起身去清酒攤位晃晃，試喝不同造酒商的產品。他們的步伐和緩平靜。響感覺清酒的暖意悠悠蔓延他全身，他覺得心滿意足。

他們在炒麵攤前排隊時，響打破沉默。

「嘿，上次真的很不好意思，你知道的……」他開口，但愈說愈小聲。

「別放在心上啦。」武搖頭。

「不，」響抬起一隻手，「我該道歉。我不該像那樣跑掉，尤其你那麼好心把我介紹給你的朋友們認識。」

「嗯，」武說，「我不會騙你——你走出去的時候我確實嚇了一跳。不過他們也不算真正的朋友，你知道吧。剛開始的時候，我想到什麼社團就去參加，想說多認識一些人。不過那天晚上，我後來和跟你聊天的那個女孩聊，她叫作富美子還什麼的，她提到那傢伙說的話，我才拼湊出全貌。」

響點頭。「不過我還是不該沒解釋清楚就跑掉。」

「你不用解釋啦。」武轉身面對他。「我只是很抱歉我害你落入那種處境。」
「他有點太過分。」響說。「真希望能讓我奶奶來對付他。」
「他們會處得不錯，對吧？」
響輕笑。「會是一場大屠殺吧。」
他們一起傻笑。
他們來到隊伍的最前面，點了兩份炒麵，隨即回頭朝朋友們走去。
還在可見範圍之外時，武一手搭上響的肩膀。
「等等。」他轉身面對響。「回去之前，我想告訴你一件事。」
「什麼？」
武遲疑了一下，沉沉吐出一口氣。響試著與他四目相交，但他視線游移，就是不看著響。他最後終於開口。
「我說，別告訴東京那些老同學啊，不過，欸，我在考慮退學。」
「退學？」響盡可能隱藏他的訝異。「大學嗎？」
武點頭。
「但為什麼？」
武嘆氣。「我就是覺得自己做不到。」

「做什麼？上課嗎？課業太繁重了嗎？」

「不，不是那回事。」武搖頭。「簡而言之，欸，我只是不覺得我這輩子有辦法每天早上起床後都在朝別人的嘴裡看。我做不到。」

他停頓了片刻才繼續說下去。

「我不知道要怎麼跟我父母說。他們會殺了我。」

「他們一定會理解的。」這句話就連響自己也不相信。

「你這麼覺得嗎？」武終於迎上響的視線。「我很懷疑。牙醫。我父親就是這職業，我父親的父親也是——我們家代代相傳哪。我爸都已經想好了，等我畢業，我就去他在御茶之水的診所工作。我不知道要怎麼跟他坦白我的想法。」

「有沒有可能你還是把書念完，然後去找其他工作？這樣你父母會滿意嗎？」

「我想過啊——去牙科器材公司上班之類的。有過這種念頭，不過每次想到把書念完，我就會想到實作課，必修的臨診課，然後想到那天，我整天看著所有這些老傢伙在檢查結束後用粉紅色漱口水漱口，想到他們是怎麼鼓動臉頰將漱口水擠來擠去，然後吐在金屬水槽內。每次看到都覺得好噁心。就算現在只是想著，我也有想吐的感覺，不然就是沉浸在令人難以置信的沮喪感之中。覺得人生沒什麼好期待的，你懂嗎？我這輩子都只會看著病患吐漱口水、抹掉下巴的口水。日復一日一再重複，直到死去。」

他們站在那兒，縱酒狂歡的人歡呼、唱歌、喝酒、大笑。

響對這位朋友同情至極，但不知道該說什麼才能讓他感覺好一點。

武接著說：「更糟的是，我們有一次在看一場手術——他們切開這個傢伙的牙齦，鋸他的牙齒。我看著手術講師用鉗子拔一顆破裂的牙。我還沒吃早餐，然而，欸，流超多血……而且聽起來就像他的下顎要斷了，血和骨頭，混雜著唾液，都被護理師戳進他嘴裡的管子吸出來。」武的臉漲紅。「接下來，我只知道我在一張病床上醒來，護理師說我暈倒了。往後倒，像塊木頭一樣砸了自己的腦袋，不省人事。」

「要命。」

「我只覺得好丟臉。」他搖頭。「對啊，想像一下，受不了看見血的牙醫。所以我一點也不適合外科。誰料得到我居然那麼嬌弱。」

他們停步站在那兒，手捧著裝炒麵的塑膠盒。武仰頭乾掉他的小杯清酒，皺起臉。這杯肯定不好喝。

「那你想做什麼呢？」響最後還是問了，不過一開口就後悔。

「那個啊……」武依然捧著裝炒麵的塑膠盒，用手背抹掉額頭的汗。一根跑出來的麵條掃過他的臉，但他沒有察覺。「那可是大哉問呢，響。不當牙醫的話要做什麼呢？我一點想法也沒有。」

「你可以改選其他課嗎？」

「不知道。」

他們的視線掃向三五成群坐在地上享受著祭典氣氛的人們。響現在覺得像是被切斷了與周遭一切的連結，不知道該說什麼、做什麼。他們尷尬地站了一會兒，武皺眉，斟酌著接下來要說的話。他用一根手指搔搔鼻子。

武看著響。「你知道嗎？」

「知道什麼？」

「就這一點來說，我一直都有點嫉妒你。」

「嫉妒？」

「對啊，嫉妒。」武微笑，但悲傷潛伏在笑意之下，就好像一枚銀色錢幣在一池深水中的岩石之間閃爍，轉瞬即逝。「你有你真正擅長的東西，你投注熱情的事物，而且不曾消減。你是藝術家。無論你做什麼都一樣。你一直以來都是，未來也永遠會是。」

響感覺到自己的臉發紅，他搖頭。「沒那回事……」

「真的啦，響。」武現在看起來正經八百。「無論你選擇什麼職涯，你都是藝術家。你在畫畫方面極具天賦，而且只要你想，你什麼時候都能畫。無論你最後念什麼系都沒差——就算你畢業後去一般公司當上班族，就算你不念大學去便利商店或工地工作——你永遠擁有藝術，誰也搶不走。這很特別，響，很多人在他們的一生之中都渴望得要命呢。」

「但我正在念書想考醫學院。我要上醫學院。」響無力地說。

響打住，不知道自己說完了沒有。他垂下視線。

他等待，片刻後，武再次開口。

「但你不是非去不可。」這位朋友歪著頭說。「你想做什麼都可以啊，兄弟。這是你的人生。別為其他人而活。」

這句話很簡單，但響大受震撼。

他們距離朋友們不遠了，不過武最後一次拉住響。

「謝謝你聽我說。」他把一隻手放在響的肩膀上，直視他的雙眼。「認識的人之中，我大概只能跟你談這種事了。」

「隨時歡迎啊。」響輕拍朋友的背。「隨時。」

他們回到朋友之中，響望向武，從他的表情幾乎完全看不出他內心止經歷著這樣的騷動。他就像一點煩惱也沒有一樣，跟朋友一起說說笑笑。

響低頭看手上的空清酒杯，武剛剛說的話在他腦中迴盪。

但你不是非去不可。這是你的人生。

終於，聚會即將畫下句點，他們魚貫走出會場，緩步走在通往火車站的路上。一夥兒人聊天、嘰嘰喳喳，大多數人都想回城裡繼續喝。尤其是武，他現在整張臉都是紅色的，一想到可以繼續狂歡就興奮不已。

響卻覺得內心愈來愈平靜。

他最後並沒有喝太多清酒，也完全沒有醉意。

武拉他的袖子，求他跟其他人一起進城，但響拒絕了。他不想去，就這樣。對響來說，派對已經結束，現在該回家了。

就這樣，他獨自站在另一個月臺；廣島的活躍市中心在一邊，他等待的車則將帶著他朝反方向而去，回到尾道。他看著微醺的那群人玩鬧，笑著喊響、對他比手畫腳，直到車身印有西日本旅客鐵道標誌和藍色條紋的區間車將他們載走。武和其他人貼著玻璃對響揮手、扮鬼臉，響笑了。火車緩緩開走，帶著他們駛入夜晚的涼爽黑暗之中，迎向城市縱酒狂歡之夜。

接下來只剩他孤單一人了。

火車幾乎全空，旅程不算長。

響拿出隨身聽播放卡帶——平克．佛洛伊德的《盼你在此》（*Wish You Were Here*）——他從佐藤店裡的二手錄音帶區撈出來的。他戴上耳機，拿出素描本開始畫畫，專注於他跟武聊過後就在他內心深處萌發的情緒。它們開始成形，化為白紙上的黑墨圖案和峰谷

不久後，有人在他對面的座位坐下。

他抬起頭。

他轉眼便認出來。圖書館內的女孩，那趟火車旅程，大阪。步美。

她對他微笑，揮揮手。

響僵住，不確定該作何反應。要命。

「你好。」她用嘴型說道。

他取下耳機。「呃，嗨。」

「我還留著你給我的鉛筆。」她說。「我也有在圖書館看見你。我記得你。你

記得我嗎？」

「步美。」他咕噥，低下頭以藏起刷紅的臉。「對不起。」他只想得到這三個字。

「正確。」女孩輕笑。「你的名字是響，對吧？」

「對。」響的臉紅惡化為全身性冒汗。

她細看他的臉。「你像那樣丟下我，我應該要生你的氣才對。也太沒種了吧。不過我欣賞你留下錢付帳的這個舉動，甚至有可能因此而原諒你。」

響沒辦法和她四目相交太久，不過這會兒再次近看，她似乎比之前更美了，從她臉頰上的淡淡紅暈可以看出她應該喝了酒，頭髮也沒有像在圖書館時一樣綁起馬尾。

他完全沒頭緒該對她說什麼。一部分的他想告訴她他為何拋下她——他去了他父親結束自己生命的地方。然而他還是太難為情，無法對一個不太認識的人坦承這麼私密的事，於是他凝視著窗外的黑暗。不過車內燈光明亮，除了反射的倒影之外，車窗外的事物丁點也看不見。就算他努力不看著他們兩個人，他也只看見他們的倒影。響看見走道另一邊的座位有一份其他乘客丟下的中國地方報紙。他假裝在看報上的頭條。兩人尷尬地對坐了一會兒，火車沿鐵軌緩緩前進，空蕩蕩的車廂左右搖晃。一站又一站過去，他們慢慢靠近尾道。

快沒時間了。

但是響不知道要說什麼。

話語。話語。話語。

他用汗溼的雙手緊抓著素描本，手指抹糊了剛剛畫下的內容，指尖也染上墨黑。她朝那方向望去，

「你還在畫畫？」她指著素描本。

「呃，對啊。」

「真棒。補習班怎麼樣？還想成為醫師嗎？」

「我不確定耶……」響愈說愈小聲。

「我說啊，你應該當漫畫家才對。你太有天賦了。你是個把女孩獨自丟在大阪酒吧裡的混蛋，不過是個有天賦的混蛋。」

響的臉紅現在已經蔓延到腳趾。

她無辜地繼續說：「你畫的是眼睛看到的事物，還是腦袋想像出來的東西？」她一邊說一邊用手指對應的身體部位。

跟她交談，他就能轉移注意力，不再一直沉浸於自己過去所做所為的罪惡感之中。他接話，全心全意和她聊了起來。

「我想……應該兩者都有？」

她點頭，眼睛閃閃發光，顯然期待他繼續說下去。

他照做。「我在我腦中看見一些東西，而這些東西有時會和現實融合。我不確定哪個先發生——妳知道的，我看見一個東西，然後那東西發生怪事，抑或是想法本身在我腦中萌發。」

「你什麼時候開始畫畫的，或者說，你什麼時候開始像那樣在腦中看見東西？」她指著他剛剛將情緒體現出來的古怪螺旋形狀。黑與白在紙上共舞。響覺得她的態度好輕盈，好放鬆，他開始對她傾訴，甚至沒注意到自己居然對她如此暢所欲言。

「我想應該是在我大概五歲的時候吧。」

「那麼早？」

「對啊……」響難為情地嗞了口口水，不過還是不由自主繼續說下去：「我母親常常必須帶著我一起去工作，因為我們是單親家庭。我父親……呃，他在我兩歲的時候就過世了。總之，她是名醫師，所以她會直接帶我去醫院，讓我和護理師們一起待在接待處，由他們輪流照顧我。」

女孩點頭，睜大雙眼，專注聽著響說故事，彷彿這是全天下最有趣的事。響繼續說，沒發現他這輩子幾乎沒跟任何人提起過這些童年往事。

「我年紀太小，還不會閱讀，醫院的接待處也沒有電視之類的東西，所以我有時候只是坐在那裡盯著牆看。那時候連原子筆、鉛筆或紙都沒有，甚至還不能畫畫呢。」

「聽起來好難捱噢。」她說。

「也沒那麼糟啦。」響輕輕搖頭。「我就是從那時開始畫我腦中想像出來的東西。我會盯著壁紙的圖案看，在腦中搬動眼睛看見的事物，感覺就好像我在看著我自己的電視。如果我就這麼讓思緒漫遊，這個小點會冒出腿來，變成一隻大蜘蛛，然後這個……」響用雙手比劃，彷彿他所描述的這幅壁紙此時就懸在他們兩個之間、他依然能看見它，「……這個細長的形狀會變成一個年老的騎士，就像歐洲老故事中的那些。騎士必須殺死蜘蛛，但蜘蛛現在跟壁紙上的其他小點連結起來，化身為一條龍，然而騎士很老了，這無疑會是他的最終之戰……」

響卡住，視線回到女孩身上，不知道她是否還在聽著。

他都說了些什麼啊？比手畫腳說什麼老騎士在壁紙上跟龍大戰。她現在肯定以為他發瘋了。

「不好意思。」他搖頭。「這些東西聽起來多半瘋到底了，對吧？」

「不會啊。」她微笑。「我覺得很迷人。而且，我懂你的感覺，你知道嗎？」

「真的？」響有點困惑。「怎麼說？」

「我知道小時候就失去父親或母親是什麼感覺。」她凝視地板。「我媽在我三歲的時候過世。」

她抬起頭，悲傷地凝視響的雙眼，而他點點頭。無須言語，因為他們知道對方的感受。

火車一震，停了下來。

尾道到了。

他們無言地下了車，一前一後走出票閘。

懦夫。**失敗者**。

這兩個詞彙在響的心中迴盪。

懦夫。**失敗者**。

「噢，看！」步美指著地上成千上百的繽紛彩繪燈籠，入眼所見皆是。「我都忘了。」她低聲自言自語。「今天是鎮上的點燈祭。這麼多燈籠好美噢。」

他們看了看彼此，響覺得眼前的她好像一抹蒼白的鬼魂，閃爍的燈籠光從下而上照亮她的臉龐下側，同時映上搖曳的影子。
「我該回家了。」響說。「奶奶應該在等我。」
「對。」她說。響察覺她的語氣中有些什麼。
「再見。」他說。
「再見。」她低頭。
他們雙雙轉身，朝反方向離開。
響感覺有某種情緒在他心中燃燒。他回過身，看見她的身影漸漸縮小，消失在一道切過燈籠海的黑暗之中。
「等等。」他忍不住開口喊道。
她訝異地轉身。「怎麼了？」
「我們會再見面嗎？」
「當然啊？」她聳肩。她也在微笑嗎？「如果你想，那就來山貓咖啡找我吧。我每週三都在那打工。你知道在哪，對吧？」
儘管毫無頭緒，他還是點點頭。他之後會查出來的。
「那就下次見囉。」
「下次見。」

她正要邁步走，這時又想起某件事。「噢！」

響注視她的雙眼。「怎麼了？」

「除非你保證，」她這次真真切切地露出微笑，眼睛在燈籠光照耀下閃閃發亮，「你不會像上次一樣跑掉，否則不准你來。」

響感覺他的胃一沉。她只是在開玩笑。「我保證。」

「那就回頭見囉。」她轉身離開，他的臉隨即徹底漲成豬肝色。

他看著她消失在黑暗中，一面詛咒著自己，隨即啟程回家。

「山貓咖啡。山貓咖啡。」

他一邊走，一邊反覆念著。

山貓咖啡。

山貓咖啡。

他到家時，奶奶還醒著在等他，正坐在暖桌旁讀小說。

「你回來了。」她頭也沒抬，又翻了一頁。

「我回來了。」他邊脫鞋進屋邊說道。

他在暖桌對面坐下，研究起圍棋棋盤。

「還是換你。」綾子依然沒抬頭。

「啊？」響迷失在美妙的白日夢中。

綾子放下書，對著響瞇起眼。

他今晚是怎麼了？喝醉嗎？

「清酒祭怎麼樣啊？」她很清楚他今天去了哪裡。

「很不錯啊，嗯。」他心不在焉地答道。

綾子挑眉。要是響連試都沒試著隱瞞他去了清酒祭，那他肯定真出了什麼事。

一會兒後，他忽然打破沉默。

「奶奶？」

「怎麼了？」

「山貓咖啡在哪裡？我覺得我去過，但不記得是在哪裡。」

「你為什麼想知道？」她嘗試開玩笑，「而且，你為什麼要讓我的競爭對手賺？我的咖啡店有什麼不對？如果你想喝咖啡，找我就好了啊。」

「沒理由。」

「嗯，如果沒理由，那你多半也不是真的那麼想知道，對吧？」

響懊悔自己幹嘛那麼沒耐性，他大可回房間再用手機查啊。

「拜託。」
「拜託什麼？」
「拜託，告訴我那家店在哪裡就對了。」
綾子嘆氣，放下書。
「把筆記本和筆拿過來，我畫張地圖給你。」
「謝謝妳，奶奶。」
響聽著奶奶邊畫邊解釋，不過暗地裡感覺到心臟在劇烈跳動。咖啡店在海邊，綾子一開始畫圖，他立刻就知道確切位置了，但他還是聽完奶奶的說明。一部分的他搞不懂自己為什麼不乾脆用手機搜尋就好，省得這樣大費周章問奶奶。不過在內心深處，他知道這是因為他想要找人分享他的興奮。
另一方面來說，綾子完全沒多想響找她問路畫地圖有什麼不對——這是她每天工作時的例行公事。不過，在她說明咖啡店所在位置的同時，她感覺得出來男孩有點不太一樣，但她說不太出到底是什麼，總之不是壞事。他用心禮貌地聆聽，不過肯定不只如此——從他那雙呆滯的眼神就看得出來。
他變了。

十一

綾子沒過多久就聽到謠言。

小鎮八卦傳得快。假如惠子，那個在火車站旁小電影院售票處工作的女孩，她某天下午看見一對情侶走進電影院，她用不了多久就會對經過送信的郵差太田順口提起。郵差太田在寺廟停下來閒聊的時候，肯定會邊喝綠茶邊對僧人多田說些什麼。僧人多田自然而然會跟每週二來幫忙打掃的女孩美雪聊天，而她當然會把自己那天跟僧人聊了什麼一五一十告訴母親。美雪的母親去圖書館借書時跟圖書館員美智子咬咬耳朵，那也再正常不過。接下來，嗯，美智子遲早會趁丈夫站長小野午餐休息時跟他說說話，而站長小野晚上在車站後面的居酒屋「一得」跟佐藤一起喝酒時，無疑也會跟他提起這件事。至於佐藤，我們都想像得到，他隔天去綾子的店喝他的早晨咖啡時，肯定一秒也不會耽擱，馬上就會轉述給綾子聽。

「聽說我們的年輕人饗交了個女朋友。」他竊笑。

「什麼？」綾子猛地把頭轉過來，就好像一隻聽見巨響的貓咪。

佐藤明顯看出綾子不知情，他的竊笑摻入一絲得意。

「他顯然前幾天跟一個女孩一起去看了電影。」佐藤愉快地說。「他們看的是《東京物語》。」

「真不知道他為什麼要去看那種黑白老電影。」綾子用殘存的食指輕搔下巴。

「或許那個女孩有品味？」佐藤歪頭。

綾子對著他瞇起眼。「說起來，是哪個女孩？」

「叫步美。」佐藤端起他的熱咖啡，朝裊裊上升的蒸氣吹氣。「在山貓咖啡工作。」

「步美？」都拼湊起來了。

「應該吧。」佐藤啜飲一口，表情從洋洋得意轉為痛苦；他又燙到舌頭了。他將杯子放在杯托上，改拿起綾子放在咖啡杯旁的玻璃杯喝水，瞪大眼用冰水漱口。

綾子眺望窗外的大海。「就知道他心裡有事。」

「哀屋所舖在。」佐藤含著滿嘴冰塊，話講得不清不楚。

「那女孩是誰？」綾子又問一次，接著是連珠炮般的問題：「在地人嗎？姓什麼？什麼背景？我們認識的人之中有沒有誰跟她很熟？」

佐藤搖頭，嚥下冰水。「就我所知，她不是在地人。」他停頓，朝綾子舉起一隻手示意**停**！「不過小綾啊，妳可不要風風火火攪和進去壞事，拜託妳了。」

綾子看似受傷。「我只是感興趣而已。他畢竟是我孫子啊。」

「對，但妳不想倉促插手把人家嚇跑吧。」

「我只是想稍微了解她一下。」綾子抬高下巴。「這樣有錯嗎？對跟我孫子一起在鎮上走動的女孩感興趣？」

佐藤在椅子上不安地動了動。

「欸……我倒是知道，她是個大學生。」

「她讀什麼系？哪所大學？」

「廣島大學。她只是在那家咖啡店打工，住在尾道，搭火車通勤上課。這些都是小野站長告訴我的。」

「有意思。」綾子用手指輕點自己的嘴唇。「真不知道她為什麼不跟其他學生一樣，選擇住在城裡，或是西條？」

「就像我剛剛說的，人家說不定是個有品味的女孩。」佐藤忘了燙傷的舌頭，神氣活現的表情緩緩回歸。

「也有可能她就是個怪胎。」綾子凝視著牆，陷入沉思之中。「有意思。」

「好了。」佐藤說。「妳出手別太重哪——會把人家可憐的女孩嚇跑的。」

「呸，才不會。」綾子回過神。

她動手幫自己泡咖啡，從頭到尾都在思考要從哪裡著手。

首先要會會那個女孩。至少這一點顯而易見。

綾子需要查明究竟發生什麼事。

她注意到男孩近來有些改變——最近期的變化最令人擔憂。綾子原本很高興看見男孩融入小鎮的步調——他在補習班表現得不錯，這很棒，不過尤其令綾子欣喜的是看見他的藝術綻放。她看得出男孩有天分，她也視其為嶄新的機會。改正她過去對賢治所犯的過錯。她過去勸阻兒子追尋登山的夢想，此時回顧，她不得不坦承，她刻意操弄了他，藉此避免他像他父親一樣也走上登山的那條路。她現在清楚看見怎麼做才是對的：應該讓賢治追尋他自己的熱情所在！

不過那男孩不需要有個女孩跟在身旁、毀掉一切。青澀的愛很美好，不過有其適合的時間與空間。如果她只是跟他玩玩，或並沒有像響一樣認真看待這份感情，這有可能會重創響的精神狀態，有可能會阻撓他的熱情。她肯定有方法能見見這女孩，查明她到底有什麼意圖。現在的響不需要人生中出現更多戲劇化事件，他需要少點那種狗屁倒灶的事。他需要明澈的腦袋，或者專注於念書以通過入學考試，或者——綾子感覺這應該才是他最想要的——成為漫畫家。響的母親將這個任務託付給她——照看這男孩——而她不打算讓一切在最後一刻毀於一旦，只因為他迷上哪個女孩。

對她而言，現在最重要的就是確保他不受任何傷害。

如果這女孩會阻礙他追求幸福……

……嗯，她非去不可。沒第二句話。

綾子這次會做得更好。

響第一次去山貓咖啡的時候，他全身都在顫抖。

他沿通往那裡的濱海道路緩步而行，經過這家營業中的咖啡店，試著透過窗戶窺看，但運氣不佳。映在玻璃上的日光太亮，他只看得見外面世界的倒影，他瘦長的身形以及困惑的雙眼。他又繞回來，再次經過咖啡店，細細打量塗上白漆的木製招牌，畫在上面的標誌是一隻卡通版的野貓。響這輩子沒看過真正的山貓，因此不知道標誌畫得是否正確。看起來很像一般的貓，臉上掛著傲慢的得意笑容。

「響，你要不要進來啊？」門口傳來步美的聲音。她探出頭。「還是說你想再從門口經過幾次？」

「啊，抱歉。」響說。

「還是……」她竊笑，「你又要什麼都不說就跑掉？」

「呃……」響僵住——上次在大阪丟下她一個人，他還是覺得欠她一個正式的道歉。羞愧感滲入他的心中。

「別擔心，」她揮揮手，「我保證我不會一直提起……也許吧。」

他跟著她走入店內。

店內實際上比從外面看時明亮，以陳年招牌和紀念品裝飾，全部都是昭和時代留下來的東西。牆上貼著褪色的海報，廣告著香菸、可口可樂、糖果，以及一大堆其他商品。桌椅不成套，彼此之間看起來沒太大關聯，肯定是從跳蚤市場和骨董店拼拼湊湊買來。響納悶奶奶對於這種裝潢風格不知道會作何感想，多半會牴觸她的美學傳統觀點吧。不過響喜歡。

這讓他想起他還在東京時常去的一些地方，在東京中央線沿線的好幾個站都可找到類似風格的店家——像是中野、高圓寺、西荻窪、阿佐谷以及吉祥寺等。東京市中心甚至還有連鎖咖啡店，在像是澀谷和新宿等地，他們試圖複製這種美學，不過最後總是變得有點太過做作。山貓則感覺真實。

步美讓他坐在木製櫃檯旁，隨即去招呼其他客人，響則藉機環顧店內。牆上有附近的照片——攝影師都是當地人，姓名和聯絡電話附於照片下。店裡看似正在舉辦某種展覽。

響對這種事戒慎警惕。之前還在東京的時候曾有朋友來找他，說是想在像這樣的空間展出他的畫，但他從來就不是很喜歡這種做法。到頭來總免不了提及他需要付費才能展出，而且也不保證畫賣得掉。自從潤和惠美邀請他在他們的旅社展出作品以來，他一邊在腦中策畫起小小的展覽，一邊也擔心他們會突然開口跟他要錢。他害怕他們確實就是想跟他收費，因此沒有再說起這件事。不過話說回來，他們聽起來很真誠，所以或許並沒有什麼附帶條件。

步美帶著玻璃杯回來找他，響微笑，對她鞠躬。

「所以，」她將杯子放在他旁邊的櫃檯上，用她的水罐幫他倒水，冰塊鏗鏘輕碰杯子內側，有幾顆從水罐跟著水一起精準地落入他的杯中。「要點什麼呢？」

響一驚，他連看都沒看菜單。

「呃……」

「餓嗎？」她問道。

「有點。」

「好，喜歡義大利麵嗎？」

「嗯，很喜歡。」

「咖啡呢？」

「當然。」

「交給我。」

她快步走向廚房。響只勉強看見裡面有個身穿白色廚師制服的年輕小夥子。他瞥見她給了那人某些指令，然後出來回到櫃檯後，忙碌地操作咖啡機。

「所以，」她從冰箱拿出牛奶倒入金屬壺，接著用蒸氣管打奶泡，「最近怎麼樣啊？」

「還不錯，多謝。妳呢？」

「很好啊，對。」

響遲疑了一下，接著大膽開口。

「到這個時候才說實在非常失禮，但是……」響又遲疑了一下，看著她手拿金屬壺僵在那兒，「……但是……我真的很抱歉我在大阪做了那種事。太不可原諒了。」他深深鞠躬。

「請不用放在心上。」她略顯僵硬地鞠躬，隨即轉身背對他繼續泡他的咖啡。

響在心中縮得小小的。或許他根本不該提起。

他拿出先前讀到一半的漫畫，作者是谷川朔太郎，主角是兩名圍棋大師；他努力裝得若無其事，但視線幾乎完全沒有聚焦於書頁，反倒是看著正熟練泡拿鐵的步美。她身穿跟所有其他員工一樣的藍白條紋襯衫。他看著她雙手忙碌地將牛奶倒入咖啡杯，手腕靈巧一彈，接著拿出一根細長的工具攪拌奶泡。響往前靠，想看得更清楚些。她正在奶泡上創作，但他看不太清楚她畫了什麼。她帶著他的咖啡走過來，他連忙坐回椅子上，緊盯著漫畫，假裝正在讀。

「來囉。」她將咖啡杯放上杯托，端正地擺在他前方。

她畫了一隻貓咪的拉花，貓臉沾沾自喜地回望著響。

「哇。」響真心佩服。「妳怎麼學會的？」

「我在家裡練習啊。」她微笑。「告訴你，花了不少時間呢。」

「好酷！」他拿出手機拍照。「我絕對做不來吧。」

「當然做得來。」她陽光地說。「只要練習，誰都可以。看過你的畫之後，我打賭你肯定是天生好手。」

「我幾乎不想拿來喝了。」他端起杯子，從不同角度細看這個白色陶瓷馬克杯。杯身印有咖啡店的貓咪標誌。「我不想破壞妳的完美作品。」

「你知道他們是怎麼說的……**びじんはくめい（bijin hakumei）——美人薄命，美麗的事物總是短暫。**」

所以她也喜歡諺語，跟奶奶一樣。

「總之，」她接著說，「我寧可你嘗嘗，趁熱享受我特別為你泡的咖啡。別放涼了。」

響快速啜飲一口，滑稽的表情逗得步美哈哈大笑。

廚房傳來叫喊聲，她接著又端出一盤熱氣蒸騰的茄子肉醬義大利麵。此時大約下午兩點，響這才發現店裡只剩下他一個客人。步美在他身旁坐下，他一邊吃義大利麵、喝咖啡，他們一邊聊天。

他們聊書跟漫畫。步美推薦她最愛的作家給響，而他禮尚往來，也介紹了幾位他最愛的漫畫家。兩個小時很快就過去了。

「噢，該死。」響瞥見一只骨董鐘上的時間。「已經四點了。」

他要趕不及在奶奶關店前去和她碰面，然後兩個人一起去傍晚散步了。響拿出皮夾想付帳，但她拒絕了。於是他要了她的電話號碼，說好兩個人要再見面，他才能約她出去回禮。

響喜氣洋洋昂首闊步地離開。當然，他交過一個女朋友，但步美不太一樣。她很聰明，擁有說話的天賦，也很懂得聆聽。她在文學方面博學多聞，他知道自己一定能從她身上學到許多。儘管他年紀稍小一點，他還是覺得她很敬重自己。響不想操之過急，但他覺得滿心興奮。

接下來的幾週，響和步美開始密集見面。步美不用工作時，他們會一邊散步一邊聊天，若是她在咖啡店上班的日子，響就坐在櫃檯旁捧著一杯咖啡，一邊畫畫一邊等她空檔跟她聊天。不消說，他比較喜歡他能獨占她全部注意力的那些日子，而且他覺得步美應該也跟他一樣。他發現跟她聊天無比輕鬆，他們什麼都能聊，她對他也是放鬆又坦率。她念廣島大學，但不告訴他確切是哪個科系，反倒是要他猜。因為先前在圖書館的遭遇，他一開始猜她主修文學。

「不對。」她搖頭。「我太愛文學了，沒辦法把它當學問來研究。我從來就不想把我所愛的事物變成工作，怕會壞了閱讀的樂趣。」

響接下來猜醫科。

「絕對不可能——我對那種東西沒輒，而且我疑病症超級嚴重。」她大笑，眼睛閃閃發光。「如果我要學所有那些疾病和症狀，我會開始懷疑自己是不是每一種都得了。」

最後，響放棄了，她這才告訴他，她念的是法律系。

「法律？」他有點挫敗。「我根本永遠猜不到。」

「我猜這是因為我愛故事，」她沉思著說，「還有辯論。我覺得就只有法律不是文學，但又有點像文學。訴訟案件就只是聽別人的生命故事。」她停頓，思考片刻，然後笑了。「而且我希望念完書後找得到工作。」

響憂鬱地點頭。跟武聊過後，他不時在思考自己到底想要什麼。

「你想讀醫科嗎？」她反問道。

響嘆氣。「對。」

「你聽起來不是很熱衷耶。」她關切地說。

「我也不知道……」

「嗯。」她謹慎地慢慢說道。「我懂得不多，但我會說，如果你下半輩子都要做某一件事，你最好要確定那確實是你**想要**做的。否則，你就只是自討苦吃，不是嗎？」

響點頭。

武日復一日看著病患漱口、吐漱口水的畫面浮現他腦海。

漱、吐。

漱、吐。

這是壓垮綾子的最後一根稻草。

她聽說響在補習班的成績略有下滑，但這她不擔心。她真正煩惱的是，她在影印那男孩的素描本時注意到一件事。

她很久以前就摸清楚了，她可以趁他們兩個傍晚一起去澡堂的時候偷偷摸走素描本。要得手並不容易，但她以此為樂。

綾子在腦中為自己的所作所為辯護——她影印男孩的作品，一部分是為了自己收藏，不過很大一部分是為了「以防萬一」。她從賢治身上學到教訓了，多年前他忽然放火燒掉他的部分照片。賢治看似沒經過任何深思熟慮，綾子困惑不解，接著在幾天後間接體驗了兒子痛苦的懊悔。賢治躲在房間裡不出來，也拒絕和她交談。對綾子來說，那是一段可怕的時間，她不知道該如何跟自己的兒子溝通。那是最糟的部分——不知道該說什麼。

然而，藉由影印響的作品，若是他也做了類似的事，她就能站出來挽救一切。她就保住了他的畫。沒錯，她的做法有點不正當，但這都是為了那男孩好啊！

響去澡堂時從不帶素描本——她輕而易舉就能偶爾偷偷拿走，藏在她的浴衣下。她假裝走進女性浴室，一確定他確實走進男性那邊，她就偷偷溜去附近的便利商店影印他新畫的漫畫。店老闆榊原先生很好心，會幫她把影本暫時收在櫃檯後，等她隔天來影印手寫菜單的時候再順道取回。

她會溜回澡堂，快速泡一下，再將素描本偷渡回家，然後使喚男孩去將晚餐的碗盤擦乾收妥，藉此支開他，她便趁機將素描本物歸原位。

不過有天晚上，她在便利商店影印素描本的時候，她注意到響過去這週幾乎完全沒畫任何東西。她隔天在咖啡店回顧她收藏的響的作品，也發現一個明顯的趨勢——自從他認識這個名叫步美的女孩後，他的創作量大幅減少。

這可不成。

她和佐藤上一次聊起這女孩的時候，她採納了佐藤的建議，但現在這樣太超過了。她必須查清楚現在是什麼情況——這女孩害他無法專心於學業，那是一回事，但若她阻礙了他成為漫畫家的夢想，嗯，那可萬萬不成。她毅然點頭，手寫一張告示貼在咖啡店門上。

十分鐘後回來

綾子

她沿商店街走一小段，接著轉入小巷朝海岸路的方向而去，快步經過佐藤的ＣＤ店，暗自希望沒被他看見，然後再沿濱海的道路走一小段，終於來到目的地。她細看招牌。

山貓咖啡

她搖頭，走了進去。

她在櫃檯邊坐下，等人過來招呼。她拿起印有山貓標誌的紙製菜單細看。這地方也太花俏了，綾子一邊瀏覽菜單中的品項一邊想著。她動手折起菜單殺時間，變出一把紙扇。她朝櫃檯另一邊一瞥，朝她走來的那個女孩令她大吃一驚；女孩的笑容有禮，穿著無懈可擊。她匆忙將菜單塞進袖口，擺出堅決的表情。

「歡迎光臨。今天想用餐嗎？還是要喝杯飲料？」女服務生問道。

她的外貌、態度和說話方式都有禮至極。

自信滿滿。

「我今天什麼都不點。」綾子厲聲說。「我來是想找一個在這裡工作的女孩談談——她叫步美。」

服務的女孩明顯嚇一跳，但堅守陣地。

「我就是步美。」她微笑，露出臉頰上的酒窩。「有什麼事嗎？」

「首先，妳可以先說說妳對我孫子有什麼企圖。」

「企圖？」

「對，妳想從他身上得到什麼？」

「我想從他身上得到什麼？」女孩用雙手的手指搭起尖塔，學生律師現身。「我想我並沒有特別想得到什麼。我們喜歡與彼此相伴，正在慢慢了解對方。他是個有趣的傢伙。您有個可愛的孫子，您一定很驕傲吧。」

綾子忽略奉承，切入正題。「所以妳對他不是認真的囉？」

「我非常認真。我很喜歡他。我們喜歡跟彼此在一起。」她停頓。「不過，我無意冒犯，但這其實與您無關吧？」

綾子目瞪口呆。這個問題並不全然挑釁，但顯然是在挑戰。她細看女孩的表情有沒有透露絲毫破綻或弱點。「他是我的孫子，所以當然與我有關。」

「但這是他的人生，他肯定愛跟誰交朋友就跟誰交朋友吧？」

「所以妳只是想交朋友？妳並不是想和他談戀愛？妳告訴他了嗎？」

「我不確定我想和他發展出什麼關係。如我所說，我們還在了解對方。我無意冒犯，不過時代不一樣了。我們現在談的並不是靠相親安排的婚姻，對吧？我們談的是妳的孫子，還有他出自自己的意志選擇跟誰在一起。這畢竟是他的人生哪。」

綾子被激怒了。這位小姐好大膽子。她好大膽。

「妳自以為是誰啊？居然這樣對客人說話。」綾子嘶聲說。「妳一點都不懂得尊敬他人嗎？」說這最後一句話的時候，她的音調比平常高了一度。咖啡店內的客人紛紛轉頭過來看熱鬧。

綾子看出女孩的態度稍有轉變，彷彿想起自己還在工作——她還不是法庭上的律師——而是一個身穿圍裙、在咖啡店內工作的女孩。她的臉漲紅。儘管綾子沒有消費，她此時此刻嚴格說起來依然算是客人，而**お客様は神様です**（**Okyakusama wa kamisama**）——**顧客至上**。

「抱歉，」她深深鞠躬，「我說話太不知輕重了。」

「一點也沒錯。」綾子降低音量。「妳運氣好，沒找你們負責人出來教訓妳。妳現在給我聽好了，小姐。」

綾子用一根手指指著她，也為步美看見她少了幾根手指後瞪大眼而感到得意。這應該傳遞了某些訊息吧。

「這男孩的人生經歷了許多事，現在也很不好過。我不會讓一個並沒有認真看待他的人來害他分心或傷心。我的要求不多——只要妳在這段艱難的時期別來煩他就好。」綾子從頭到腳打量女孩一番。「儘管如此，除非妳知道妳想從他身上得到什麼，也稍微學會尊敬別人，否則我還是不太希望妳跟他往來。花點時間想想妳自己想要什麼吧。別輕率待他。我不會讓妳妨礙他的人生。」

綾子口沫橫飛，步美則像個學生一樣乖乖點頭聽訓。

「我了解。」步美溫和地說。「很抱歉造成您的困擾，我真是太過失禮了。我會告訴響，我在他考試結束前都不會再見他。我會要他專心念書，在他考完事之前我們都不會再見面。」

「我也只要求這樣。」綾子說。「有那麼困難嗎？」

「如果您覺得這樣對響最好，我會完全依照您的要求做。」她接著悲傷地補了一句：「我只希望他快樂。」

綾子起身，沒再對女孩多說一個字便唐突離開。她盡她所能快速走向她自己的咖啡店，愈是靠近，她愈是容許自己呼吸。

然而，她自己剛剛所說的話在她腦中迴盪。

我不會讓妳妨礙他的人生。

這段話在接下的這一整天一再冒出來、煩擾著她，一直要到她拉下咖啡店的鐵捲門，看見響朝她走來，她才開始忘卻自己確切對那女孩說了什麼。

他們一起走上山頂，回程中途停下來餵柯川、摸摸牠。綾子愈來愈確信自己是對的。

她做了正確的事。

就長遠來看，這是正確的做法。

響掛上電話。

綾子可以從他的反應猜出他的母親對他說了什麼。

「我們不是非今天去不可，你知道吧？」綾子說。「我們可以等到她也能來的時候。」

「不，」響堅決地說，「今天不去的話就要落葉了。」

響的母親再次打電話取消自己安排好的行程——去嚴島看楓紅。於是綾子和響搭上區間車，準備前往嚴島，只有他們兩個人。綾子十分憂慮——她看得出那男孩再度變得沮喪。相對地，響感覺得出綾子想安慰他，而這也讓他不自在。他有權利不開心。

幾個月前，響曾隨口提起，他還沒親眼看過嚴島的水中紅色鳥居，綾子聞言滿臉訝異。
「你沒去過？」
「對啊。」
「但那是日本三大景之一耶！」綾子震驚地說。「你怎麼可能沒去過？」
「如果妳別老是管我管得那麼嚴，我才有可能去一趟。」
「小心說話啊，年輕人！」綾子搖晃一根手指。
穿過車站走向開往嚴島的火車時，他們對小野站長道早安，而他匆匆過來打招呼。
「響！」他興奮地喊道。「你錯過步美了！她剛剛搭上開往西條的車。」
「啊。」響努力用眼神示意這隻狸貓時機不對——響什麼都還沒跟綾子說；他也好幾天沒步美的消息了。響回過頭看綾子，但幸好她看似在看火車時刻表，沒聽見小野說什麼。
「你們兩個要上哪去呀？」小野接收到響的求救訊號，改變了話題。
「嚴島。」響回道。
「唷，」小野說，「好羨慕噢！幫我拍幾張楓葉的照片呀。」
火車來了，他們跟小野道別，火車開動，小野在月臺上對他們揮手。

山巒和村莊緩緩流過車窗。滿山樹葉有紅、有黃、有琥珀、有金、有橘。響牛飲他從月臺上的販賣機買來的熱黑咖啡，綾子則是啜飲小保溫瓶中從自家帶來的綠茶。

響帶了一本書到車上讀；這是他和步美最後一次見面時她給他的。

書名是《荒蕪濱岸》（*Desolate Shores*），作者西谷二。她極力讚揚這位作者，說他是她的最愛、響尤其必須讀這一本。響偏愛漫畫，沒那麼愛讀小說，但他堅持讀下去，因為他想討步美歡心。她也曾狡猾地指出，若他想成為漫畫家，他就必須了解說故事的藝術，而要想了解，沒什麼方法比得過讀小說。漸漸地，他開始非常樂在其中，不過今天在火車上，他發現自己只是心煩意亂地滑著手機。

「你拿那東西在做什麼？」綾子問，「總是拿在手裡。」

「沒什麼……」他收起手機，嘆氣。

事實上，響在等步美傳訊息給他，但他不想跟綾子談起她。

「你母親到不了，所以你不開心？」綾子問道。

「對啊。」響說。

「別對她太嚴苛。」綾子說。「她已經盡力了。」

「我知道。」

「單親媽媽很辛苦。」
響點頭。「但想起來還真怪哪。」
「什麼很怪？」綾子問。
響抬頭看著她。「我們成長的過程中都只有母親在照顧我們。」
「對。」綾子說。她一時喘不過氣來。「那倒沒錯。」
他們一陣尷尬，心思明顯都轉到車廂角落的兩頭龐然大象身上去了。他們都在年紀還小的時候就失去父親。他們有好多共同點。成長的過程中看著自己的母親獨力苦苦掙扎，綾子自小就暗暗發誓，她會努力為她的孩子創造穩定又安全的家。不過命運插手，她太早就失去她的丈夫，而她的孫子也遭遇相同的命運。響經歷過幾乎一模一樣的心碎。要是他們能對彼此傾訴就好，但他們不知該如何啟齒。
「你在讀什麼？」綾子改變話題。
「就是一本書。」響喪氣地說。
「什麼書？」綾子緊咬不放。
他讓她看書的封面。「《荒蕪濱岸》。」
「噢，哇。」綾子驚訝地說。「那可是經典耶。我最愛的作家之一。你從什麼時候開始讀西谷二的？圖書館的美智子推薦給你？」

「不，是朋友介紹的。」

「哪位朋友？」

「妳不認識啦。」響拒絕吐露。

綾子凝視窗外。所以是那女孩給他的。

至少她在閱讀方面品味絕佳。

他們在中午左右抵達嚴島口車站，響一路都在求綾子讓他吃拉麵，但她堅不退讓。她清楚知道自己要帶響去哪裡吃午餐，去搭跳島渡輪之前，他們還有點時間可以吃東西。她把他拖進碼頭邊一家歪歪倒倒的木造餐廳。響研究菜單。

「鰻魚飯？」他問道。

「對。」她微笑。「最棒的。你等著瞧。」

他們點了兩盒鰻魚飯。餐點送上後，響的雙眼隨即亮起，綾子覺得滿心歡喜。兩個人都吃得乾乾淨淨。

吃飽後，他們搭上前往嚴島的渡輪。天氣完美，天空蔚藍，白雲低懸，太陽只露出一部分的臉，在水面灑下一縷縷閃爍的光。島上的樹將自身的秋色映入日光中。

渡輪上的所有乘客都移動到船邊欣賞著名的紅色鳥居；漲潮時，這座鳥居彷彿漂浮在水上。

他們上岸，兩個人緩步走在古老的岩石小徑上，再往前走即可抵達神社對面的海岸觀景臺。途中，島上的野鹿在紅楓樹下閒晃，有些鹿靠過來討東西吃。

「退後，小混蛋。」綾子兇猛地說。

「但牠們很可愛耶！」響大受震撼。「妳怎麼可以罵牠們混蛋？」

「等你被其中一隻從背後咬一口就知道了。」綾子輕笑。「或是用頭撞你！然後我們再來看看你是不是還覺得牠們**可愛**。」

來到神社附近，綾子輕拉響的袖子。

「還不要過去。」她搖頭。「我們先去走走。」

她帶著響跟所有人逆向而行，腳步穩健地朝山頂走去。路上只有他們兩個人——大部分觀光客都只在海邊溜達，欣賞鳥居，搭渡輪回本島前或許再去路邊的商店或餐廳花點錢。當然了，綾子喜歡更費力的挑戰。

他們來到山頂，秋葉環繞四周，響為這片美景心懷感激。眺望海灣，他現在能夠理解為什麼要那麼大費周章了。他在網路上看過數不清漂浮神社的照片，但沒看過從這個角度望過去的模樣。奶奶又一次為他展現看待生命的新方式。

他用手機拍照，希望之後可以當作畫畫的素材。

綾子咂嘴。「總是拿著那東西。」

就在他收起手機的同時，他收到步美用 LINE 傳來的訊息。

嗨，響，需要跟你談談。明天可以見面嗎？

響研究著訊息，警鈴大作。

需要跟你談談。

綾子已經原路折返，響將手機放入口袋，跟在她身後，但掛念著步美的訊息。終於回到觀景臺後，他們站在那兒欣賞太陽在神社後方落下。太陽漸漸消失，天空染上輝煌的粉色和紫色。響用手機拍個不停，能拍多少張照片就拍多少張。綾子看著他，感覺莫名感動。他的臉，眼，表情。當他取景時，他的整個人都不一樣了。他專注於創作時，看起來比任何時候都像賢治。響在畫畫時，綾子最欣賞的就是他的這種神態——這讓她想起賢治坐在桌邊伏案對著筆墨，揮灑著書法卷軸中那些複雜細緻、行雲流水的文字，或是他彎腰對著底片挑選要放大沖印的照片。綾子不知道自己是否是因為這樣才鼓勵響畫畫——喚回某個版本的賢治；她很久以前，甚至早在他過世之前，就已經失去了那個他。

他們並肩站在水邊。響急著想回覆步美，於是拿出手機開始打字。

「你知道吧，」綾子開口，但又打住，不想打斷他傳訊息。

響察覺了些什麼，抬起頭，把手機放入口袋。

「什麼？」他問道。

「沒事。」綾子揮揮手驅散自己原本想說的話。

「說嘛，奶奶。」想說。「請有話直說。」

她搖頭，不過又改變主意。

「你看起來好像他。」綾子依然凝望緩緩沉落紅色鳥居後方的太陽。「尤其是在你拍照或是畫畫的時候。你跟你父親在你這年紀的時候完全就是一個模子印出來的。你也擁有他的審美眼光。」

響在溫暖的日光下細看奶奶的臉。

他的心臟在胸腔中怦怦直跳，一股暖意湧過他的全身，他轉而凝視落日。他們靜靜並肩站了一會兒，直到夜色將他們裹上一身灰。他們走回去搭渡輪，啟程回家。

他甚至沒開口問，而她主動談起他。

綾子與山：第三部

一天晚上，他們坐在暖桌旁下圍棋，這時響終於鼓起勇氣對綾子提起那份剪報。儘管自從他發現剪報以來已經過了好幾個月，他知道她絕不會相信他是如何發現的，因此閉口不提。

「奶奶，」他小心翼翼地說，「可以告訴我谷川岳發生什麼事嗎？求妳？」

綾子的目光緩緩往上移。

響全身緊繃起來，準備迎接可能來襲的風暴。

但無風無雨。

綾子輕笑，表情放鬆。她還真笑出來了。

「噢！那場災難嗎。」她搖頭。「是誰告訴你的？佐藤？那個長舌公。」

「我只是聽說啦，有幾個人提起過。」響希望不要被她發現他在說謊。

她將手中的黑子放上棋盤。「換你。」

響又猶豫了片刻。牆上的鐘滴答響。

「但是奶奶，」他拿起一枚白子，「妳不告訴我發生什麼事嗎？」

「哪時發生什麼事？」

「在山上的時候啊。」

「當然可以。我什麼都可以告訴你，不過可能需要一些背景資訊。」

響點頭，而綾子深吸一口氣，開始講述她的故事。

「我在少女時期發現了山。小時候，我母親好常沉浸在悲傷之中，於是我用盡所有理由上山，藏身於大自然之中。只有這項活動能讓我找到平靜，爬山讓我感覺這世上還有其他更重大的事物，比我自己的憤怒和我母親的悲傷還重大。我成長的過程中一直都很憤怒，到現在也一樣。我想，因為父親在我還那麼小的時候就被奪走，我變得總是在質疑天地萬物——為什麼我從一開始就拿到一手爛牌？」

響感覺自己被吸入她的故事，不曾比此時更加靠近她。他們有好多共同點。他一動也不動，不想錯過任何一個字。

「不過，當我去健行，置身荒野，面對無情的大自然，我發現欠缺控制令人解放。我的渺小問題就是那麼渺小，山的尺度則令人安心。山讓我平靜。幾年後，我也發現了田部的作品。」

「誰？」響問道。

「你沒聽過田部井淳子嗎？」綾子驚訝得合不攏嘴。

響搖頭。

「欸，你該聽過才對。她是全世界第一位登上聖母峰的女性。當然了，她是日本人。她的散文點燃我心中的火。我領悟，就算是像我這樣的瘦小日本女性，我也能成就偉大的事。大自然並不會像社會一樣，在人身上加諸限制。

「在我的人生中，總是有人告訴我身為女人可以做這個，不可以做那個，不過這裡就有一個女人忽視所有那些屁話，勇往直前，以行動讓所有人見識她的能耐，而非只靠言詞。總之，更加認識田部後，我受到了啟發。我讀遍我所能找到有關她的一切。

「我是在念大學的時候遇見你爺爺。我們都是登山社的成員，而我很快就徹底愛上他。他就是有某種特質。當然了，他很英俊，其他女孩都在追他。但感覺他好像就是獨樹一格——他對山著迷。而我也是。很多男性加入社團都是為了社交——交朋友，或甚至認識女孩。不過我從來沒在你爺爺身上感覺到這種意圖。山是我們人生中最最珍視的事物。

「我們每個週末都去登山，我感覺我們兩個都盡量落後其他人，我們才能邊走邊聊天。不過我愛上他的那天——算了，太蠢了。」

響示意她繼續說下去。

「嗯，我還記得我有一次忘記帶午餐，他是怎麼把他的飯糰給我。他說他包包裡有兩個，於是我就整個吃掉了。那肯定是我這輩子吃過最好吃的一顆飯糰。然後我注意到他沒吃他的飯糰。看見他的笑容，我才領悟他根本就只有帶一顆，而那顆飯糰被我吃掉了。他告訴我，看著我吃比他自己吃更讓令他滿足。就是這樣。我上了他的鉤，連釣魚線帶鉛墜都吞了下去。我知道聽起來肯定很怪，不過每次在咖啡店分送飯糰，感覺都是在紀念他。」

她停下來，挺直身子，接著繼續說下去。

「不過你爺爺是這樣的，他尊重我對登山的愛勝過任何他人加諸於我的社會期待。他說我們是一個團隊。我們真的就是。我們用他父母過世後留給他的遺產一起在鎮上開這家咖啡店。我們將咖啡店命名為埃佛勒斯，因為我們喜歡其中的雙關。我們的想法是，我們可以輪流出去爬山，一個人去的時候，另一個人就留下來經營咖啡店。這會是我們休息的地方。

「不過當你父親賢治誕生，情況隨之改變。我懷孕時就已經無法再像平常那麼活躍，而且，坦白說，我已經因為小賢治——也就是你父親——阻礙我人生中最大的愛好而埋怨他了。令人意外的是，你爺爺信守承諾，不僅沒要我待在家裡照顧賢治，他還給予我大多數我這年紀的女人都得奮力爭取才能享受的自由。唉，我們就在完美的幸福快樂之中度過好幾年。不過所有美好終究還是畫下了句點。」

綾子嘆氣。

響將一隻手放在桌上，但還不算探向綾子。她淚水盈眶。

「然後發生了谷川岳的事。」

「爺爺在山上過世嗎？」

綾子吸了吸鼻涕，點頭。

她將一直握在手中的棋子放回棋盅，凝視棋盤，沉浸於思緒中。然後她視線低垂，再次開口。

「那是你爺爺相隔許久以來的第一次長征，鼓勵他再次上山的人是我，他的幾位登山社朋友成功向贊助者募到足以支付攀登所有開銷的經費。我要他去，告訴他我可以獨力照顧你父親，輪到他出去享受了。但我不知道他永遠不會再回來。」

綾子看著棋盤，露出諷刺的笑。

「從那時起，我就展開了身為單親母親的人生。我那時放棄了登山，全心投入照料你的父親。我試著透過他的成功實現我自己的人生，也試著鼓勵他攝影。但他想跟隨他父親的腳步，而，嗯，我盡我所能阻止他靠近山。但那，嗯，你我都知道結果如何……我不知道……我對他太嚴厲了。一部分的我為必須獨力照顧這個孩子而忿忿不平——也因為被剝奪了親近山的自由。當他展現出對登山的巨大興趣，我嚇壞了，於是用盡全力阻止他。我知道我的最初反應通常都是發怒，我也稱不上最慈祥的母親。我現在知道了。那是我人生中最大的過錯。」

她抹掉臉頰上的淚珠。

響咬著嘴唇。「如果談這些事害妳傷心，奶奶，那不談也沒關係的。」

綾子搖頭。「不，我想告訴你我的故事。這很重要。」

她接著說。

「你父親自我了斷之後，我也想過隨他而去。我失去了我所愛的一切，我不懂自己到底做錯了什麼。感覺幾乎就像有某個東西在懲罰我——宇宙中的一股巨大力量——嘲弄著我。它從玩弄我、我的人生和我所愛之人中獲得樂趣。我所愛的所有事物都在我人生中的不同時期被搶走。我再也沒有存在的意義，就連每天早上起床都得奮力掙扎。我酗酒，跟人起衝突，失去求生意志，疏遠你和你母親。我幾乎就要迷失自我。」

「這些我都不知道。」響搖頭。「媽從來都不說。」

「啊，她也不知道完整故事。她忙著處理她自己的悲痛，她的工作，而且還要養育你。」

「所以，發生什麼事？」

「登山再次找到我。」綾子微笑。「我全心投入登山。我的體能回來了。我已經不在乎生命，因此愈來愈冒險。我把自己的身體逼到極限中的極限。我再也不在乎痛苦。我已經失去了一切。攀登岩壁或冰壁時，我魯莽而不顧後果。我會選擇最瘋狂的路線，沒人敢攀爬的那些。這似乎很值得。我的技能無可否認。我感覺宛如新生。我成為自己一直以來夢想的登山家，而我依然不在乎自己的生死。我想要一件事，而且就這麼一件事：登山。」

她停下來，看了看時鐘。

「差不多該去澡堂了。」

響一時反應不過來。「奶奶！拜託！把故事說完！」

綾子皺眉。「噯，好景不長。出於我的自私，我做了某件不可原諒的事。我決定要獨自登頂谷川岳——帶著一小把你父親的骨灰。我想帶著你父親的一小部分登上那座山，將他的骨灰灑在你爺爺的紀念牌旁。我執迷於這個想法，忽視安全守則，獨自在隆冬，也就是你爺爺的忌日前後獨自出發。我一心只想讓你父親的骨灰和你爺爺的亡魂重聚。他的屍體不曾被找到，而我一直擺脫不了他迷失而孤單，仍在山上遊蕩的這個想法。如果我成功，你父親就能跟他作伴了。

「我準備不周，但仍繼續下去，知道若我在半夜出發，我就有更多時間可以登頂後返回。我當時不知道那天沒有其他人會上山。如果我先查過，我就會聽見廣播報導風暴很快就要到來，而且，如果我告訴任何人我的計畫，他們也會阻止我上山。然而，我不計任何代價，一心想登頂。

「於是我悄悄出發，獨自走向山頂。不顧危險，我孤身一人在深夜走入黑暗。

「剛開始還好。我的步速很不錯，我的身體熬過了麻木感。我不停地走，打從骨子裡感覺自己撐得過這次攀登。無論身體遭受任何痛苦我都禁得住。太陽升起，我維持原本的速度——一切順利。我可以看見那塊岩石就在遠方，我知道那就是你爺爺的紀念牌所在之處，也感覺得到內心湧起一股興奮之情。我會完成這件事。

「我來到紀念牌前，將裝你父親骨灰的小甕牢牢塞進一個岩縫，然後對他們兩個祈禱，也對山祈禱。

「我轉身，注意到地平線上的黑暗風暴。我知道那意味著什麼，但被驕傲沖昏了頭。而且，我也已經放棄關心自己的生死。我本該在那個時候開始下山，但我決定不那麼做。頂峰就在眼前，而我想攻頂——只為我自己。我持續前進，直到忽然發現風暴轉眼已經到來。風以難以想像的高速鞭笞著，颳起冰冷的雪，掃在我身上。我整個早上都只能慢速前進，感覺就像走在糖蜜之中。腳下的冰爪好沉重，我千辛萬苦地緩緩一步一步走，幾乎根本沒有前進。」

響驚恐地用雙手捧著自己的臉。「妳為什麼要繼續走？」

「他們說那叫攻頂熱。」綾子笑道。「登山的人太執迷於登上山頂，無法自拔，沒辦法轉身放棄。」

「所以發生什麼事？」

「我又走了一小段，直到看清情況變得有多危險。當風強到把你吹倒，你會開始了解這不是在開玩笑。大自然遠比你所能想像強大多了。我開始感覺到我的身體在大自然的力量之前有多脆弱。我害怕了。你多半不會相信，但我在這個時候聽見你爺爺在我腦中對我說話。『回頭吧，小綾。』他似乎這麼說著。

「於是我真的回頭了。我領悟自己犯了一個錯、我的所作所為根本**就是**自殺。非但沒有令人愉快的喜樂，我只感覺到純粹的恐懼。內心深處，我是想活下去的。不過當我轉過身下山，嚴峻的情況打擊了我。我什麼也看不見。雪被強風颳起，化為濃密的白霧，不懷好意地包圍我，我迷失方向了。驚慌之中，我被一塊石頭絆倒，腳踝一陣刺骨的痛。我試著站起來，但令人難以忍受的疼痛蔓延我的整條腿和腳踝。我摔斷了我的腳踝。」

響的手機鈴聲響起，打斷了綾子的故事。來電者是他母親。

響站起來。「等我一下，奶奶。不好意思！」

他跑出起居室，而她聽見他匆促但和氣地對他母親說：「對，一切都好。但我現在在忙，不方便說話。」

綾子往後靠，眺望窗外的星星。要告訴這男孩什麼呢？這故事到底在說什麼？或許她該告訴他，那晚狂風吹襲，她是怎麼縮在遮蔽物之下，努力保持清醒，不讓自己失去意識——怕自己會在夜裡悄悄死去——跟其他遇難者一樣，化為另一具獻祭魔山的冰凍屍體。獨自待在山上的那整段時間裡，她都知道自己必須持續走動。她太了解那種危險了，但風暴迫使她停下來。

她的丈夫和兒子來到山壁這裡找她，要她繼續前進。活下去。而就是他們的鼓勵賦予她力量用爬的方式將自己拖下山。然而，她不曾對任何活人講述過這段經歷。她知道，若是她告訴別人她在山上看見鬼魂，他們只會當作那是她在危難之中看見的幻覺，但綾子知道他們是真的。她在山上看見的事物不只是幻覺。這段經歷對她別具意義——代表他們還在。她看見了他們，而他們要她別放棄。他們兩個都激勵她為自己的生命而奮鬥。

響回來了，表情侷促不安，而她繼續說。

「我長話短說，因為你已經知道故事的結局了——畢竟我人就在這裡對你說話，是吧？所以你知道我成功下山。不過在我心裡，有些事情歷歷在目。我記得我塞在遮蔽物下努力保持清醒的那時候。我記得風暴過去，忽然間，四周只剩下夜晚的靜寂。我記得眺望黑暗的夜空，也記得我萌生久違的一種感覺——**我想活下去**。發現自己如此靠近死亡，我忽然領悟我並沒有準備好離開這個世界。我在我生存的這個世界體驗了種種奇蹟。存在真是太神奇了。我們存在此處的可能性，我們這種物種存活於一顆星球的小片土地之上的可能性。我全心渴望著繼續前進——更加體驗我們稱之為存在的這件事。我漸漸明白生命的可貴。

「因此我跟我自己的身體對抗。我的身體要我躺下睡去，但我知道，如果我真的那麼做，我就永遠不會醒來了。於是我為自己設下微小的目標。我知道我必須下山，而這段路無比漫長。但我告訴自己，聽著，妳只需要用雙手和膝蓋撐起身子就好。就這樣，沒其他的了。於是我奮力撐起身子。不過一旦我做到，我又告訴自己，現在，爬到那顆石頭那裡。爬到石頭就好。妳可以的。於是我便一路爬過去。一旦爬到那顆石頭，我隨即四處張望找尋下一個目標。

「就這樣，我持續前進，在星光的靜寂之中往山下爬，在月光照耀下，一次邁進一小步，從不容許自己休息。我知道若我想活著回家，我就必須盡可能往山下走，不能妄想有人上來救我。隔天，太陽升起，情況變得更糟了。陽光炙烤著我，而我已經把水喝完，也拋棄了背包，沒有爐子可以融雪來喝。我的手套先前就不知跑哪去了，於是我的雙手暴露在低溫中。我的身體感覺有如火烤，但我知道這只是失溫的症狀。我奮力擊退剝掉衣服的內心衝動，很清楚若是我脫掉外套，我將必死無疑。我唯一需要的就只有盡速下山。我快沒時間了。我浪費的每一秒都帶著我更加靠近死亡。

「不過在爬行的同時，我也開始強烈感受到我有多口渴。我滿腦子只有水。想到我的處境有多諷刺，我忍不住像個瘋子一樣笑了起來——四周都是水，凍結為冰，但丁點也喝不了。我的舌頭又脹又乾地攤在嘴裡，耳裡只聽得見滴滴答答的水聲，腦中只想得到一池水的畫面。我想著自家庭院裡的池塘，在外面的那棵日本楓樹下，水流過一段竹子落入池塘。還有**滴**、**滴**、**滴**的水聲，漣漪從水滴落之處擴散開來。這些東西快把我逼瘋了。水。我們日常生活中視為理所當然的簡單事物，我卻一點也沒有。

「但我繼續前進。往下爬到山上的其中一座救難小屋時，我甚至變得比原本更加洩氣。裡面空空如也，空無一人。我停下來哭了一會兒，想著就這樣了，我要死了。我還有好長一段路要走，而我會乾渴而死。然而，過了二十分鐘，我領悟哭也無濟於事。於是我繼續前進，一點一點往前爬，下定決心非下山不可。非活下去不可。

「我差點就要放棄，但從沒真正放棄。就是這樣，我知道若我有幸安全回家，我的人生將截然不同。」

「發生什麼事？」

「我繼續走，不曾放棄。我爬到山腳下，被幾個高山救難人員找到，他們火速把我送去醫院。復原的那段日子很詭異。有些人好像為我而感到難為情，彷彿我失敗了。

「但我知道真相，響。我沒有失敗，完全沒有。我戰勝了！這是我此生永難忘懷的轉捩點。一次徹底的成功，一段我永遠不會為此感到羞愧的經歷。我從我的錯誤中學習，了解了生命有多神聖。」

她看了看時鐘。「該去洗澡。」

那晚，響無法成眠。

每次閉上眼，他就會不停想起綾子——孤零零在山上，抬頭仰望星空。他居然想過結束自己的生命，過去的想法如此自私，他現在覺得尷尬不已。他回憶起夏季時他在廣島愚蠢的河中「游泳」。現在回想起來，他覺得好丟臉。他絲毫沒想過若是他真那麼做——完全複製她兒子做過的事——她會作何感想。他真的太輕率了。

不過他從她的故事學到好多，而慢慢地，罪惡感和羞恥感消退，對奶奶的強烈敬意取而代之。她的人生比他艱難多了，而她堅持下去。她的經歷激發響的靈感。

隔天早上，他著手畫一批新作品，打算一月在潤和惠美的旅店展出。他偷偷地畫，因為擔心奶奶可能會說的話，所以沒拿給她看。

芙珞
：冬

芙珞拿著書，鑽進暖桌的更深處，努力保持溫暖。她一手耙過頭髮，被那油膩的觸感嚇了一跳。她這段時間以來都沒有洗澡。

莉莉在兩週前失蹤。事情發生得好快；芙珞從咖啡店回來，立即注意到公寓裡怎麼那麼冷。她跟平常一樣沒關窗子——考量冬天已然到來，這多半算是愚蠢之舉。但她喜歡開著窗，好讓莉莉能夠自由進出。莉莉不太會出去外面閒晃，但她喜歡坐在外面的陽臺看世界流轉。

因此，當芙珞喊莉莉吃晚餐，而貓兒沒出現時，她驚慌了起來。莉莉不在公寓裡，就連芙珞到外面呼喊，她也沒有進來。

從那時起，芙珞就沒有離開過公寓一步，因為害怕莉莉回來時她不在。她冷落她的手機和電腦。只是一再重讀她那本翻爛的《水之聲》，一邊草草在空白處或手邊的筆記本寫下筆記。她手上這本《水之聲》幾乎就要四分五裂——書背折到快爆開、到處畫線、書頁折角，還貼了充當書籤的各色便利貼標籤。芙珞早就遺忘自己的顏色標記系統。這似乎再也不重要了。她只專注於文字本身，每天都希望能花更多時間和綾子、響共度。別的不說，在那個世界，她至少還有些掌控的力量。

屋外天氣悲慘，屋內感覺也沒有好多少。

芙珞打開電腦，為莉莉做了一張協尋走失貓咪的海報。她打算去附近的便利商店列印，拿到附近張貼。她還能怎麼辦？想到天氣這麼冷，莉莉在外面流浪，她就覺得無比心煩意亂。沒錯，她和有紀當初收養莉莉的時候，她就是隻街貓。芙珞清楚記得發現她時的情景——可愛的白色長毛小貓，只在胸前有一塊黑，綠色的眼睛，毛茸茸的大尾巴。她們出去散步時，發現她在寒天中的小巷裡哭。但要是她在跟芙珞一起生活的這段時間忘記了如何生存，那該怎麼辦？要是她在外面餓了、害怕了，或受傷了，那又該怎麼辦？

她**非**找到她不可。

就在她打開筆電的時候，手機響起，是京子打來的。她讓鈴聲響，沒接起來，她在過去兩週以來已經這麼做過許多次。電子郵件收件匣裡當然堆積如山，手機裡的訊息也一樣。不過芙珞一概忽略。

鈴聲停止，幾秒後，京子傳了訊息過來。

接電話。立刻。不然我直接殺去妳家。

芙珞的胃一扭。她不想跟任何人說話。她不想應付真正的人類。她只想跟響或綾子待在一起，不然就是希望莉莉回家。
京子又打來。這一次，芙珞的手懸在拒接的按鈕上，好不容易才接了起來。
「妳好？」
「芙珞，妳還好嗎？」
「當然啊，我很好。」就連芙珞自己也聽得出自己說話時有多像機器人。「怎麼了？」
「怎……怎麼了？」京子聽起來很惱怒。「妳兩週以來都不接電話、不回信，這就是怎麼了——到底發生什麼事？我好擔心妳耶。妳沒事吧？」
芙珞緊繃起來。牆愈來愈高聳。她還來不及回答（**我沒事，只是忙著翻譯**），京子已經繼續說了下去。「別跟我說妳沒事或是妳在忙。芙珞……」
芙珞閉上眼。再開口時，她的聲音有點發顫。
「莉莉跑掉了。」她低聲說。
「跑掉了？」
「對。」
「噢，芙珞，我好遺憾……我……但妳為什麼不告訴我們？我們可以來幫妳找她啊。需要我和誠今天下班後過去妳那裡嗎？」

芙珞深深吐息。「不只是這樣，京子。」

「出了什麼事，芙珞？」

芙珞堅強起來，努力將心中想法翻譯為話語，總結她過去這年來發生的每一件事——用一句話說完。她可以在腦中列出發生的每一件事：失去有紀，失去莉莉，失去綾子，失去響，還有，當然了，永遠找不到西比奇。但她要如何翻譯那些在她腦海、心裡流動的感覺？如何翻譯那些無法翻譯的感覺？她要如何將這種痛苦轉化為其他人能夠了解、同理的話語？這有可能做到嗎？

「京子……」芙珞開口。

「對？」

「聽我說……」芙珞盡她所能掙扎著，但她把牆築得太高了。「我沒事，真的。」

「哈！」京子差點沒挫折得尖叫出來。

「怎麼了？」

「妳什麼事都悶在心裡。」京子嘆氣。「讓人覺得好累。」

讓人好累。又來了。

「但我可以改變。」芙珞淚水盈眶。

「人是不會變的。」京子聽起來很疲倦。「人的行動定義了他們。」

芙珞聽見電話背景傳來辦公室的聲音。

她努力抵抗喉嚨中愈演愈烈的疼痛感。肯定有一個詞彙能夠完美涵蓋她感受到的一切——要是能找到就好了。

「我要掛了，芙珞。」京子說。「莉莉的事我很遺憾，但我現在好忙。如果妳需要我，我就在這裡。不過我不確定妳是否需要。再見了，芙珞。」

「京子，我……」

不過京子已經掛斷了。

芙珞難過地埋進被子裡哭泣，一直哭到睡著，然後在黑暗中醒來。

讓人好累。芙珞，她自己，也覺得好累。她當然累。

不過京子說的其他話在她腦中迴盪。

人是不會變的。**人的行動定義了他們**。

她可以做點什麼。對於莉莉，她可以做點什麼，立刻就做。

她回到筆電前，決心要做一張協尋莉莉的海報。首先，需要一張好照片——她記得她最近曾寄一張給小川，檔案應該在信箱的某個角落。就在她打開信箱時，她看見了，就位於收件匣的最頂端、大批來自其他人的信件之上；所有信件中就屬葛蘭的來信最令人心煩，他的主旨是有進展嗎？

不過因為信件主旨的關係，她點開了最近的這封信：

寄件人：亨瑞·歐洛夫森（Henrik Olafson）

收件人：芙珞當·索普 flotranslates@gmail.com

主旨：我認識西比奇

芙珞妳好，

我在尾道看見一張上面附 QR code 的詭異傳單——我現在就住在尾道。妳多半可以從我的名字（亨瑞·歐洛夫森）看出我既不是西比奇，也不是日本人。不過我確實跟「西比奇」很熟，我們相當親近。請問妳找他有什麼事呢？妳為什麼想聯絡他？跟他的小說《水之聲》有關嗎？

我想那隻獨眼貓應該是柯川吧。

來自尾道的問候，

亨瑞

芙珞無法呼吸。是惡作劇嗎？詐騙？為什麼會有一個名字看起來像來自北歐的人在尾道生活？而且還寫了一封關於一名日本作家的電子郵件給她？會是哪個觀光客在鬧她嗎？她匆匆回信，解釋情況，懇求亨瑞盡快安排讓她和西比奇聯絡。她在信中附上一份文件檔，其中包含她翻譯的春、夏與秋季篇章。

接下來，她繼續在黑暗中製作莉莉的走失海報，忍不住每隔幾分鐘就刷新收件匣。

最後，回信終於來了。

芙珞在新幹線的座位安頓好，拿出筆電、筆記本，然後照例，還有那本翻爛的書。火車離站，平順地疾馳，將東京遠遠拋在後方。她拿出筆，動手寫下最後一個篇章的翻譯粗稿，一面啜飲她在月臺販賣機買的熱咖啡。在筆記本中實際寫下翻譯粗稿後，她會再用筆電稍加編輯，打字成電子檔。

她離開公寓的時候正在下雪，這會兒凝望車窗外，可以看見雪花漫天飛舞，緩緩朝沒入周遭迷霧的白色大地飄落。她看著面前的托盤桌、筆電和筆記本。是時候完成《水之聲》的最後篇章了——冬季。

秋季以來，芙珞一直在與最後這個篇章搏鬥；編輯詢問她是否取得作者和出版社授權了，她都靈巧閃躲。她用模稜兩可的回答拖延：她還在努力聯繫、她有好幾個很有希望的線索，諸如此類。為了安撫他，她先把已完成的三個篇章交給他了，現在則是拖延冬季篇章，用天方夜譚的策略一點一點寄給他，剛開始還有點用，不過慢慢失去魔力了。**我好喜歡噢，芙珞。不過妳取得授權了嗎？如果沒有，我們實在無計可施**。她沒回最新一封信。

一想到她有可能只是在為自己而翻譯這本書，她就很難維持繼續下去的動力。但這讓她有事做，保持忙碌，而且——最重要的——她單純很享受這個過程。只剩下最後幾頁要翻譯了，她肯定很快就會完成。即將結束這項工作令她緊張不安。生命中不再有響和綾子，她該怎麼辦？在筆記本中寫下書中的最後一個句子，然後輸入筆電，她內心充斥強烈的恐懼感。就這樣？她做完了嗎？接下來呢？

她暫時凝望窗外的冬季大地，不確定該作何感想。有一部分的她想哭，另外一個部分的她則是想笑。

她拿出手機，看見京子傳來的訊息。

對不起，芙珞。我們上次通電話時我對妳太嚴厲了。有一部分是因為工作上的壓力啦。總之我很抱歉，我不應該拿妳出氣。

芙珞敲下回應。

沒關係的。妳說得對，我最近太封閉了。

她遲疑片刻，但繼續打字：

我今年經歷了一次慘烈的分手。我們最近找時間一起喝個咖啡好嗎？我什麼都告訴妳——我保證。對不起，京子。妳是個很好的朋友，我不想失去妳。請不要放棄我。我會改的，我保證。

按下送出鍵時，她淚水盈眶。自從莉莉失蹤，最近好像什麼雞毛蒜皮的事都會害她落淚。她緊張地輕敲車窗，想起綾子去廣島派出所接嚮的路上也有相同的神經質動作。距離她要換車的福山還有一段距離。她再次閱讀昨晚亨瑞寄來的信件。

寄件人：亨瑞．歐洛夫森（Henrik Olafson）
收件人：芙珞．當索普 flotranslates@gmail.com

主旨：Re: Re: 我認識西比奇

芙珞妳好，

感謝回信。我跟西比奇談過了，他對於把自己的小說翻譯為英文還是覺得不太自在，不過我說服他跟妳見面討論了。就當作妳我之間的小祕密吧，我認為他有點難為情，覺得這本書是失敗之作。他無法理解，若是這本書在日本沒人讀，為何還會有人想把它翻譯為英文。不過我自己讀過妳的一些譯稿，我覺得妳翻譯得超讚。妳可以來我們位於尾道的家嗎？我不確定我們能否說服他，但我覺得讓他見見妳應該會有些幫助。他年紀大了，有點固執。

我無法做出任何保證，但還是要請妳告訴我妳願不願意來一趟。無論他最後決定授權還是不授權，我都很期待能和妳見面。

亨瑞　敬上

她的手指冒汗，變得無比溼黏，上下捲動郵件、仔細閱讀每一行時，在手機螢幕留下一個個指印。

火車正經過大阪。前面還有好一段路。

她必須找點事情來做。她還是想看看自己能否查清楚西比奇的身分——網路上會不會有他跟亨瑞的合照呢。會不會亨瑞自己就是西比奇？有可能嗎？

她用手機搜尋亨瑞．歐洛夫森這個名字，說不定真能查到什麼蛛絲馬跡。第一個搜尋結果是一只書架的維基頁面。

「己」書架

己

設計者	谷川健太郎
時　間	一九九〇年
販售者	MUKU 工房

設本設計師谷川健太郎於一九九〇年與產品經理亨瑞．歐洛夫森[2]聯手設計。

書架的照片看起來令人不安地眼熟。她凝視片刻，放大照片。層板的形狀——像是水平翻轉的「S」，幾乎就像一條滑溜的蛇。

想通的那一刻，她差點沒失手摔了手機。是小川上網幫她買的那款書架，這會兒就立在她的公寓裡，而且自從秋天起就在她家中了。書架送到時，芙珞還親手開箱、組裝。她曾為其獨特設計以及優美的形狀而驚嘆不已。書架本身經過精心設計，每個地方都恰到好處，因此能以扁平盒裝組裝家具的型態輕鬆運送。她當時立即就將四處氾濫的一落落書本上架，然後就將這件事拋諸腦後。

那個形狀。她先前在其他地方看過。她拿起手上的《水之聲》，細看書背上的千光社標誌。

己enkosha

她的目光從其中的漢字掃向書架的照片，然後又回到書背。漢字和書架——形狀一模一樣！

她盡她所能快速讀完維基頁面的所有資料：顯然這個書架在全世界大受歡迎。截至二〇一三年，全世界產量已達三千萬，年銷量則是大約一百五十萬。

芙珞停止閱讀。她的心臟撲騰。她拉到剛剛在頁面頂端看見日文名字的地方。「谷川健太郎」——這裡有連結，有自己的維基頁面。姓氏的部分也很眼熟——相當常見，不過《水之聲》裡有個相同姓氏的角色——漫畫家谷川朔太郎，圍棋漫畫的作者。芙珞點擊連結，頁面載入。

當她看見谷川健太郎的出生地就在尾道，她忍不住大聲地倒抽一口氣。火車上的其他乘客轉過頭來瞪她，但她已經顧不了那麼多了。

西比奇和谷川健太郎——**肯定**就是他。書背上的出版社商標是一只書架！並不是漢字「己」！網路上沒有谷川健太郎的照片，資料也相當貧瘠，不過接下來的這個小時中，她狼吞虎嚥地閱讀她所能找到的一切資訊。

谷川健太郎，一九五〇年生於尾道，沒有列出死亡時間。就讀尾道北高等學校，在六〇年代晚期遷居東京就讀藝術學校。谷川在七〇年代早期離開日本，旅居國外二十年，在一家舉世聞名的北歐家具製造商工作；這家製造商主要出產木製家具，而谷川是第一個在其中工作的日本設計師。他和產品經理亨瑞．歐洛夫森建立起密切的關係，兩人合作設計出己書架，並一起執行相關生產工作。維基頁面引用二〇〇五年一次採訪的內容，谷川表示他的構想來自「己」這個漢字，也就是代名詞「你」的古字。己書架的設計模仿了「己」的字形，以及這個漢字的概念——能夠符合「你」，以及你身為讀者的需求。書架本身可單獨使用，也可與其他己組件以多種方式組合使用，構成更大的書架。「一切以你，讀者，為樞紐。」文章中引用他的說法。

不過維基頁面看不出谷川後來發生什麼事，也沒有提及《水之聲》。最近期的文章提及他仍經常去日本各地的設計學院擔任客座講師，還說他定居尾道。

芙珞一邊讀，腦袋一邊嗡嗡運轉。谷川健太郎就是西比奇——她終於找到一個名字了。

她現在如此接近。

她閉上眼。前方還有幾站。

抵達尾道車站後，芙珞立即朝亨瑞給她的地址走去。

冬季的小鎮展現出與秋季時截然不同的美：柔軟白雪覆蓋巷道，在她腳下嘎吱作響。她沿通往山頂的小徑漫步，一時興起決定要先繞去貓之細道看看。莉莉失蹤之後，她一直滿心憂慮。莉莉會不會被車撞了？她找到新家了嗎？還是說，東京的街貓為數眾多，她只是變成其中一分子，找尋著自己的幸福貓生。

不知道她發生什麼事——這是最令芙珞憂心之處。還有另一個想法不時在她腦中打轉——要是莉莉在她出門在外時回到公寓去，那該怎麼辦？要是莉莉只是迷路，最後終於找到路回家，那該怎麼辦？

好多未獲解答的問題。

芙珞蹲下撫摸一隻在吃鮪魚罐頭的虎斑貓。這些可憐的流浪動物——只能待在天寒地凍的戶外，沒人來照顧牠們。這些事她都無能為力。她可以掌控她的翻譯作品——她一個字一個字放上紙張的那些文字；要是她對人生也一樣有些掌控力，那該多好啊。

就在這個時候，她抬起頭，然後看見了牠。

一隻老黑貓。獨眼，毛色有點轉灰，胸口一小簇白毛。

不會吧？

牠蹲在牆上，對著她緩緩眨眼。她也跟著眨眼，心臟怦怦跳。

柯川。

牠笨拙地從牆上一躍而下，而她保持一段距離，跟著牠穿過狹窄的巷道。牠偶爾會停下來，回過頭用那隻綠眼看著她，看似稍等了一會兒，然後才繼續前進。芙珞跟了一段時間，最後他們在一扇鑲在牆上的門前停下腳步。她看著寫有住戶姓氏的門牌：

谷川。

柯川坐在路上看著她，獨眼緩緩眨呀眨。她拿出手機查看地址，確認一下。就是這裡。

她做到了。她找到西比奇了。

柯川看著牆，然後又凝視她。然而，芙珞並沒有打開門走進去，反倒只是站在那兒，她彷彿原地凍結，運動鞋內的腳趾漸漸麻木。

妳到底要不要進去啊？柯川彷彿這麼問著。

不過柯川看不見此時掃過她腦海的一百萬道思緒。這些想法令她無法承受，眼看就要把她吸下去、溺死她。她只是一名譯者。她之所以成為譯者，就是因為不想被看見，不想成為注目焦點——不想應付真正的人和真正的情緒。她這一生都躲在虛構的角色後面，把他們當成她的朋友。他們總是陪在她身邊，永遠不會讓她失望。她要怎麼說服這個男人讓她翻譯、出版他的書？要是他拒絕呢？要是他因為她沒獲得授權就已經開始翻譯而覺得受冒犯呢？要是他要她滾出他家呢？她以前從來就無需面對活生生的作者——西谷二甚至早在她讀到他的作品前就已經過世。全靠純粹的運氣，她才獲得他兒子授權，讓她翻譯他的科幻選集。她以前不曾有必要以譯者的身分談判、推銷自我。

現在溜走要輕鬆多了。逃避所有可能的衝突，就此消失。

貓還在看她。柯川打呵欠，跳上牆頭。牠停頓，從高處俯視她。**妳做不到嗎？就這一次？很簡單的**。

「我做不到。」一直到她放聲說出來，她才領悟這句話有多真實。她搖頭，但這想法還在。「我害怕。」她低聲說道。

柯川別過頭，跳走。她聽見牆的另一邊傳來貓腳掌輕輕落在鬆雪上的輕柔聲響。現在只剩芙珞了，獨自站在西比奇家外面打顫。

她是如此接近真正達成某件事，但她忽然無法承受再次遭逢失敗的這個想法。**要是他不想把《水之聲》翻譯成英文出版呢？要是妳到目前為止的所有努力都徒勞無功呢？**

她試著邁步走向門，但感覺就像她正走過糖蜜。她緩慢艱辛地一步一步前進，運動鞋感覺好沉重。她一點也沒前進。

要是妳在重蹈妳對有紀的覆轍？逼別人做他們並不想做的事？

她試著抬起手臂，但感覺得到自己的這副軀體在大自然的力量之下有多脆弱。

妳讓人覺得很累。妳是個失敗品。懦夫。

她用力嚥了口口水，一隻手握住門把，顫抖的手指摸索著。微小的目標——這她做得到。就像山上的綾子：一次一件事。她用力壓下門把，發出生鏽的嘎吱聲響。下一個微小目標：身體頂著沉重的門，用盡全力推。陳年合葉吱吱嘎嘎醒來。

妳可以的，綾子的聲音在她腦中說，**妳可以**。

水之聲——冬

Sound of Water
Winter

十二

冬季籠罩小鎮，冰冷而孤寂。

緩慢逝去的秋帶來爆發的色彩，不過現在都消失、退去，徒留蕭瑟的陰鬱。綾子家庭院中的日本楓樹只剩下光禿禿的樹枝，錦鯉也都撈到其他地方安置了。

然而，最為嚴峻的還是籠罩綾子家中的寒意。

這一次，冰冷的感覺來自響，而非綾子。

事情發生得很突然。步美傳來密碼般的訊息後，響和她約見面。他來到山貓，這時她正在準備打烊。就是在這一天，響開始察覺奶奶緊迫盯人的存在正操弄著他的人生。

響來到咖啡店後，步美顯得有些緊張，而他隨即意識到即將發生什麼事。

「我只是覺得，我們在你考完試之前應該暫時不要見面比較好。」步美說。

「為什麼？」

「因為，」她咬著嘴唇，「你必須專心念書。」

「我**很**專心念書啊。」

「我知道，但是……」她嘆氣，眺望大海，看著地平線上某個響看不出是哪裡的點。「我不想害你分心，或是害你忽略你現在人生中重要的事。」

「妳沒有害我分心，步美。」響盡他所能壓抑聲音中的顫抖。「妳在幫我。」

「我答應你，」她垂眼續道，「我們會一起去某個地方單日小旅行，不過必須等到你考完試，好嗎？」

「好。」

「你想去哪裡都可以，只要跟我說就好。」她陽光地接著說，「我可以跟朋友借車。」

「好吧。」響說。

他們兩個的微笑都有些勉強。

響有好多事想說、想問。他們甚至還稱不上真正在交往，只是常待在彼此身邊。一直以來，最鼓勵他關注畫畫而非課業的就是步美。他不懂。

如果一切就像那樣結束，那也不會有事。當然了，接下來幾個月不能跟步美在一起，響覺得非常傷心。他已經習慣兩個人常常聊天、互相陪伴。每次去跟她見面的路上，他都懷抱著一股火箭般的興奮感，心臟跳得比較快，手掌也會冒汗。不過，奇怪的是，等到兩個人真正見面，開始歡笑、談天說地，所有的緊張興奮感立刻煙消雲散。他已經習慣生命中這個重要的部分。這成了他日常的一部分，一旦不再繼續，他的每日活動便多了一塊空洞的空虛。

他也害怕自己是不是做錯了什麼——搞砸了他跟步美之間的關係、她再也不喜歡他了。慢慢地，隨著日子一天天過去，他重新全心投入課業，盡他所能遺忘曾發生的事。只要考試結束，一切都會恢復正常。很快就結束了，然後他就能放鬆，和步美一起出去玩。

一切都會恢復正常。

嗯，要不是奶奶犯錯，他們應該不會有事的。

一天晚上，他正在畫一幀他打算拿去參加比賽的四格漫畫。他對這個作品很滿意，但還是焦躁不安。綾子注意到他的情況，便要他幫忙打掃家裡。響乖乖執行他接到的任務，掃玄關、把垃圾拿到屋外。然而，就在處理垃圾的時候，他看見了某個讓他的心臟從胸腔跳到喉嚨的東西。

在奶奶房間的廢紙簍底部，有一張揉成一團的山貓咖啡菜單。

他就是這樣知道的。

響維持這種心照不宣的新狀態。他看不出拿已經發生的事質問步美有什麼用——只會讓她更不自在。但現在清楚知道奶奶干預了他的私事，他也覺得沒辦法再和奶奶待在一起。她這次做得太過分了。她干涉了，而他無法再信任她。他甚至覺得沒辦法跟一個有可能如此虛假、滿腹陰謀的人共處一室。他受夠她了。

綾子察覺男孩有什麼不對。前一天他還完全正常，隔天就天翻地覆了。他沒精打采，鬱鬱寡歡，只用單音節回答她的問題。他不再參與咖啡店休息後的散步，也抗拒跟她下圍棋。他只是獨自在街上遊蕩，等到他終於回家，他又跟他剛來尾道時一樣，只待在自己房間裡，一面用個人音響聽音樂一面畫畫。那女孩肯定對他說了什麼。她肯定洩漏了綾子去咖啡店找她的事。肯定如此。她什麼都告訴他了。嗯，這只是更加證實這女孩沒安好心。假如她無法做正確的事、閉口不提她們曾私下談過，那她顯然不值得信任。

不過男孩的反應令她苦惱。

被突然排除在他的生活之外，她覺得心煩意亂。

有種詭異的感覺漸漸蔓延，是什麼呢？

寂寞？

●○

「你今晚是怎麼了？」

「沒。」

「那為什麼一臉像嚼了黃蜂的鬥牛犬？」

「不舒服。」

「生病嗎？」

「沒。」

「發燒嗎？」

「沒。」

「怎麼了啦？」

「可以請妳別煩我嗎？我在畫畫。」

「隨便你。」

●○●

「明天一起去散步吧？柯川想念你。」

「不想去。」

「你是中了什麼邪？」

「沒有。我只是想專心念書，這不就是妳要的嗎？」

「當然，但你也知道……英語有這麼一句諺語：**只顧工作沒有玩樂**。」

「我在畫一幀連環漫畫。」

「我可以看看嗎？」

「還沒畫完。」

「不能讓我看看現在畫的就好嗎？」

「畫完前不想給人看。」

「我懂了……你想再聽我說我登山的故事嗎？」

「改天吧。我現在有點忙。」

「隨便你。」

「響？」

「嗯？」

「把上次那盤棋下完怎麼樣？」

「沒興致。」

「但我想清掉棋盤了。現在這樣好占桌面空間。」

「那就清掉。」

「但還沒下完。」

「就當妳贏了吧。」

「但是……現在看，感覺像你快贏了。」

「我相信最後一定是妳贏。」

「響。」

「幹嘛？」

「拜託。」

「我不想下棋。」

「拜託，把這盤棋下完吧。」

「我再也不想跟妳下棋了，奶奶。我受夠了。」

淚水一滑落臉頰，綾子立即伸手抹去。她站在兒子的舊房間門口，凝視房內背對著她的孫子。她猛力搖頭。這些狗屁倒灶的事令她沮喪。真意外啊。是什麼造成這樣百感交集的心情？懊悔的感覺油然而生，在她心中嬉鬧著，讓她夜不成眠，煩惱著男孩是否會原諒她。她的防禦發出了什麼問題？她曾說過絕對不會讓任何人突破的啊。她好久沒有這種感覺了。男孩聽不進她說的話——他的牆築得太高了。於是，綾子知道該怎麼做最好。

隔天，她再次來到山貓咖啡。

這次她把步美叫到外面跟她談話。她注意到女孩一瞥見她，原本快樂的表情立刻垮了下來。被人害怕的感覺很好。

綾子對她發動攻擊。

「我不知道妳對響說了什麼，不過我希望妳滿意了。」

步美遲疑了一下。「不好意思，請問妳在說什麼？」

「他在生我的氣，這代表妳肯定把我們的談話內容告訴他了。妳就是非得長舌，是吧？非這樣不可！」

「不好意思，田端女士，但是我沒跟他提起我們的談話內容。」女孩和緩地說。「我發誓，我絕不會那麼做。」

綾子轉身，細看女孩的臉。

她錯估形勢了嗎？

「妳肯定對他說了什麼關於我的事。」綾子堅持道。

「我發誓，我沒有。」步美搖頭。「我照妳告訴我的對他說了——說我希望他專心念書。我說等他考完我們就能見面。我答應他，會帶他出去玩一天當作慶祝。」

綾子細細審視女孩的表情。

看似真誠。看似真實。

「那他為什麼不跟我說話了？」綾子的聲音不穩。「妳做了什麼？」

「我可以告訴他，跟妳一點關係也沒有？」步美好心地提議。「說真的，田端女士，我不想造成困擾，對妳和對他都不想。」

「蠢女孩。」綾子搖頭。「妳做了什麼？」

有如發生地震一樣，她的表情慢慢出現裂痕，嘴脣也在顫抖。

「我做了什麼？」

經過一陣漫長的掙扎，她那深鎖的眉頭終於鬆動了。

步美回店裡拿了一杯水和一盒面紙出來給她，並在綾子擤鼻涕的時候輕拍她的背。

「對不起。」綾子說。「對不起。」

看見步美用 LINE 傳來的訊息時，響無比訝異。他原本坐在房間的矮桌旁懶懶地撫摸柯川，一邊為那幅他打算拿去參加比賽的四格漫畫加上最後幾筆。這時手機一閃，顯示有訊息，打斷了他的專注。看見「步美」這兩個字，他立即點開通知。

嘿，我要在星期六早上的音樂會演奏箏和三味線，想邀請你來。你有空嗎？

他抓抓頭。音樂會？她是樂手？而且，他們在他考試結束前不是不該交談，也不該見面嗎？他寫了好幾則訊息詢問更多資訊，但又一一刪除，一個也沒送出。太多問題在他腦海打轉。最後他終於決定這樣寫：

當然有！

然後按下送出。步美立即回覆。

太棒了。我們可以一起搭火車去。早上九點火車站見？

響回覆：

好！

然後又收到步美的訊息。

噢，請帶上你奶奶！這很重要喔，沒帶她就不准你來。

響把手機螢幕朝下放在矮桌上。

奶奶？為什麼？一定要嗎？他不想跟奶奶一起去。

這天晚上接下來的時間，他都在檢查他的參賽作品，最後放進信封密封起來。終於完成了。

他打算隔天寄出。

隔天早上，綾子聽見男孩在他房裡下床。

早餐變成一件沉默的事。綾子已經放棄交談，因此他們通常就只是坐在那兒窸窸窣窣吃飯、喝味噌湯。男孩甚至開始偶爾不吃早餐直接出門。她想他應該是在去補習班途中的便利商店隨便買顆飯糰吧，然後她也確實找到飯糰的包裝紙——好傷人。在她告訴他做飯糰送給別人對她而言有多意義重大之後，他這舉動感覺就像幾乎蓄意的譏諷。她為此心情大受影響。幫他準備的味噌湯只能倒掉，她覺得傷心欲絕。而且她也煮太多飯，最後只能用保鮮膜包起來放進冰箱。她早上甚至也不幫他烤魚了，因為不確定響到底會不會吃。

不過，那天看見他在家裡吃早餐，她覺得很開心。

他們咀嚼食物，而綾子看得出男孩有心事。響最後終於開了口。

「妳多半很忙，」他說道，「也多半沒興趣，不過……」

「什麼？」

響嘆了口氣。「我朋友這週六要在西條演奏傳統音樂。她邀請我們兩個一起去聽。我說我會問問看妳去不去，不過妳多半很忙吧。」

「這週六？」綾子假裝訝異。她將臉頰靠在拿筷子的那隻手上，看似在思考。

「噢，對，我有空。」

「妳有空？」

「對啊，我可以去。」

「那咖啡店怎麼辦？」

「噢，那天休息就好，不然也可以請潤和惠美幫忙顧店。」

「真的嗎？」響藏不住滿臉失望之情。「不用覺得非去不可之類的喔。」

「不會啊。」綾子繼續吃飯。「我想去。」

「好吧。」響簡短地說。「我會跟她說一聲。」

綾子把早餐的碗盤拿去水槽洗。

「晚點見。」響說。

「一切順利喔。」綾子回道。

她微笑。那女孩的計畫或許真會成功。

那個冷颼颼的早晨，綾子穿和服，響則是一身西裝。

他們並肩走去火車站。響穿著他的正式黑西裝和領帶，還有他來到尾道後就沒穿過的俐落白襯衫，笨拙地一步一步慢慢走。他雙手插口袋，很確定綾子一定會叫他把手拿出來，但她反倒只是勾著他的手臂，靠著他一起走。響沒看過她穿這套白色和服，並為其亮眼而驚詫。她搭配了一條黑色腰帶。腰帶和和服有一種彼此相襯的幽微設計：小雪花有如受強風吹拂，飄散在布料上。

來到火車站時，步美在那裡等著他們。

她一手拿著三味線的琴盒，後背包掛在另一邊肩膀上，身上也穿著美麗的和服，款式比綾子現代、繽紛——淡藍色，花朵圖案點綴邊緣——不過非常適合她。

看見她的穿著打扮，響藏不住滿臉驚訝。

綾子和步美對著對方微笑，深深鞠躬並禮貌地打招呼。

「很高興見到妳。」步美說道。

「我也很高興見到妳。」綾子回道。

「請多多指教。」她們異口同聲對對方說。

響不笨。他感覺得出這種互動有點牽強、虛假。她們沒向對方自我介紹。有什麼不對，但他現在無暇關注。他沉醉於再次見到步美的快樂之中。

「響！不要那麼失禮！」綾子厲聲說道。「幫她拿她的背包和琴袋！」

等車的時候，狸貓，也就是小野站長過來聊天。他主要都在稱讚兩位女性有多美，間或看著響搖頭。

「你穿這身西裝還真瀟灑啊。」他微笑時嘴角都要拉到耳朵邊了。「嗯？」

狸貓自顧自咯咯笑，彷彿想到什麼好笑的笑話。

「就像他們說的，**捧在雙手中的鮮花**，嗯？」他用手肘頂響的肋間，眉毛上下抖動。

「其中一朵花比其他花新鮮多了。」綾子愉快地說。

「不要對年輕小姐太嚴苛。」狸貓開著玩笑。「不可能大家都跟妳一樣年輕、容光煥發吧，綾子。我要小心一點才是，佐藤有可能會吃醋。」

綾子玩鬧地打了狸貓的手臂一下，步美則掩著嘴笑。

他們三個人一起搭火車到西條。

綾子和步美在火車上天南地北地聊天——聊她們在尾道最喜歡的餐廳。她們兩個都說自己喜歡一家泰式餐廳，位在尾道城隔壁的美景飯店內。響說他沒去過，她們居然斥責他，彷彿他犯了什麼人生大錯。路途中，她們大多都在跟彼此聊天，輪到對響說話時總是在取笑他，換上一種溫暖但也微微惱人的嘲弄口吻。有時，步美看著響，用手掩住嘴，壓低音量對綾子咬耳朵，然後她們竊竊私語，還咯咯傻笑。響不理她們，只是逕自凝望窗外。

音樂會的場地是一個相當寬敞的禮堂。

印製的節目表列出所有演奏曲目；綾子和響在他們的座位坐下，等待演出開始。響仔細看節目表，記下步美有參與的每一個曲目。

音樂會有點拖沓。表演曲目太多了，演奏者也良莠不齊。他們坐了好久，綾子從頭到尾文風不動，響則不時不舒服地動來動去。綾子發現，只要步美登臺，響就會往前靠，就算是三味線合奏的時候也一樣；他會從放鬆的癱坐變成只坐椅子的前三分之一，緊盯著舞臺，彷彿就連最微小的細節也不想錯過。綾子看見之後暗自發笑。

接近演奏會的尾聲時，步美獨自登臺，接下來是她的箏獨奏。她緩緩走過木地板，對觀眾鞠躬，然後來到舞臺中央。她在一張坐墊就坐，雙手整齊地放在和服下。她在樂器前以傳統的方式正坐，閉上眼集中注意力，接著纖細的手指開始彈撥琴弦，打破了禮堂內的凝神寂靜。

響看著她彈奏，如痴如醉；音樂在禮堂裡迴盪，而他迷失其中。他屏住呼吸，擔心要是他不小心發出聲音，她以音樂施展的魔咒就被他打破了。綾子偷偷觀察男孩的表情。顯而易見，他戀愛了。不過她現在明白了。男孩的心思就在眼前。

她愈想愈覺得合情合理。

綾子現在覺得自己當初插手干預真是蠢到極點，但她那麼做是出於愛。多年前，她也對響的父親和母親做了一模一樣的事。太奇怪了，她居然沒發現自己在重蹈覆轍。不過這次將有所不同。她沒必要推開響。她不能再繼續當個控制狂。那是她所有問題的根源。她需要放手。

她現在知道了，毫無疑問。共鳴在他們周遭脈動，而她可以在其中聽見箏的聲音。

演出結束後，步美褪下和服，換上牛仔褲和T恤。

音樂會延續許久，觀眾在中途就拿到午餐盒。他們搭上車程一小時的火車一起回尾道，在傍晚大約五點抵達，兩個年輕人尷尬地站在那兒，不確定該做什麼、說什麼。響和步美害羞地看著對方，綾子則是在一旁看戲，享受著青春的笨拙。

「那，」綾子終於打破沉默，「步美，恭喜妳今天演奏會成功。」

「謝謝你們來捧場。」步美對祖孫倆鞠躬。

響手足無措，臉色愈加漲紅。

「步美，」綾子面對步美，「妳要不要跟我們一起吃晚餐？」

「晚餐？」響震驚地問，「什麼？」

綾子嚴厲地瞪了響一眼。「我在對步美說話，不是對你。」她搖了搖頭，回過頭看著步美。「妳覺得怎麼樣？」

「好啊。」步美微笑鞠躬。「妳不覺得我打擾就好。」

他們將步美的大包小包寄放在車站的寄物櫃，然後由綾子帶路。他們越過鐵軌來到靠山的那側，也就是海的另一邊。響不知道綾子要帶他們去哪裡吃飯。有可能是車站後面的居酒屋一得。不過他們沿通往山頂的小徑不停往上走。

當他們轉入那條鋪著古老鵝卵石、裝有鐵扶手的陡峭小路，響就注意到他們正朝尾道城的方向而去。他知道他們要去哪吃飯了，但保持沉默。

陳舊的鐵燈柱在小徑灑下一池池燈光，他們在燈下拾級而上。看似貓的生物在陰影中飛竄。他們經過有稜有角的尾道城，登上山頂。這座城在久遠前就已不再開放。

「以前可以進去裡面呢。」綾子對步美說道。

「就算不是大名也可以嗎？」步美笑道。

「對啊。」綾子點頭。「有好幾年的時間都開放大眾入內參觀，不過不知道為什麼關閉了。還看得到一個令人發毛的男人模型立在那兒。有看到嗎？」

「好恐怖！從旁邊經過的時候都覺得有股寒意呢，綾子奶奶。」

「等等。」響偷偷加入她們的對話。「妳怎麼知道奶奶的名字是綾子？她沒跟妳說過吧，我以為妳們今天是初次見面？」

綾子的臉僵住。

「噢，響！」步美無縫接上。「別傻了！尾道有誰不認識綾子奶奶！她是名人耶！」

綾子對步美微笑點頭，然後玩鬧地對響皺眉。「不可以那麼沒禮貌！」

他們走進餐廳後，綾子去找服務人員說了幾句，後者隨即將他們帶到一張靠窗的桌子。

桌上有張「預定席」的標示；響暗自發笑。再加上最後這塊拼圖，他就能確定了，這天肯定經過精心策畫。綾子事先訂了位，而且肯定早在他們離開家之前就訂好了，因為她沒有手機。

他不確定她們是怎麼做到的，不過綾子和步美從頭到尾安排好這一切。

然而響並不生氣。

恰恰相反——他很感動。

奶奶這麼大費周章，太不像她的作風了。感覺幾乎就像她在道歉。她不曾直接對他說出那三個字，但這善意的舉動也夠好了。

他們坐下，點了開胃菜和主菜三個人分食：酸辣蝦湯、雞肉綠咖哩、瑪莎曼牛肉咖哩，還有豆腐炒河粉。響靠向椅背，欣賞著窗景。他可以俯瞰夜晚的整座小鎮——街燈的溫暖橘光，住家、商店和辦公大樓的窗戶透出點點黃光；然後是大海的黑，連綿到夜空，山巒和島嶼的暗色輪廓僅勉強可見。散布空中的星星黯淡閃爍，不過藍色、橘色、黃色和綠色的燈照亮向島碼頭的起重機，它們才是位於視野的中心，才是目光的焦點。車輛的紅色尾燈和白色大燈沿蜿蜒穿過小鎮的道路緩緩飄過。夜晚的小鎮截然不同。

他們歡樂地吃吃喝喝，綾子悄悄結了帳，沒讓步美和響發現。酒足飯飽後，他們在黑暗中走下山，回到車站從寄物櫃取回步美的包包。

響陪步美走向在車站前方排隊的計程車。他幫她提包包，綾子則是策略性地待在車站等他回來。步美上計程車前轉向響，快速地對他說：「我很喜歡你奶奶，響。」映在她眼裡的燈光閃閃發亮。

響搔搔頭，挪動腳步。

「快了，你的考試很快就要結束。」步美接著說。「等你考完我們就來慶祝，我保證。我已經想好要帶你去哪裡了。」

響挑眉。「哪裡？」

「松山的道後溫泉。」

「《少爺》裡的那個溫泉嗎？」

「對。」步美點頭。「就是那裡。」

「讚耶。」響微笑。

步美鑽進計程車。「幫我跟你奶奶說，非常感謝她請我吃晚餐。很好吃。」

「會的。」

「還有，對她寬容些，響。她是個好人。就算她不擅長表現出來，她還是很關心你。」

「我知道。我會的，我保證。」

「晚安。」

「晚安。」

響看著計程車駛遠；步美從車窗揮手，他也揮手。

計程車轉過街角，看不見了，響隨即回到奶奶身邊。

他們在黑夜中緩緩一起走回家。

「響？」綾子打破沉默。

「是？」

「我喜歡她，」她柔聲說，「很喜歡。」

十三

沒過幾週，柯川就失蹤了。

牠頭幾天沒來他們平常餵貓的地方，綾子和響都沒多想。柯川忠於牠的流浪天性，有時就是會像那樣來來去去——牠擁有自由的靈魂。但牠最多只曾錯過一兩天的餵食，這次卻整週不見貓影，綾子每天散步時明顯變得愈來愈焦慮。每次靠近牠平常等待餵食的地方時，她總是滿懷期待。

響感覺得出綾子的煩惱，他自己也一樣——畫畫時柯川不在他身邊。但他們兩個都束手無策；這超出他們所能掌控。他們沒讓對方知道自己有多麼受柯川的缺席而影響，絕口不提這件事，但空氣中有一種沉重的感覺。響去過佐藤的ＣＤ店，看看他有沒有看見「米克．傑格」。

「沒有耶。」佐藤憂鬱地說。「牠好幾天沒來了……差不多一週？」

耶誕節來了又去，接著就是新年了。響原本計畫回東京過年，不過這會兒柯川失蹤、綾子悶悶不樂，他決定算了，儘管只是三天國定假日，他還是待在尾道就好。

「你應該回去看看你母親。」他告訴綾子他改變計畫時，綾子這麼說道。

「我寧可陪妳。」

「呸！」她揮了揮手。「我自己一個人也好好的。回東京去吧，你母親肯定很想你。」

「她說，我成年禮那天她會來。」

「很好啊。」綾子雖然這麼說，不過內心深處擔心著他母親會再次食言。

新年的三天連假，他們兩個都窩在暖桌下，吃著綾子向鄰近店家訂購的傳統御節料理。

「自己準備所有那些東西太麻煩了。」她乖戾地說。「有夠繁瑣！」

他們吃新年麻糬和蕎麥麵，去山頂看日出，以此迎接新的一年到來，然後走去千光寺初詣——新年首次參拜。

就在響的成年禮前一天，他發現他放在房間裡的青蛙雕刻不見了。

「奶奶？」他去起居室找她。

她坐在桌邊看書。「怎麼了？」

「妳有看見青蛙嗎？」

綾子抬起頭。「你放在床邊的那個舊玩具嗎？」

「對，就是它。」響隔著桌子站在她對面。「妳有看見嗎？我在我的房間裡找不到。」

綾子點頭。「有啊，我拿去給潤和惠美了。」

響震驚得張大了嘴。「為什麼？」

綾子看似訝異。「送給小美咲啊——他們的寶寶，當然囉。」

他渾身冒起冷汗，但努力保持冷靜。

「但是，奶奶……妳為什麼沒問過我就拿去送人？」

「噗！」綾子皺眉。「你堂堂一個大男人，還要玩具做什麼？我以為你不會在意，拿去送給小寶寶美咲也沒關係。她會很高興耶。」

「但是……妳可以先問過我。」

「或許吧。」綾子挺起下巴。「但那又怎樣？你是大人了！」

「因為，」響坐下，雙臂交抱膝蓋。「唉，只不過，那隻青蛙，是我爸用一塊楓木雕出來的。就這樣。」

綾子淚光閃爍，頑強的表情垮了下來。「噢，響，我不知道。我現在就去討回來還你。」她堅決地起身，走到玄關穿鞋。

「算了啦。」響搖頭，揚起下巴。「不用麻煩了。」

「但那是……」她回過頭，以響不曾見過的同情表情注視著他的臉。「我沒想到……」

「沒關係。」響聳肩。「我不需要它了，還是給美咲比較好。」

「真的嗎？」綾子伸手要拿外套。「我現在就可以去找他們拿回來。」

「沒關係。」響低聲說。「我很高興妳把青蛙送給美咲。它找到新家了。」

綾子坐了回去，一隻手放在桌上。

「對不起。」

「真的沒關係。」

響抬起頭，微笑要她寬心。

綾子還來不及回應，這時傳來郵差太田的叫喊聲，聲音中帶著獨具他個人特色的清晨朝氣。響和綾子跟他打招呼，他則是交給他們一個收件人為「西比奇」的小信封。綾子研究了一會兒才交給響，而響立即打開來讀。

西比奇先生　你好（請容我如此稱呼你），

希望你別介意，不過我在你最近參加的這場漫畫競賽中擔任評審，因而注意到你的作品。我非常喜歡你的青蛙偵探四格漫畫，這個作品雖不完美，但在我心中留下深刻的印象。儘管我向其他裁判提出異議，但可惜你並未獲獎。我對此深表遺憾。

然而，我看得出你有天分，若有可能，我希望能和你見上一面。我無法給你任何承諾，但我或許需要一位助理——在我的工作室與我共事。我給不了多少名聲和財富，但我或許能帶你認識漫畫產業。我個人就是以這種方式入行；成名的藝術家收學徒、在事業方面助他們一臂之力是很常見的做法。你主要會從幫我上色、描邊開始，不過這非常有助於你了解創作漫畫的過程。

我對你一無所知，但我在你的畫中看見了你的某些特質。你無須立刻給我答覆，但我想你最好先來我位於東京國分寺的工作室一趟，我們才能見面、認識彼此。如果你有作品集，請務必帶來讓我看看，若你對長篇故事有任何想法，我也很想聽聽看。

如果你有興趣，請務必讓我知道。你可以參考我附上的名片，回信到上面的地址。

谷川朔太郎 敬上

響無法理解這封信的內容。他將信紙交給綾子，換綾子讀信時，他則是研究那張寫有工作室地址的名片，那地方確實位於國分寺。名片上的標誌是一隻貓的剪影。

「這位谷川老師是誰啊？」綾子抬起頭問。

「他是個偉大的藝術家！」響瞪大眼。「妳記得我之前在看的那套圍棋漫畫嗎？兩位大師爭奪日本棋王寶座的那套？」

「大概吧……」

「那是他畫的！故事也是出自他的手筆！漫畫的名稱是《棋王》。」

綾子笑容滿面。「真是好消息耶。」

「沒錯。」

「你打算怎麼做？」

響這才想起來：醫學院，考試，擘劃好的人生藍圖。

「欸，事情有輕重緩急，」綾子看著時鐘，「我們吃早餐，然後換衣服去車站接你母親。之後還有很多時間可以思考。」

響帶著信衝回房間。

「我為你而驕傲。」綾子說。

但她說得太小聲，他沒有聽見。

他們在車站和響的母親碰面；她穿著一襲別致的和服——顏色和設計無比柔和而低調。母親，永遠專業。形形色色穿著正式服裝來參加典禮的年輕人在她附近走來走去，身旁伴著來觀禮的朋友和家人。

節子站在車站前方，一邊等他們一邊滑手機；他們走近後，她隨即將手機放進小手提包，揮了揮手。

「響！」她的臉亮了起來。

「妳好啊，媽媽。」

「你瘦了！看起來體格真不錯！」

他們短暫擁抱。他們通常不這麼做的，但今天感覺不一樣。

她退後端詳他，從頭到腳細看他那身正式和服。「你今天看起來好像他。像你爸爸。」她說。

響的臉漲紅。

她望向綾子，正式地鞠躬。

「媽。」

「小節。」綾子也鞠躬回禮。

「好久不見。謝謝您過去一年來幫我照顧響，感激不盡。希望他沒給您惹太多麻煩。」

「他偶爾有表現不錯的時候。」綾子咧嘴而笑，接著又搖頭。「沒啦，我很高興他來陪我。真心高興。」

響尷尬地抓了抓和服的手肘位置。

「走了嗎？」綾子示意他們跟其他人一起往鎮公所的方向前進；成年禮儀式的場地就在那裡。

儀式結束後，所有人都待在外面。有些年輕男子穿西裝，有些則跟響一樣穿正式的和服。所有女孩都穿著精緻、明亮且繽紛得誇張的和服，領口鑲有毛皮，還有長長的袖子。現場變成大量的小型攝影活動，有人擺姿勢、閃光燈此起彼落，到處都有成群的人在喊著「再一張！再一張！」。

響的母親和奶奶輪流跟他合照。就連佐藤也現身，用他的老佳能單眼相機幫他們三個拍合照。然後四個人擠進佐藤那輛破車，他開車載他們過橋到因島；佐藤的一位好朋友在島上新開了一家時髦的日式餐廳，他們就在這裡享用午餐。

坐在這家現代風格的餐廳內，從大窗子看出去就是瀨戶內海，他們便在這樣的美景前享用便當套餐，聊天，聽佐藤講述他成年禮時發生的趣事，聽得哈哈大笑。大海連綿到遠方，被地平線吞下。

那天晚上，在綾子的安排下，潤和惠美在他們新落成的旅店為響舉辦了一場慶祝會。

不過綾子並不知道，響也為她準備了驚喜。

響提前幾天就幫潤把他的畫掛上牆。

綾子看見這個系列的名稱，略略吃了一驚：**綾子與山**。

受奶奶登谷川岳並倖存的故事啟發，響以畫描繪出她的掙扎，利用留白表現她受困其中的暴風雪，畫筆勾勒綾子登頂、與大自然的力量對抗、在他祖父的紀念牌留下他父親的一小甕骨灰並祈禱，然後是她摔斷腳踝，躲避風暴，爬下山的場景。

剛看見這系列畫作時，她有點不開心。將這麼私密的經歷展現在大眾眼前似乎有點太不顧他人感受了。不過她愈是一一細看每一幅畫，她愈是愛它們、理解它們。尤其是最後一幅：綾子仰躺在雪地裡，看似破碎，臉上卻帶著勝利的微笑。

他懂，她心想，**他了解我經歷了什麼**。

然後罪惡感、羞愧、悲傷和失敗等等情緒快速浮現。她搖頭。不，這些情緒是真實的，但它們並不代表一切。她此時的人生容不下它們。她讓它們湧過。這些情緒會過去，而且確實，她不過幾秒後就已經脫離。她讓自己感受接踵而至的喜悅。為自己依然活著而生的喜悅在她心中迸發，化為驕傲。忍不住為自己戰勝的一切而感到驕傲。為男孩和他的成長而驕傲。她被逼得假裝流鼻水，用手帕掩住自己的臉。

響喝了一些啤酒，有些頭昏眼花。自從廣島糟糕的那一夜之後，他就沒再喝過多少酒，不過今天情況好像比較好。空氣中似乎瀰漫著希望。就在他幫自己打開另一罐朝日啤酒、倒入玻璃杯的當下，他看見步美出現在門邊。她紮起馬尾，正四下環顧這一小群人。她看見響，隨即微笑，對他揮手。響指指空杯，而她點頭回應。他又倒一杯酒，拿過去給她。

「你好啊。」她點頭接過杯子。「恭喜。」

「恭喜什麼？」

「這個啊！」步美張開雙臂，啤酒在手中的玻璃杯內濺起。「你的畫！你的作品！」

響又臉紅了。

「還有……」她咬了咬嘴唇，「恭喜你變成大人。你終於可以合法喝啤酒了。」她輕點酒杯。

響笑了。「這值得乾一杯。」

「順帶一提，綾子跟我說信的事了。谷川老師。那個漫畫家。」

「噢，那個啊。」響低頭看地板。

「你為什麼看起來那麼不開心？」她問。「這是天大的好消息耶，響！這種機會可不是天天有。你要去東京了，對吧？去跟他談談。」

「我不知道……」

「什麼意思？」

「妳知道的，我有點喜歡這裡，喜歡待在尾道。還有……」他淡去。「我會想念奶奶……還有妳……」

「響。」她輕推他胸口，堅決地說：「要是我一個月後還看見你在這個小鎮沒精打采地閒晃，我真的會生氣喔。要命，我會請綾子出馬；她和我會輪番上陣用蠻力讓你懂些道理。我們會教訓你。去東京。跟隨你的夢想。」

「或許吧。」他點頭。「但——」

「沒有或許。這是你的人生，響。這很重要。」

他不自然地微笑。「我猜妳應該是對的吧。」

「我知道我是對的。我永遠都是對的。」她咧嘴而笑。「總之，我們去道後溫泉的車上再多聊聊這件事——」

輕敲玻璃的聲音打斷了她，所有人望向正用一根筷子敲空麒麟啤酒瓶的佐藤。

「大家，」他開始他的簡短演說，「我只是想藉這個機會恭喜年輕的響在今天成年。年齡只是一個數字，而我們都知道，響在他來到我們這個偏僻小鎮的那天就已經是個年輕的東京紳士了。」他這時直勾勾看著響，轉為對著他說話。「但我們很幸運能和你共度過去這一年。你成為尾道這個小鎮的一分子。你幫我美化我的店，也幫潤和惠美裝修這家美好的旅店。」他停頓，環顧所有人。「最重要的是，你給了我們所有人某個特別的東西——小野站長的超讚新綽號——狸貓！」

所有人歡呼、大笑。

狸貓透過眼鏡對響眨眼，而響尷尬地回以露齒笑。狸貓使了個眼色，微笑。佐藤接著說。

「你甚至幫了你奶奶，而且不只是在咖啡店裡喔，」佐藤咳了咳，稍稍竊笑，「你可能還稍微軟化了她的稜角。」

佐藤自顧自輕笑。全場捧腹大笑，綾子則是搖了搖頭。

「想都別想！」她喊道，雙眼因為稍早下肚的幾杯梅酒而閃閃發亮。「你給我注意點啊，佐藤！」

「不過說真的，」佐藤續道，朝掛在牆上的畫比劃。所有人環顧掛在他們四周的精彩畫作。「你以男人的身分來到尾道，響。然而我們，我們所有人都希望，在你成為藝術家的這條路上，我們的小鎮也幫上了一把。因為，響，我們可以很有把握地說，你就是藝術家，而且永遠都會是。」

響的臉熱燙發紅。

「我們希望，無論人生帶著你朝哪個方向去——你注定要成為比這個小鎮更偉大、更優秀的人物——無論你選擇什麼樣的人生道路，無論你去哪，我們都希望你會永遠把尾道放在心裡。」他輕拍胸口，略顯醉態，淚眼迷濛。

狸貓跳了出來。「敬響！乾杯！」

所有人舉杯高喊：「乾杯！」

響迎上步美的視線，而她掩嘴竊笑。

響啜飲啤酒，找尋媽媽在哪裡。她不在屋裡，最後他終於找到她了——她在屋外講電話。

她錯過了佐藤的演說。

這是一個寒冷、平靜的早晨，響在早餐的香味之中醒來。他鑽出被褥，赤著腳走到起居室。奶奶和媽媽正安靜地一起準備早餐。他在矮桌旁坐下，等著看她們什麼時候才會發現他已經起來。他在早晨的寒意中微微顫抖，不過暖桌開著，於是他鑽進毯子下取暖。

「早安。」母親終於發現他坐在這兒。

「早啊。」響打呵欠。

綾子和節子將食物端上桌，他們圍坐桌邊，一面沉思一面咀嚼。

節子的手機在桌上震動，她立即拿起來閱讀訊息。

「呃。」她放下手機。「對你們兩個很不好意思……」

綾子點頭。

響嘆氣。

「但是我必須今天趕回東京。對不起，響，我知道你想帶我去廣島，去看原爆圓頂屋，吃什錦燒。我真的很想看看嚴島的水上鳥居，但是沒辦法，我就是必須回去工作。」她吞下最後一口味噌湯。「我很抱歉。」

「沒關係。」響說。「我們沒事的，對吧，奶奶？」

「當然。」綾子歡快地說，接著看似想起了什麼。「響，你有把那封信拿給你母親看嗎？」

響對奶奶使眼色，搖了搖頭。「沒有。」

「什麼信？」母親問道。

「拿給她看！」

響去把信拿來給他母親。她在幾秒內就讀完了。

「真不錯耶，響。」她微笑。「有個藝術家像這樣讚美你的作品。昨天晚上我也很受你的畫感動。但是……」她停頓，微微皺起臉。「我只希望這些東西不會害你沒辦法專注於考試。你要通過考試才能進醫學院，現在沒時間做白日夢或畫畫。你可以用空閒時間做那些事。那只是興趣嘛。」

響的表情垮了下來，他望向奶奶，她看起來也有些失望。

「但要是我想去當谷川老師的學徒呢？」響快速地問，「要是那才是我想做的事呢？要是我不想念醫學院呢？要是我不想成為醫師呢？」

響的母親笑了。「別傻了，響！藝術這個行業不穩定。就是因為這樣，他們才會被稱為『挨餓的藝術家』。去考試、成為醫師——你才能擁有穩定平順的人生。

你可以利用你自己的時間畫畫啊。」

響略帶嘲弄地說：「自己的時間？」

「對。空閒時間，當作興趣。我們討論過的。」

「妳根本沒有妳自己的時間。」響微微顫抖，不願與母親四目相交。「妳幾乎撥不出時間來參加我的成年禮。這甚至是妳這一整年來第一次來看我。妳從來就沒給我任何妳的時間，也從來不關心我。如果連妳都沒辦法用妳的空閒時間扮演好母親的角色，我是要怎麼用我的空閒時間成為漫畫家——」

「響！」綾子吼道，放下味噌湯碗。「不准用這種口氣對你母親說話。」

響目瞪口呆看著奶奶。

她的眼神冰冷，表情憤怒。

她怎麼可以像這樣背叛他？她為什麼沒有支持他？

響安靜地起身。「謝謝妳們幫我準備早餐。」

他轉身，直接走到玄關穿鞋。他從衣帽架一把抓起裝有素描本和畫筆的袋子。

「響，親愛的，」母親出聲，「你要去哪？你還穿著睡衣耶，寶貝，你不能就這樣出去。」

響伸手拿外套，接著轉身，無言地走出大門。

「響！」節子作勢起身。「等等！」

綾子一手堅定地按住她的手腕。「我去。沒事的，甭擔心。」

她穿上她的鳶式大衣，衝了出去。

她知道可以在哪裡找到他。

響坐在一顆石頭上，置身小鎮上方高處，發著抖。

他最喜歡在這裡畫小鎮。他現在知道自己想要什麼了。

他不想離開。他想留在這裡，留在尾道。他不想考試，也不想念醫學院。他不想回東京。他想留下來。這裡就是他的家。

要是能夠凍結時間就好，不用為他的人生和未來做任何決定。

內心深處，他知道奶奶並沒有背叛他。他心中的怒氣和憤慨已在他走上山的途中退去。回家後，他會立刻向她道歉。他也會向媽媽道歉。但他不會為自己心中的感受而道歉。

跟隨自己夢想是什麼滔天大罪嗎？

這難道不是他自己的人生，難道不該做他自己認為合適的事嗎？

一百萬種人生開展、漂過他的腦海，他將頭埋入雙手中，閉上眼，發現自己無法去思考等著他的無數可能性。有些未來出現在他眼前——結婚生子、離婚、失業酗酒、賺大錢、家庭幸福、苦苦掙扎的藝術家、劣評、痛苦、歡喜。重大的任務像崎嶇的峰頂一樣陰森矗立在他前方。這就是了，失敗或成功的定義。同儕的評價，偶像的讚賞，被丟進垃圾堆裡，默默無名地死去，讚譽，醫師，拯救生命的人，社會的一分子，流浪漢，住在沖繩教人衝浪的失敗者，汽車，孩子，嬰兒猝死，機車，努力抓住逝去的青春，家人過世，白髮人送黑髮人，失去伴侶，悲傷，癌症，憎惡，外遇，通姦，竊盜，謀殺，襲擊，戰爭，饑荒，不公，性無能，失敗，令人無法承受的失敗，徹底的失敗，青蛙，自殺。

他愈是想，就愈是覺得天旋地轉。

他要拿自己的人生怎麼辦？他想往哪裡去？

他一心只想畫畫，想成為漫畫家。

成為漫畫家，跟奶奶一起生活，更加了解她和他的父親。

就是在這個時候，他看見了自己人生的完整故事，像則漫畫一樣，從第一格到最後一格，飄入他的腦海，從衝突與痛苦之中輝煌顯現。遠方山巒的頂峰忽然浮現，有如水晶般嚴峻而冰冷，陽光親吻受風吹拂的巔峰。他半是滿足，半是屈從地嘆了口氣。眼前將是條漫漫長路，但他很確定知道自己認得路。他只需要一次專注於一筆線條，一格接一格。就像奶奶設法從谷川岳爬下山一樣，他也會每天為自己設下微小的任務，一點一滴完成一個個小目標，而這些目標最終成就整體。他會持續前進，永不放棄。獨自坐在山上，現在是他的一切，過去與未來都不重要。他的畫是他的一切——存在的喜悅就在其中。

此時此刻，所有事都似乎如此單純，答案就在眼前。

他看見腦中的頭幾格漫畫：一個人走上山，看那身形應該是名穿和服的女子，她眺望大海。尾道小鎮在她下方。她是個令人生畏、強壯的女人，總是露出嚴厲的表情。她一瘸一拐，而且少了幾根手指。不過她的眼中有痛苦，也有知識與智慧。她的人生漫長而艱辛，每天都要克服生命中的一個個漣漪。她有許多事可說；並非都是好事，有些甚至一點也不好。然而，她是一個重要的人；她很真實，而且值得深入認識。世人應該要知道她的故事，而響能夠訴說。

他在腦中看見第一格漫畫的左上角有個對話框：

綾子有一套嚴謹的日常作息，她不喜歡脫離常軌。

他拿出嶄新的素描本，翻開第一頁並動筆畫了起來。

綾子與山：攻頂前的最後推進

綾子拉好大衣，密密實實裹住自己。

她奮力往山上走，雙腿在燃燒。她必須趕快。

她完全知道自己此時必須做什麼。

風有點冷，她從她關節的深處感覺到了。她愈來愈老了。

奮力朝山上走的途中，她回顧自己經歷的這一生，曾經犯的錯，以及人生中的喜悅、絕望，頂峰與低谷。峰與谷。

小鎮流經她身邊，但她無暇注意任何人事物。她的心裡只有山頂。她完全知道男孩會在何處，他會坐在他愛坐的那顆石頭上。恰恰就是她兒子會去的地方。

她的兒子。她那出色、迷人的兒子，被殘酷的人生奪走了。

她的丈夫。她那仁慈而寬厚，心愛的丈夫，被大自然的力量奪走了。

她的父親。她不曾認識的那個父親，被炸彈奪走了。

有過悲痛，有過錯誤，也有過艱辛。

但她現在老了，她擁有智慧，她知道該做什麼。

她持續前進，感覺到體內的燒炙。什麼都阻止不了她。什麼都不能阻止她。

天天都有人爬山。

有些山大，有些山小。

但他們全部往上爬，有些人不曾放棄。

但也有人放棄……

綾子揮開這些想法，專注於那男孩。

她完全知道自己找到他之後要對他說什麼。

她要告訴他，她愛他。她要告訴他，她為他而驕傲。

然後，無論他想知道有關他父親的任何事，她都將知無不言。告訴他，她也有多麼愛他，她有多為他而驕傲。還有人生有可能多殘酷，搶走我們最摯愛的事物。

但那並不是任何人的錯。

有時，人生是如此嚴酷。

然而，在她想告訴孫子的所有事之中，最重要的是，他的人生屬於他自己，他認為該怎麼做就怎麼做。她想告訴他，無論他做了什麼選擇，她都會支持他，愛他，並為他而驕傲。

她會當他的安全索。

她會在他攀登的過程中助他一臂之力。

她的呼吸比平常急促，她把自己逼得更緊一點，追著他上山，幾乎跑了起來，一邊大口喘氣。

然後她看見了他，就坐在那顆巨石上。她現在看得清清楚楚。他一手拿筆，正在膝上的素描本畫畫。

他的另一隻手輕撫黑貓。

綾子穩住自己。有種感覺拉扯著她、讓她難以走向他，那是什麼？她感覺四肢沉重，筋疲力竭，肌肉痠痛。她可以看見那男孩，還有親愛的柯川，但她的身體無法以夠快的速度移動，雙腿再也無法動彈。

再快一點。她想要再快一點。

她為自己訂下一個小目標。她穩住自己，輕柔、穩定的話語在她腦中迴盪。

走到那根燈柱。走到那根燈柱。

妳做得到，妳可以的，只要再前進一點點。

繼續走。

妳可以的。

《水之聲》譯後記

我第一次與西比奇見面是在他位於尾道的家中。他的終生伴侶亨瑞和他們那隻忠心的獨眼黑貓柯川在那裡迎接我。「這原本是我母親的房子。」西比奇這麼告訴我，我一邊跟在他身後往裡面走，並在玄關褪下鞋子。「她在她的遺囑中把房子留給我。」西比奇和亨瑞成年後大半的人生都在北歐度過，但在西比奇的母親病重後搬回尾道。他們投入老屋改造，現在為鎮上的其他人家提供翻修的服務——結合傳統日式木工和北歐工法，藉此讓小鎮這些年久失修的房屋恢復生機。

這棟房子乾淨且受到妥善愛護。黑膠唱片、書本和ＣＤ填滿起居室的一整面牆，全部整齊地排放在幾座形狀特別、彼此相連的書架上。亨瑞用法式壓濾咖啡壺送上咖啡，隨即退避另外一個房間。轉盤傳來低微的古典音樂，我問西比奇問題，他則一邊沉思一邊撫摸柯川。外面在下雪，我們從起居室可以看見打理得很美的日式庭院，老池塘旁有棵枝條覆雪的楓樹。幾個月來的頭一遭——過去這一年是如此漫長而艱辛——我感覺體內的某個東西鬆開了，就像有塊肌肉終於放鬆。在西比奇身邊，我感覺無比平靜。

西比奇是名年長的男子——穿著得體，一身有領襯衫、輕便夾克與便褲，滿頭白髮，白鬍子修得整整齊齊。他的笑容深沉且具感染性。他的舉止令我想起書中的角色佐藤，我這麼告訴他之後，他輕笑：「噢，所以妳注意到了，是嗎？」

他有禮而謙虛。他告訴我，他從沒料到《水之聲》在日本有讀者，更別提還翻譯為英文了。剛開始聊的時候，他提及他還是有點困惑，不知道我為什麼想翻譯他的書。

在我們的對話之中，就屬這一點最令我印象深刻：他從來就不想談他自己寫的那本小說，也不想談我的翻譯。我當然有備而來，準備要問與被問關於《水之聲》的問題。有一部分的我緊張至極——我需要他同意出版，我很確定他會問起某個個困難詞彙或句子，而我會被問倒，顯現出我的無知與無能。然而，我實際上卻感覺他好像根本沒讀過我寄給他的譯稿。他用某種方式翻轉了這場面談，反倒是西比奇提出有關我個人的問題——他看似真心對我的人生感興趣。「妳為什麼想成為譯者？」「妳怎麼會想學日文？」「妳對在日本生活有什麼感覺？」「最初，是什麼吸引妳來到這個國家？」「妳會不會覺得在國外生活很艱辛？」「翻譯小說一直以來都是妳的夢想嗎？」他連珠炮般提出問題，從頭到尾不停撫摸柯川、啜飲他的咖啡，一面沉思，一面對我那些躊躇遲疑的回答點頭。奇怪的是，我覺得他這種追根究柢的態度頗鎮定人心，我的緊張和坑坑巴巴的日語開始放鬆，再度變得順暢。

他告訴我他離開日本的事：「我成年後大多待在國外，因為我從一開始就不覺得自己屬於這裡。身為同性戀男性，在日本的鄉下長大很不容易。我父親希望我成為醫師，但我一直都比較喜歡藝術和設計。在一個理想的世界中，我會成為漫畫家，但我父親永遠不可能容許。」

「所以你畫漫畫嗎？跟響一樣？」

他笑了笑。「我沒他那麼厲害。我也有跟他一樣的問題：無論開始做什麼，最後都很難完成。我母親盡她所能支持我的夢想，但那對她而言很難。她跟我父親吵，好讓我能去念東京的設計學校——我猜那應該就是我離開日本與我父親的起點。我持續跟我母親通信，不過內心有一部分對於丟下她感到無比內疚。」

他喝一大口咖啡，然後繼續說。

「不過我不曾放棄我對說故事的渴望。噢，我是多麼想創造出些什麼啊！什麼都好！完整、完成的作品。不過每次畫畫時，我都會陷入可怕的焦慮之中，擔心著還有什麼沒做好——擔心其他人的看法——然後變得動彈不得。我的另外一項事業在國外起飛，然後就愈來愈難實行我自己的計畫了。後來母親生病，我就回尾道陪她。

我花很多時間待在她的病床邊，不停祈禱，希望她能康復。到那個時候，我的繪畫技巧老早就生疏了，不過我開始斷斷續續寫響和綾子的故事，然後讀給病榻上的她聽。我主要是為了她才寫下他們的故事。她向來熱愛閱讀，不過很難專心讀完一本書。」

柯川喵了一聲，聲音大得驚人，或許窗外的某個東西引起了牠的興趣。西比奇徹底地好好搔了搔牠的耳後。

「我沒想過要出版，不過亨瑞敦促我把書稿寄給我一位曾在東京某大出版社工作的老同學。他退休後回到這裡，想開家名叫千光社的小出版社，我想主要只是想找點事情忙吧。《水之聲》是他們出版的第一本，也是唯一一本書。他前陣子不幸過世了。」

我問他創作的歷程，還有歷經多年夢想著完成一個作品，最後終於寫出一本小說是什麼感覺。他說：「重點並不在於走到終點——不在於完成。那就是我需要學會的課題。重點在於旅程，也就是過程本身。創作和藝術的過程就像四季，從一個季節流入下一個季節，周而復始。」

我們似乎談了幾個小時，一直要到亨瑞又回到起居室，這場面談才慢慢畫下句點。我的心裡萌生一股熟悉的焦慮——技術上來說，他還沒同意讓我翻譯這本書。然而，他彷彿接收到我的想法般再度開口。

「芙珞小姐，」他說，「請務必將這本書翻譯為英文。妳獲得我的允許與祝福了。我個人對這本書有什麼樣的際遇並不感興趣，但我看得出這件事對妳而言舉足輕重。那才真正重要——我憑什麼阻礙妳追尋妳的夢想？」

我鞠躬，再三道謝。我們向彼此道別，而就在他要走出起居室的那當下，他彷彿想起某件要緊的事，停下了腳步。「但若妳確實要翻譯這本書，芙珞，妳一定要答應我一件事。」

「什麼事呢？」

「妳必須答應我，妳會把它當成妳自己的作品。」他凝視我的雙眼。「把妳一部分的自我放進去，好讓讀者能感覺到**妳**。」

「我答應你。」我鞠躬。

他轉身看著蜷縮在榻榻米上的柯川。貓咪正在作夢，腳不停抽搐。「噢，當隻貓吧。」他說。「牠們做夢，但從不讓自己被夢想耗盡。那是人類的重要特質——我們覺得有必要把夢化為現實。而我們就是為此才如此喜樂、不知滿足。」

翻譯從來就不是一門精確的科學。若是有讀者發現明顯的錯誤、疏漏、語句不通順，那完全都是我個人的錯，我也為在翻譯過程中無法兼顧文字之美而致歉。不過我真心希望我保留了原著的**精神**——響和綾子這兩個角色以他們真實的自我而存在，於英文的世界中。

我在翻譯時做了一些決定，而我覺得有必要在此稍加解釋。大體而言，我沒有以斜體表示日文，也省去變音符號。我倒是以斜體呈現了綾子鍾愛的諺語；這些諺語的日文、簡短解釋與對應英文清單附於書末。我在文中不加註解，藉此保留文字的流暢性，但大多數地方採用了在日文後面立即加上定義的傳統做法（例如umeshu 梅酒）*。我相信這樣對不熟悉日本的讀者來說會比較輕鬆，同時也保留了故事原生文化的感覺。

姓名的寫法沿用日本慣用做法，姓在前、名在後（例如田端綾子）。

儘管曾與作者面對面，與他的文字和角色相處的時間更是長久，我對作者西比奇的了解依然不多。他無比注重個人隱私，也希望能維持匿名。他婉拒了《水之聲》在北美出版後的所有媒體採訪，選擇維持隱姓埋名，書中的人名也都經過變造。我在此懇求讀者尊重他的願望。我個人免不了要在這裡向他致謝，感謝他讓我

* 譯註：這裡指芙珞在書中對英日文翻譯的標註方式。

將他的文字由日文翻譯為英文。他非常慷慨，也容許我在譯後記寫下我與他的短暫相遇，並稍加建議和修正以確保他維持匿名，最後放行。

謝謝你，西比奇老師，還有亨瑞與柯川。我最深情的謝意還要獻給京子、誠、小川老師。還有莉莉，無論你身在何方。

芙珞・當索普

二〇二三年，於東京

諺語

gō ni haitte wa gō ni shitagae（郷に入っては郷に従え）
字面翻譯：進入一個村莊，就應該遵循那個村莊的習俗。
英文對應：When in Rome, do as the Romans do.

kaeru no ko wa kaeru（蛙の子は蛙）
字面翻譯：青蛙的孩子也是青蛙。
英文對應：Like father like son. A chip off the old block.

saru mo ki kara ochiru（猿も木から落ちる）
字面翻譯：就算是猴子也會從樹上摔下來。
英文對應：Even Homer sometimes nods (not so common). Essentially: Everyone makes mistakes.

yama ari tani ari（山あり谷あり）
字面翻譯：有山也有谷。
英文對應：Life is full of ups and downs.

jūnin tōiro（十人十色）
字面翻譯：十個人有十種顏色。
英文對應：Everyone is different. Different strokes for different folks, etc.

bijin hakumei（美人薄命）
字面翻譯：美麗的人總是命運多舛。
英文對應：Beauty is short lived.

okyakusama wa kamisama（お客様は神様です）
字面翻譯：客人是神明。
英文對應：The customer is always right.

此處七個日文諺語的中文對應分別為入境隨俗、有其父必有其子、智者千慮必有一失、人生起伏、人各有志、紅顏薄命、顧客至上。

致謝

無比感謝波比・莫斯汀歐文（Bobby Mostyn-Owen）、艾德・威爾森（Ed Wilson）、葉蓮娜・巴特勒（Hélène Butler）、安納・道森（Anna Dawson）、湯姆・瓦特森（Tom Watson）、瑟瑞莎・王（Theresa Wang）、傑可・羅林森（Jacob Rollinson）、麥可・艾倫（Mike Allen）、淺子弘子（Hiroko Asago）、湯欣・薛頓（Tamsin Shelton）、松葉涼子（Ryoko Matsuba）。

還要感謝所有支持我第一本書的人：大衛・米契爾（David Mitchell）、羅恩・西薩優・布洽南（Rowan Hisayo Buchanan）、大衛・皮斯（David Peace）、伊莉莎白・麥尼爾（Elizabeth Macneal）、艾希莉・希克森倫溫斯（Ashley Hickson- Lovence）、安德魯・柯萬（Andrew Cowan）、阿密特・喬杜里（Amit Chaudhuri）、伊利諾・瓦沙伯（Eleanor Wasserberg）、克絲蒂・杜歐（Kirsty Doole）、珍瑪・戴維斯（Gemma Davis）、蘇菲・沃克（Sophie Walker）、卡門・巴利特（Carmen Balit）。

以及道布爾戴（Doubleday）出版社的所有成員：米莉・瑞德（Milly Reid）、哈娜・史帕克絲（Hana Sparkes）、莎拉・羅伯茲（Sara Roberts）、凱特・薩瑪諾（Kate Samano）。

謝謝泉知惠（Chie Izumi）的美麗書法。

謝謝洛翰・丹尼爾・伊森（Rohan Daniel Eason）的美妙插畫。

感謝艾琳・馬提尼茲・寇斯塔（Irene Martínez Costa）設計的完美書封。

感謝布萊德利（Bradley）、帕奇可（Pachico）和艾希比（Ashby）這三家子總是陪在我身邊。

蘿希（Rosie）・威索（Weasel）和茱莉（Julie），謝謝你們給我無盡的愛與支持。

Lovecity PL00114

尾道四季／Four Seasons in Japan

作者——尼克．布萊德利 Nick Bradley
譯者——歸也光
編輯——黃煜智
校對——魏秋綢
行銷企劃——林昱豪
設計——陳恩安
副總編輯——羅珊珊
總編輯——胡金倫
董事長——趙政岷
出版者／時報文化出版企業股份有限公司
108019 台北市和平西路三段 240 號四樓
發行專線／（02）2306-6842
讀者服務專線／0800-231-705、（02）2304-7103
讀者服務傳真／（02）2304-6858
郵撥／1934-4724 時報文化出版公司
信箱／10899 臺北華江橋郵局第九九信箱
時報悅讀網／www.readingtimes.com.tw
電子郵件信箱／ctliving@readingtimes.com.tw
思潮線臉書／https://www.facebook.com/trendage

時報文化出版公司成立於一九七五年，並於一九九九年股票上櫃公開發行，於二〇〇八年脫離中時集團非屬旺中，以「尊重智慧與創意的文化事業」為信念。

法律顧問／理律法律事務所 陳長文律師、李念祖律師
印刷／家佑印刷有限公司
初版一刷／二〇二四年八月三十日
定價／新台幣六〇〇元

尾道四季 / 尼克 . 布萊德利 (Nick Bradley) 著 ; 歸也光譯 . -- 初版 . -- 臺北市 : 時報文化出版企業股份有限公司 , 2024.08
面 ; 公分
譯自 : Four seasons in Japan
ISBN 978-626-396-501-0(平裝)

873.57 113009217

ISBN 978-626-396-501-0
Printed in Taiwan